A Study of Penelope Fitzgerald's Fiction

佩内洛普·菲茨杰拉德小说研究

张菊 著

中国社会科学出版社

图书在版编目（CIP）数据

佩内洛普·菲茨杰拉德小说研究 / 张菊著. -- 北京：中国社会科学出版社，2024.11. -- ISBN 978-7-5227-4359-2

Ⅰ. I712.074

中国国家版本馆 CIP 数据核字第 2024L8W879 号

出 版 人	赵剑英
责任编辑	王　琪
责任校对	杜若普
责任印制	张雪娇

出　　版	中国社会科学出版社
社　　址	北京鼓楼西大街甲 158 号
邮　　编	100720
网　　址	http://www.csspw.cn
发 行 部	010-84083685
门 市 部	010-84029450
经　　销	新华书店及其他书店
印　　刷	北京明恒达印务有限公司
装　　订	廊坊市广阳区广增装订厂
版　　次	2024 年 11 月第 1 版
印　　次	2024 年 11 月第 1 次印刷
开　　本	650×960　1/16
印　　张	18.25
插　　页	2
字　　数	228 千字
定　　价	108.00 元

凡购买中国社会科学出版社图书，如有质量问题请与本社营销中心联系调换
电话：010-84083683
版权所有　侵权必究

序　言

　　张菊请我为她的学术佳作写个序，我很高兴；就像25年前，我的岳母佩内洛普·菲茨杰拉德请我做她的文学遗产执行人，我也很高兴。做佩内洛普的文学遗产执行人是个好工作，任务并不重，因为2000年去世那年（此前不久，78岁高龄之时，其传世之作《蓝花》才出版），她作为20世纪伟大英国小说家的声望才确立，从此，她的名气和读者群不断增加。

　　我编辑了她的散文集《不复存在的房子》及书信集《所以我想到了你：佩内洛普·菲茨杰拉德信札》，见证了她的短篇小说和诗歌结集出版；除此之外，我的大部分工作主要是回答问题，尽我所能地帮助那些对她感兴趣的学者，尤其是对她九本精彩小说感兴趣的学者。九本小说，一本一世界：一个乡村书店、泰晤士河上的船居者、"二战"时期的英国广播公司、一个戏剧学校、20世纪50年代的佛罗伦萨、20世纪初的剑桥大学、革命前的莫斯科以及18世纪德国天才诗人的青年时代。正如张菊充分论证的一样，某些主题在佩内洛普的作品中反复出现：纯真、善、孤独、理想主义、不谙世事的爱情、长久婚姻中的艰难困苦、勇气以及深层信念的坚守。佩内洛普自己有一段很有名的话表达了她的作品的总的主旨思想："我一直忠于我最坚定的信念，我指的是生而被打倒之人的勇气，强者的弱点，因误解和错失良机而带来的不幸。我已尽力将这一切以诙谐待之,否则,我们怎么承受这一生呢?"

佩内洛普若在世,一定会很高兴看到她的六本小说在中国由中信出版社出版;她也一定会很高兴她的作品在这本专著中被解读得如此透彻。因为,以这样一种方式,她回到了她的起点——可以说正是在中国,她的文学之旅正式开启,中国是她文学灵感首次迸发之地。她早期的作品是几部传记和一部推理小说,为了庆祝这些传记和推理小说出版发行,1977 年,她决定用一次中国之行(跟团游)犒劳自己——中国是她心心念念多年的目的地。正是这次中国之行,在上海的一家酒店里,她突然有了第一本正统文学小说《书店》的框架,在那本标为《我的中国日记》的笔记本封底,她写下了《书店》的第一段。回英国后几个月,她就完成了该小说的创作;次年秋天,《书店》荣登布克奖短名单。

佩内洛普的丈夫迪斯蒙德(Desmond Fitzgerald)1976 年因癌早逝,因此很自然地,她次年创作的《书店》主人公弗洛伦斯是个寡妇,她直面孤独,勇敢地开始新的营生。《书店》中的自传成分带读者回到 20 世纪 50 年代,那时佩内洛普与丈夫分居两地,她在萨福克乡村独自抚养三个孩子,丈夫在伦敦工作,只在周末回家与她和孩子团聚。而另外一种孤独,在她的下一部布克奖获奖小说《离岸》中则表达得更为直接。在这个故事里,主人公尼娜与丈夫分居,主要原因是她浪漫地选择了一个逼仄且有点肮脏的船屋作为家人的安身之地。当然,安身船屋也是经济窘迫的无奈之举;穷困是婚姻之船极易触碰的礁石(现实生活中,尽管菲茨杰拉德夫妇经济拮据,困难重重,他们一直在一起)。《离岸》中,佩内洛普关注的范围扩大到一个群体,一群船居者,既不是生活在水上也不是生活在陆地上的船屋居民。所有人在某种程度上似乎都有些迷失、迷惘、孤独,在人生某个阶段不知所措,但

序言

这一切注定只是暂时的。张菊明智地指出该作品中的人物展示出了在逆境中的孤独和勇气。有一次,尼娜终于前往她丈夫的住处,结果他俩不欢而散。夫妻俩吵的这一架被评论家约翰·凯里认为是所有小说中最让人难忘的夫妻口角。不过,该评论使小说听起来比实际更黯淡了些。像所有佩内洛普的作品一样,《离岸》也充满了诙谐甚至欢快的时刻(佩内洛普将自己的文类或者模式归为悲闹剧),这很大一部分归因于尼娜的孩子:玛莎和蒂尔达。伟大小说家中少有这种刻画生动孩童人物的天赋。佩内洛普做到了,确实可能归功于她对自己孩子细致入微的观察。《离岸》刚写就时,玛莎和蒂尔达用的是佩内洛普自己两个女儿的名字:蒂娜和玛丽亚。

每个人都有自己青睐的菲茨杰拉德小说。有些人喜欢开一家自己书店的梦想;其他人喜欢神秘的俄罗斯白桦林;又或者是卑微的助理护士和科学家之间的恋爱故事——他俩都必须穿过曾一度紧锁的安吉尔斯学院大门;还有人喜欢一位天才诗人与一个普通小女孩的爱情故事。所有这些小说中,如果非得让我挑一本,我选《无辜》。

这本书里也有一对不那么合拍的夫妻:一个是来自没落贵族家庭的年轻佛罗伦萨人,爱空想,易冲动。她的家族曾有这样的过往:天真地希望行善于人,结果却给予了伤害。夫妻中的另一个来自意大利南部,是个热情且理想主义的左翼医生。她和他坠入爱河并很快结婚,婚姻是田园诗般的,但也充满了误解。

我们仿佛又重回20世纪50年代的意大利,但其中部分引人入胜的故事情节实则出自佩内洛普对自己婚姻的回忆,她聪明地将之改写并融进了作品中。正如在其他小说中一样,佩内洛普似乎毫不费力就能通晓莫斯科印刷业的方方面面、德国哲学、粒子物理学等;《无辜》中,她对葡萄酒酿造、高级定制服装和文艺复兴时期艺术都有所涉猎；她的描写总是那么优美细腻，次要人物也刻画得那么完美，隽语箴言时时迸出。

愿张菊的佳作让读者您再次领略佩内洛普·菲茨杰拉德无限精彩的小说世界。

特伦斯·杜利于英格兰

附英文原文：Introduction

I was delighted when asked by Zhang Ju to introduce her excellent and scholarly book, just as I was delighted, 25 years ago now, when my mother-in-law, Penelope Fitzgerald, asked me to be her literary executor. This has been a wonderful and far from onerous task, for Penelope's reputation as one of the great English novelists of the 20th century was established at her death in 2000 (when she had only recently, and at the age of 78, published her masterpiece, *The Blue Flower*) and her fame and readership has only grown ever since.

Apart from editing her essays, *A House of Air*, and letters, *So I Have Thought of You*, and seeing her short stories and poems into publication, my work has mostly been in answering enquiries from, and being as helpful as I can to, the many scholars and academics interested in writing about her, especially about her nine brilliant novels, each one encapsulating a different world: a country bookshop, barge-dwellers on the Thames, the wartime BBC, a theatre school, Florence in the 1950s, Cambridge University in the 1900s, pre-revolutionary Moscow, and the youth of a poet genius in 18th century Germany. But, as Zhang Ju ably demonstrates, certain themes recur throughout Penelope's

序言

work: innocence, goodness, loneliness, idealism, young love, and the difficulties of a long marriage, courage and persistence in one's deepest beliefs. She herself expressed her overarching philosophy in her famous remark: "I have remained true to my deepest convictions. I mean the courage of those who are born to be defeated, the weaknesses of the strong, and the tragedy of misunderstandings and missed opportunities, which I have done my best to treat as comedy—for otherwise how can we manage to bear it?"

Penelope would have rejoiced to see 6 of her novels now published in China by China CITIC Press and to see her work so well understood as in this present book, for in this way she returns to her point of departure. It was in China that her literary adventure can be said to have begun, where inspiration first struck. Her early books were biographies and a detective novel and it was to celebrate the publication of these, in 1977, that she decided to treat herself to a voyage (a package holiday) to China where she had longed to visit for many years. It was in a Shanghai hotel where she suddenly had the idea for her first literary novel, *The Bookshop*, and wrote the first paragraph at the back of a notebook entitled *My China Diary*. She completed it on her return in a couple of months and the next autumn it was shortlisted for the Booker Prize.

Penelope's husband, Desmond, had died too young of cancer in 1976, so, tellingly, Florence, the protagonist of *The Bookshop*, written the next year, is a widow facing up to loneliness and courageously beginning a new enterprise. For the autobiographical aspects of the novel though we are back in the 1950s when she was living separately from her husband and bringing up her three children alone in rural Suffolk except for the weekends when he would return from his work in London. A different kind of loneliness, which is treated more directly in her next novel, the Booker-winning *Offshore*. Here, Nenna, the protagonist, is separated from her husband, the main reason being the somewhat squalid nature of the cramped houseboat she has chosen romantically for the family to live in, but also the lack of money, a rock many marriages risk foundering on.

(In real life, despite their many money problems and other difficulties, the Fitzgeralds stayed together.) In this novel, Penelope's focus has broadened to encompass a whole small community, the houseboat dwellers who live neither on water nor on dry land, all in some ways lost or drifting, lonely, at a bewildering stage of their lives, which is fated to be temporary. Zhang Ju notes wisely that all the characters here represent loneliness and courage in the face of adversity. At one point, Nenna visits her husband in his lodgings, and they have what the critic, John Carey, describes as the most memorable marital row in all fiction. But this is to make the novel sound much darker than it really is. Like all Penelope's work, it is shot through with comic and even joyful moments (she described her genre or mode as tragi-farce), many of them involving Nenna's children, Martha and Tilda. Very few great novelists have the gift of creating convincing child characters. That Penelope did so indeed may be credited to her close observation of her own children. In the manuscript of *Offshore*, Martha and Tilda have the names of her own daughters, Tina and Maria.

Everyone has a different favourite Fitzgerald novel. For some it is the dream of setting up one's own bookshop, for others the magic Russian birch-tree wood, the love-affair between the lowly nurse's assistant and the science don who must both pass through the locked gate of An-

序言

gels, the flowering of a poet's genius through his love of an apparently very ordinary young girl. Any or all of these, but if I was forced to choose my choice would be *Innocence*.

Here again we have a mismatched couple: a dreamy impulsive young Florentine from an impoverished aristocratic family, with a history of doing harm by innocently trying to do the best for people, and a fiery idealistic left-wing doctor from the South. They fall into a courtship and early marriage idyllic but marked by multiple mutual misunderstandings.

Though we live and breathe the atmosphere of 1950s Italy, the novel rests on the wisdom of Penelope's recollections of her own marriage transmuted into absorbing fiction. As in other novels Penelope seems effortlessly to know everything about printing in Moscow, German philosophy, particle physics, so here she has excursions into wine-making, couture and renaissance art, and there is always the beauty and intricacy of her descriptions, the perfectly drawn minor characters, the sudden and striking uttering of eternal truths.

May Zhang Ju's fine book send you, the reader, back to Penelope Fitzgerald's infinitely rewarding novels.

Terence Dooley
England

绪　论	(1)

第一章　危险的纯真 ………………………………… (20)
　　第一节　《无辜》之不可靠叙述与纯真之昧……… (21)
　　第二节　《天使之门》的空间叙事与纯真之殇…… (36)
　　第三节　纯真与伦理叙事 ………………………… (52)

第二章　"灰爱"
　　　　——菲氏文本中的爱情主形态 …………… (65)
　　第一节　爱情四色之辨 …………………………… (67)
　　第二节　"灰爱"的具体表征与现实意义………… (77)
　　第三节　含蓄的性与"灰爱"观照下的
　　　　　　人物刻画及人际关系 ………………… (93)

第三章　积极的孤独 ………………………………… (109)
　　第一节　多重象征：《书店》的个体孤独 ………… (110)
　　第二节　泰晤士河与母亲原型：《离岸》的
　　　　　　群体孤独 ……………………………… (128)
　　第三节　孤独的文化渊源及言语体现 …………… (139)

第四章 凡者的勇气 ……………………………………（147）
　第一节 三重困境之下的勇气 ……………………（149）
　第二节 勇气与英雄叙事：《书店》和《老人
　　　　 与海》的互文阅读 ………………………（162）
　第三节 "菲茨杰拉德的孩子"：睿智之勇的
　　　　 代言人 ……………………………………（177）

结　语 ………………………………………………（191）

附　录 ………………………………………………（201）

参考文献 ……………………………………………（253）

后　记 ………………………………………………（272）

绪　论

一　选题依据

佩内洛普·菲茨杰拉德（Penelope Fitzgerald）①是英国当代文学史上颇有建树和地位的传记作家、小说家及文学评论家。1916年12月17日，菲氏生于英国林肯郡，时名佩内洛普·玛丽·诺克斯（Penelope Mary Knox）。1935年，菲氏进入牛津大学攻读英国文学，1938年从该大学萨默维尔学院毕业并获一级荣誉学士学位，1943年和迪斯蒙德·菲茨杰拉德（Desmond John Lyon Fitzgerald）结婚，2000年4月28日于伦敦去世。

菲氏的祖父和外祖父都曾位居主教（bishop），母亲是英国牛津大学第一批女学生中的一员，父亲和三个叔叔在文学、宗教及其他领域都颇有建树。父亲爱德蒙德·诺克斯（Edmund George Valpy Knox, 1881—1971）是一位诗人、讽刺作家，曾任英国幽默讽刺周刊《笨拙》（*Punch*）主编十八年（1932—1949）。三个叔叔中，迪霖·诺克斯［Alfred Dillwyn（Dilly）Knox, 1884—1943］是剑桥国王学院的古典主义学学者、密码破译者，两次世

---

① 为行文简洁，后文将作家名"佩内洛普·菲茨杰拉德"简写为"菲氏"。关于菲氏从牛津大学毕业的年份，有评论家认为是1939年，但其《简历》所述年份为1938年。参见 Penelope Fitzgerald, "Curriculum Vitae", in Terence Dooley ed., *The Afterlife: Essays and Criticism*, New York: Counterpoint, 2003, p. 341.

界大战期间为解码德军无线情报做出很大贡献；威尔弗雷德·诺克斯（Wilfred Lawrence Knox,1886—1950）是英国国教牧师、神学家，写就诸多神学专著；1924—1940年，他担任好牧人讲堂的监护人，还是剑桥大学彭布罗克学院的牧师和研究员；罗纳德·诺克斯（Ronald Arbuthnott Knox,1888—1957）是英国天主教神父、神学家、侦探故事作家，还是英国广播公司的撰稿人和主持人。菲氏据其父辈经历写就颇受好评的传记《诺克斯兄弟》。菲氏的哥哥罗尔·诺克斯（Edmund Rawle Valpy Knox）也是一位知名随军记者。来自父系家族的文化背景对菲氏影响很大，她自言来自创作世家，从小便将写作看成自然而然的事情。① 虽然菲氏专职文学创作起步晚，但家庭给她的文学熏陶和滋养是长久而深厚的。

从1975年发表第一部传记至去世，菲氏共发表了3部传记②和9部小说③。她的另外一些作品在她去世后被编辑整理，陆续有一部短篇故事集④、一部评论文集⑤及一部书信集⑥问世。菲氏

---

① Penelope Fitzgerald, "Curriculum Vitae", in Terence Dooley ed., *The Afterlife: Essays and Criticism*, New York: Counterpoint, 2003, p.338.

② 《爱德华·伯恩·琼斯》（*Edward Burne-Jones*, 1975）、《诺克斯兄弟》（*The Knox Brothers*, 1977）和《夏洛特·缪和她的朋友以及缪诗选》（*Charlotte Mew and Her Friends: With a Selection of Her Poems*, 1984）。

③ 《金孩》（*The Golden Child*, 1977）、《书店》（*The Bookshop*, 1978）、《离岸》（*Offshore*, 1979）、《人声鼎沸》（*Human Voices*, 1980）、《弗雷迪戏剧学校》（*At Freddie's*, 1982）、《无辜》（*Innocence*, 1986）、《早春》（*The Beginning of Spring*, 1988）、《天使之门》（*The Gate of Angels*, 1990）和《蓝花》（*The Blue Flower*, 1995）。

④ Penelope Fitzgerald, *The Means of Escape*, London: Flamingo, 2001.

⑤ Penelope Fitzgerald, *The Afterlife: Essays and Criticism*, ed. Terence Dooley, New York: Counterpoint, 2003. 该文集在英国和美国出版时分别名为《不复存在的房子》（*A House of Air*）和《来世》（*The Afterlife*）。

⑥ Penelope Fitzgerald, *So I Have Thought of You: The Letters of Penelope Fitzgerald*, ed. Terence Dooley, London: Fourth Estate, 2009. 特伦斯·杜利（Terence Dooley）先生编辑了菲氏书信集《所以我想到了你：佩内洛普·菲茨杰拉信札》。杜利先生是菲氏大女婿，亦是菲氏生前指定的文学遗产执行人。后文中，这部书信集将简称为"《菲氏信札》"。

绪 论

九部小说有四部冲击英国最高文学奖——布克奖。① 其中,《书店》《早春》和《天使之门》入围了布克奖短名单(又译"决选名单"或"最后入围名单")。1979 年,菲氏以《离岸》击败奈保尔(V. S. Naipaul)的《河湾》,折桂布克奖。1985 年,菲氏传记作品《夏洛特·缪和她的朋友以及缪诗选》获罗斯·玛丽·克劳肖奖(The Rose Mary Crawshay Prize);1990 年,小说《天使之门》入围了惠特布莱德奖(Whitbread)。菲氏于 1995 年发表的最后一部小说《蓝花》,19 次被媒体选为年度最佳图书,并于 1997 年获美国全国书评家协会小说类大奖,她因此成为首位获得该奖的非美国公民。菲氏也是英国皇家文学学会会员,1996 年获海伍德-希尔文学终身成就奖②,1991 年和 1998 年两次担任布克奖评委,1998 年菲氏还担任了海涅曼奖③的评委。2008 年,《泰晤士报》评选1945 年"二战"后英国 50 名大作家,菲氏以第 23 名上榜。2017年,由小说《书店》改编的同名电影上映,该片获得 2018 年第32 届西班牙电影戈雅奖(Goya Awards)最佳影片奖、最佳导演奖及最佳改编剧本三项大奖。

菲氏的小说艺术及其作品魅力,广受赞誉。拜厄特(A. S. Byatt)称菲氏为"简·奥斯丁的最佳继承人"④。柯莫德(Frank Kermode)认为:"她写的小说近乎完美,技巧纯熟,疏密

---

① 布克奖创立于 1969 年,是严肃英语小说作品最重要的文学奖项之一,2002年至 2019 年布克奖冠以赞助方"曼集团"(the Man Group)名,改称"曼布克奖";2019 年曼集团终止赞助,该奖回归创立之初名称"布克奖"。

② 海伍德-希尔文学终身成就奖(The Heywood Hill Literary Prize, 1995—2004),表彰为书籍做出终生贡献的作家、编辑、评论家、收藏家或出版商,奖金一万五千英镑,由安德鲁·卡文迪什(德文郡第十一任公爵)资助,2004 年卡文迪什去世后,该奖终止。

③ 海涅曼奖(The W. H. Heinemann Award),该奖是出版商威廉·海涅曼(1863—1920)为资助英国皇家文学学会设立的文学奖,1945 年至 2003 年颁发。

④ A. S. Byatt, "A Delicate Form of Genius", *The Threepenny Review*, Spring 1998, p. 13.

有致，令人愉快。"① 不过要很好地理解她的作品并不容易，菲氏传记作家、牛津大学教授、英国女爵士赫敏·李（Hermione Lee）提醒说："读者需要花一点时间来理解她作品中的力量、微妙处、绝对的原创性、陌生感、智慧和深度。"② 2000 年，评论家哈维-伍德（Harriet Harvey-Wood）在写给菲氏的讣告中，称她是"英国当代小说界最具特色、最优雅的声音……其寓宏观于微观的混成力使多数当代小说作品显得浮夸、书写过度"③。她在英国当代小说界卓尔不群的地位昭昭朗朗。

菲氏的文学成就主要是在她生命的最后 20 年里完成的。从牛津大学毕业至 60 岁前的时间中，菲氏主要完成了女性传统角色之相夫教子、赡养老人的使命。在孩子成年、父亲和丈夫相继（1971 年，1976 年）去世后，她才开始专职文学创作生涯。她因此用自己的经历鼓舞那些文学创作起步较晚的作家④。菲氏专职文学创作之前的人生经历是很好的积淀，或多或少都成了她的创作素材，揉进了她前期的作品中⑤。虽然菲氏专职文学创作起步晚，但成就斐然。从"菲氏生平及创作简图"（图 0-1）可以看出，菲氏 1975 年之前的人生轨迹与一般女性相同（求学、结婚、生子、相夫教子、赡养老人），但她人生的后 20 年，厚重无比。

---

① Frank Kermode, "Booker Books", *The London Review of Books*, Vol. 1, No. 3, Nov. 22, 1979, p. 13.

② Hermione Lee, "From the Margins: Hermione Lee on Penelope Fitzgerald", *The Guardian*, Saturday, April 3, 2010, p. 10.

③ Harriet Harvey-Wood, "Penelope Fitzgerald", *The Guardian*, Wednesday, May 3, 2000, p. 22.

④ Catherine Wells Cole, "Penelope Fitzgerald", in Jay L. Halio ed., *British Novels Since 1960*, Detroit: Gale Research, 1983.

⑤ 菲氏在一家书店的工作经历对她创作《书店》是有某种启发的；她和家人在泰晤士河的船居经历是《离岸》的创作模板；她在英国广播公司的工作经历对她创作《人声鼎沸》也很有帮助；她在多所学校教授文学课的经历则融在了《弗雷迪戏剧学校》中。

绪 论

从1975年发表第一部传记,至1995年的20年时间,共发表3部传记、9部小说、12个短篇故事及众多的文学评论文章,作品质量之高也通过斩获的众多大奖彰显。

菲氏低调、幽默,对弱者怀有深深的同情心,对人性弱点有洞彻的理解和宽容,对人性的优点也并非漫无边际地赞美。菲氏作为传记作家的职业道德一直为评论界所称颂。她曾经花了整整三年的时间搜集、整理、调研哈特利(L. P. Hartley)的传记素材,几乎在万事俱备的情况下,她毅然决定放弃为哈特利作传,因为她意识到哈特利的传记会让该作家仍然在世的亲属难堪、痛苦。① 2011年的曼布克奖得主朱利安·巴恩斯回忆1998年他和菲氏共同参加一个活动时,菲氏的谦逊和低调:"她举止羞涩,显得心不在焉,好像她最不希望的事情就是被大家看作在世小说家中最优秀的——而这正是她当时的地位。"② 目前,国内英美文学界对菲氏作品有一定的关注和研究,英美两国文学界对她的研究略多。本书选择菲氏为研究对象,希望在国内菲氏研究及英国现当代文学研究方面做出一点新贡献。

本书关于菲氏小说的研究,是针对菲氏作品主题、叙事技巧及策略等的研究。菲氏凝练、简约、含蓄、优雅的文风得到英美文学界的一致好评,这方面的评论文章为数不少;鉴于形式与内容的不可分割性,那些评论文章对其作品主题也略有论及,但均未深入,也未辅以翔实的论据和透彻的分析进行有说服力的论证。分析或评论小说文本,针对作品主题的分析和研究是基础。因为在对小说(除新小说或纯实验主义小说外)的分析和解读

---

① 《菲氏信札》中提及这一事实;朱利安·巴恩斯的文章"How did She Do It?"和赫敏·李给菲氏文集《来世》所做的序均提到了这件事。

② Julian Barnes, "How did She Do It?", *The Guardian*, Saturday, July 26, 2008, p. 19.

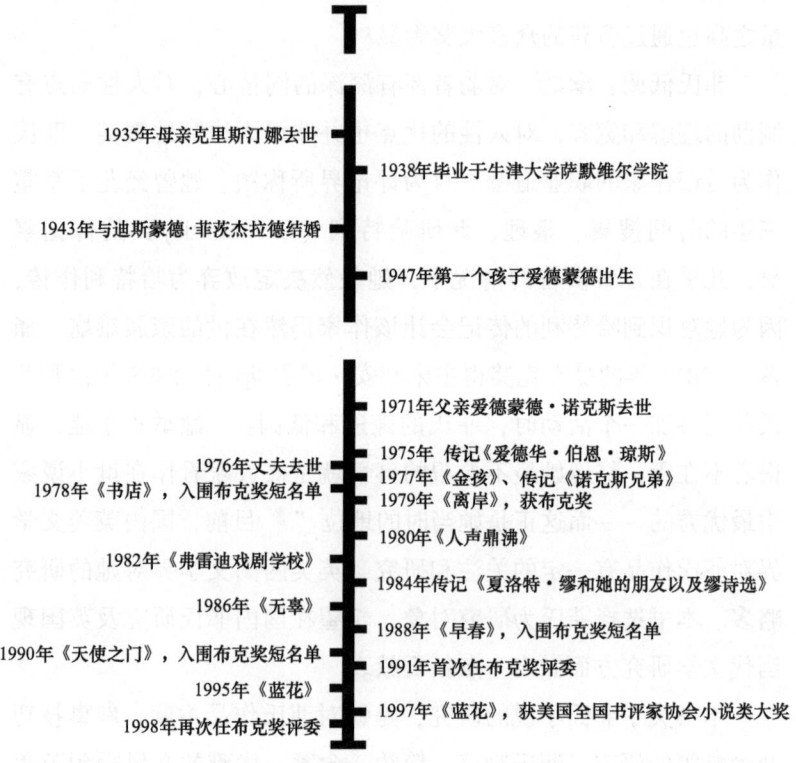

图0-1 菲氏生平及创作简图

中，无论其文本形式和创作技巧如何，最终总有这几个基本问题："这部作品总体讲了什么？意义何在？是以何种形式传达给读者的？对现实生活有何指导意义？有什么样的启发？"

本书在确定以菲氏这位优秀小说家为研究对象后，将研究重点进一步放在了对其小说主题的分析研究上。"小说比任何一种文学形式，甚或比任何一种文字，都更能胜任愉快地充当起社会

绪 论

用以自我构想的样板,通过小说这种话语,世界得到清晰的再现。"① 本书通过对菲氏小说主题的分析和研究,将展示一个与现实十分相似但又独具特色、发人深思的"世界"。

在此仅举两例说明菲氏小说主题的新颖、独特和深刻。菲氏作品的"纯真"主题并非以往文学印象中威廉·布莱克笔下的羔羊般纯洁无辜的纯真,菲氏纯真主题的书写,让读者认识到纯真的"危险性"或曰"杀伤力",让读者对人性的复杂和多维有了更深的认识。菲氏对爱情的书写,也赋予这一主题新解,尤其使婚姻中的爱情得到充分呈现。这首先体现在她关于爱情的书写进入了以往作家不常进入的领域——婚姻,菲氏将婚姻中夫妻双方岌岌可危的情感、似有若无的爱细腻微妙地呈现给了读者。其次,菲氏把这种感情状态下夫妻双方周围复杂的人际关系也巧妙地展现了出来,从而让读者认识到爱情在进入婚姻前后的重大区别以及发展变化。本书探讨的菲氏小说的四个主题(纯真、灰爱、孤独和勇气)在以往文学作品中均有论及,但菲氏以独到的眼光、不同的视角写出了新意和深度,给读者以启迪和思考;由此,菲氏的人生智慧和哲学深度也得以展现。

现有研究菲氏的文章,有一种先入为主、定性思维倾向。分析女作家必从女性主义批评入手。前文所提关于菲氏小说《书店》内容简介和主题评论的文章,从标题"女性的抗争"和"女性的空间诉求"可以看出,两篇文章都是从女性主义角度进行批评研究,其研究视角带有一定局限性。通过对《书店》深层结构的分析,可以看出它和《老人与海》十分类似的结构以及主题。正如《老人与海》是"硬汉精神"的体现一样,《书店》反映的是那些身处逆境的小人物执着寻求自我价值实现的勇气。菲氏曾明确表示,希望

---

① [美]乔纳森·卡勒:《结构主义诗学》,盛宁译,中国社会科学出版社1991年版,第284页。

读者和评论家能从"精神的"而不是"女性主义的"或"政治的"层面关注她的作品。当然,本书并不是以作者本位为出发点,作者怎么说和文本实践一般情况下不会完全一致,有时还可能背道而驰。本书将通过具体文本的研究分析,论述蕴含其中的深刻主题,并以此揭示菲氏作品的文学性和艺术性。

目前国外评论界对菲氏文学地位一致持肯定态度,对其文学创作天赋及"简·奥斯丁的最佳继承人"这一说法,评论家之间几乎没有什么异议。但对其定位则众说纷纭,有评论家说她是"宗教作家",有些评论家将她与伊迪斯·华顿(Edith Wharton)比较,将其定位为"社会风俗小说家"(a novelist of manners)。拜厄特对这一定位提出了挑战,她认为菲氏既不是社会风俗小说家,也不是专门书写阶级的小说家。[①] 鉴于以上评论家之间的争辩,本书运用叙事学及文化研究中的相关理论,通过对其文本的深入剖析,力求客观、系统、全面地展示菲氏作品主题,在此基础上厘清三个最基本的问题:菲氏作品究竟蕴含了哪些主题?她是怎么写的?她为什么要写那些主题?在回答以上问题的基础上,本书将进一步对其小说家的身份定位给出比较客观的界定。

二 研究现状

国内英美学界,《外国文学动态》最早刊有两篇菲氏简短评介。[②] 2013—2019 年,笔者陆续在国内期刊发表了 5 篇菲氏作品研究论

[①] A. S. Byatt, "Preface by A. S. Byatt", in Terence Dooley ed., *So I Have Thought of You: The Letters of Penelope Fitzgerald*, London: Fourth Estate, 2009, p. xiii.

[②] 张海霞:《日落山水静——记英国老妪作家佩·菲茨杰拉德》,《外国文学动态》2006 年第 4 期;李道全:《女性的空间诉求:评佩内洛普·菲茨杰拉德的〈书店〉》,《外国文学动态》2009 年第 1 期。

绪 论

文,在海外期刊发表了 2 篇菲氏研究论文。① 《外国文学》2017 年刊有一篇有关"共同体意识"的研究论文,探讨了菲氏早期文学思想中的共同体情结。② 复旦大学卢丽安用英文撰写的菲氏研究专著③以其在苏格兰格拉斯哥大学的博士论文为基础,讨论了菲氏的小说主题、语言风格、文类运用,归纳和分析了她的人文主义精神传统,论证了她同时身为当代小说评论家的身份。卢丽安撰写论文期间和菲氏就有关问题的书信往来,是很有价值的参考资料,为本书的研究提供了不少便利。其专著共六章,对菲氏作品主题的探讨集中在第二章(《不合时宜的作家?——语境和主题》)第二节,④ 有如下三个主题:(1)生活的琐碎和易变(inconsequentiality and mutability of life);(2)在看得见的和看不见的之间(between the observable and the unobservable);(3)斗争和机遇世界之勇气(courage in a world of battle and chance)。该专著和本书都注意到了菲氏作品中的"勇气"主题,但该专著对

---

① 即《"陌生化"的英雄叙事:〈书店〉和〈老人与海〉的互文阅读》,《外国语文》2013 年第 3 期(合著);《〈天使之门〉故事空间的结构功能及主题意义》,《英美文学研究论丛》2014 年第 2 辑;《善以恶行——"纯真"与不可靠的叙述》,《北京第二外国语大学学报》2015 年第 2 期;"The Function of the Minor Character Christine Gipping in The Bookshop", *Journal of Social Aesthetics*, Vol. 2, March 2015, pp. 39 – 51;《菲茨杰拉德的爱情观:以〈离岸〉和〈早春〉为例》,《外国语言文学》2016 年第 4 期;"Environmental Information in Modern Fiction and Ecocriticism", *Journal of Environmental Informatics*, Vol. 30, No. 1, 2017, pp. 41 – 52;《佩·菲茨杰拉德〈离岸〉中的"母亲"原型》,《外国文学动态研究》2019 年第 3 期。

② 李菊花:《佩·菲茨杰拉德早期文学思想中的共同体意识》,《外国文学》2017 年第 3 期。

③ 卢丽安:《文本之外:由佩内洛普·菲茨杰拉德的小说及文学生涯看文学研究》(英文),复旦大学出版社 2005 年版。卢丽安还在《上海文化》(2021 年第 1 期)上发表了回忆佩内洛普·菲茨杰拉德的文章——《幽微之处自有灵光 邂逅佩内洛普·菲茨杰拉德》。

④ 该著作第二章标题为"A Writer in the Wrong Time? Context and Theme",该章有两节,第一节标题为"Post-war Fiction and Tradition",是关于菲氏小说语境的探讨;第二节标题为"A Novelist of Christian Humanity",是关于菲氏小说主题的探讨。

菲氏作品的主题解读和本书相去甚远，即便是相同的"勇气"主题，分析的出发点和结论也有很大区别。又因该专著涵盖面广，主题研究只是其关于菲氏文本语境研究的一个方面，并非该专著的重点。

关于菲氏作品的翻译和接受——菲氏多部小说被译成意大利语、德语①、西班牙语、法语、日语等。中国台湾对菲氏作品的译介早于中国大陆，始于2001年，② 中国大陆从2006年开始有菲氏小说中译本。到目前为止，菲氏九部小说在国内有两家出版社引进，分别是新星出版社和中信出版社，前者引进并翻译了其中五部；后者引进并翻译了其中六部，③ 其他三部小说及她身后出版的三本书集，国内暂无译本。菲氏短篇小说集《逃之夭夭》（*Means of Escape*）2001年版共收录了十篇短篇小说，本书作者已翻译七篇，分别刊在《译林》《世界文学》《小鸟》等期刊上。④

国外英美文学界关于菲氏小说的评论文章从1977年见诸报纸及学术期刊，⑤ 研究文章较多。止庵在2009年的菲氏三部小说

---

① 菲氏所有小说均已在意大利出版，由 Masolino d'Amico 翻译，菲氏作品的德语译者为 Christa Krüger（参见《菲氏信札》，第477页）。

② 中国台湾学者陈苍多2001年翻译出版了《书店》（*The Bookshop*）；2002年翻译出版了《忧伤蓝花》（*The Blue Flower*）。陈的两个译本均由新雨出版社出版。另，*The Blue Flower* 的中译本在中国大陆由新星出版社和中信出版集团出版时，均译为《蓝花》。

③ 新星出版社出版引进并翻译的五个译本，分别是尹晓东译《书店》（2006年）、周昊俊译《离岸》和《天使之门》（这两个译本均在2009年出版），以及周伟红译《早春》（2010年）、鲁刚译《蓝花》（2010年）。中信出版集团引进并翻译的六个译本，分别是张菊译《书店》（2019年）、熊亭玉译《蓝花》（2019年）、张菊译《离岸》（2020年）、周萌译《无辜》（2020年）、黄建树译《早春》（2021年）、熊亭玉译《天使之门》（2021年）。

④ 笔者在《译林》《世界文学》《英语世界》《小鸟》等期刊刊发的七个菲氏短篇小说的中译本依次为：《德西德拉图斯》《红发女孩》《裁员》《逃之夭夭》《贝恩斯》《希鲁哈拉玛》《藏踪匿迹》。其中，《逃之夭夭》与小说集同名。

⑤ John Mellors, "Anon Events", *The Listener*, Vol. 98, No. 2528, Sep. 29, 1977, p. 410; Susannah Clapp, "Suburbanity", *New Statesman*, Vol. 94, No. 2429, Oct. 7, 1977, p. 483.

绪 论

中译本所做译序中所说"英国作家佩内洛普·菲茨杰拉德大器晚成,晚到目前所见文学史著作还来不及提起她","大器晚成"与国外评论家用的词"late-bloomer"相合;不过,后半句,就目前搜集到的资料来看,一些当代文学史著,已将其纳入。据所查证的资料,至少有十多部文学选集不仅仅是"提起她",而且有相当篇幅的评介或作品收录。①

针对菲氏作品的研究评论文章主要分为三类:第一类是论证菲氏文学地位和文学贡献的综合性述评;第二类则是针对菲氏某部作品或某个阶段所创作作品的评论;第三类主要是分析菲氏作品创作技巧。

在第一类文章中,评论家们对菲氏文学天分高度认可,他们使用的核心词汇是"天才、天赋"(genius, talent),对菲氏文学贡献的评价主要指向其作品深刻的主题内涵和独特的文风,代表

---

① 最早收录菲氏作品的文集当属《泰晤士报鬼故事选集》(*The Times Anthology of Ghost Stories*, 1975), 该集收录了菲氏创作的一个获奖短篇鬼故事《裁员》(*The Axe*); 其他收录菲氏作品或评论菲氏(作品)的文集可参见 Sharon R. Gunton ed., *Contemporary Literary Criticism*, Vol. 19, Detroit: Gale, 1981, pp. 172 – 175; Jay L. Hailo ed., *Dictionary of Literary Biography*, Vol. 14, Detroit: Gale, 1983; Gerda Charles, "Penelope Fitzgerald", in D. L. Kirkpatrick ed., *Contemporary Novelists*, London: St. James Press, 1986, pp. 294 – 296; Mark Zadrozny ed., *Contemporary Authors Autobiography Series*, Vol. 10, Detroit: Gale, 1989; Daniel G. Marowski and Roger Matuz eds., *Contemporary Literary Criticism*, Vol. 51, Detroit: Gale, 1989, pp. 123 – 127; Roger Matuz ed., *Contemporary Literary Criticism*, Vol. 61, Detroit: Gale, 1990, pp. 114 – 123; Robert E. Hosmer ed., *Contemporary British Women Writers: Narrative Strategies*, Springer, 1993, pp. 105 – 127; Joyce Nakamura ed., *Contemporary Authors Autobiography Series*, Vol. 20, Detroit: Gale, 1994; Brad Leithauser ed., *The Norton Book of Ghost Stories*, New York: W. W. Norton &. Company, 1994 (《诺顿鬼故事选集》, 该集收录的也是短篇《裁员》); Moseley Merritt and Layman Richard eds., *Dictionary of Literary Biography*, Vol. 194, Detroit: Gale, 1998; Karen Karbiener, "Penelope Fitzgerald", in George Stade and Sarah Hannah Goldstein eds., *British Writers (Supplement V)*, New York: Charles Scribner's Sons, 1999, pp. 95 – 109; Jeffrey W. Hunter and Tom Burns eds., *Contemporary Literary Criticism*, Vol. 143, Detroit: Gale, 2001, pp. 233 – 270; Malcolm Bradbury, *The Modern British Novel* 1878 – 2001, Beijing: Foreign Language Teaching and Research Press, 2004, pp. 459, 490, 497 – 498, 515, 526.

性评论文章有：（1）拜厄特的《天才的雅致形式》①；（2）拜厄特之后，迪安·弗劳尔（Dean Flower）也称菲氏为"简·奥斯丁在社会喜剧艺术方面的继承人"②；（3）米歇尔·斯郎（Michele Slung）的《佩内洛普的耐心》③；（4）菲利普·亨舍（Philip Hensher）的《出人意料的天才》④；（5）莫里斯（Jan Morris）在评论文章中称菲氏为"二十世纪最有天分的小说家之一"⑤；（6）理查德·爱德（Richard Eder）在《纽约时报》上发表的《真理屋饥饿缪斯的试演》⑥；（7）爱德蒙·戈登（Edmund Gordon）2008年发表《静默天才佩内洛普·菲茨杰拉德》⑦；（8）2010年4月，菲茨杰拉德去世十周年之时，赫敏·李在《卫报》上发表了一篇纪念性文章，称她为"二十世纪晚期英国小说界的静默天才"⑧，同时该文提到她当时正着手菲氏传记写作。

上文提到的十多部文学选集中的文章，主要属于第二类，是对菲氏作品的综合性介绍和述评。除此之外，迪安·弗劳尔发表在《哈德逊评论》上的几篇文章也属此列，包括《鬼、阴影图及

---

① A. S. Byatt, "A Delicate Form of Genius", *The Threepenny Review*, Spring 1998, pp. 13 – 15.

② Dean Flower, "Ghosts, Shadow Patterns and the Fiction of Penelope Fitzgerald", *The Hudson Review*, Vol. 54, 2001, pp. 133 – 140.

③ Michele Slung, "The Patience of Penelope", *Victoria*, Vol. 16, No. 3, 2002, pp. 40 – 41.

④ Philip Hensher, "A Talent for the Unexpected", *The Spectator*, Oct. 25, 2003, pp. 54 – 55.

⑤ Jan Morris, "Worldly Innocence: Jan Morris Celebrates the Life and Work of Penelope Fitzgerald", *New Statesman*, Vol. 131, No. 4572, Jan. 28, 2002, p. 54.

⑥ Richard Eder, "Auditions for Hungry Muses at the House of Truth", *The New York Times*, May 5, 1999, p. 9.

⑦ Edmund Gordon, "The Quiet Genius of Penelope Fitzgerald", *The Guardian*, May 19, 2008.

⑧ Hermione Lee, "From the Margins: Hermione Lee on Penelope Fitzgerald", *The Guardian*, Apr. 3, 2010.

绪 论

佩内洛普·菲茨杰拉德的小说》①、《一个胸有成竹的人》及《佩内洛普·菲茨杰拉德不为人知的短篇》（合著）②，其中，《佩内洛普·菲茨杰拉德不为人知的短篇》主要是对菲氏未公开发表的四个短篇故事的评论分析，并由此得出菲氏文学起步早于1975年的结论。布鲁斯·博尔（Bruce Bawer）1992年发表的文章《良心的呼唤——评佩内洛普·菲茨杰拉德小说》对菲氏1992年之前发表的小说做了综合述评，主要从菲氏作品的道德层面进行解读。③ 苔丝·刘易斯（Tess Lewis）的文章《理智与情感之间——佩内洛普·菲茨杰拉德的小说》④对菲氏九部小说进行了综合介绍及解读，同时也简要论及她作品中开放式结尾的意义。

在集中针对菲氏某部作品的评论文章中，以作品《蓝花》受到的关注最多。代表性文章有：（1）弗兰克·柯莫德1995年见于《伦敦图书评论》的《黑色命运》（"Dark Fates"）⑤，该文主要论述菲氏《蓝花》中细节处理和驾驭的娴熟技巧；（2）理查德·爱德的《评〈蓝花〉》（"Review of The Blue Flower"）⑥，该书评发表于《洛杉矶时报书评》；（3）达格玛·赫尔佐格（Dagmar

---

① Dean Flower, "Ghosts, Shadow Patterns and the Fiction of Penelope Fitzgerald", *The Hudson Review*, Vol. 54, 2001, pp. 133–140.

② Dean Flower, "A Completely Determined Human Being", *The Hudson Review*, Vol. 57, 2005, pp. 581–592; Dean Flower and Linda Henchey, "Penelope Fitzgerald's Unknown Fiction", *The Hudson Review*, Vol. 61, 2008, pp. 47–65.

③ Bruce Bawer, "A Still, Small Voice: The Novels of Penelope Fitzgerald", *The New Criterion*, Vol. 10, No. 7, 1992, pp. 33–42.

④ Tess Lewis, "Between Head and Heart: Penelope Fitzgerald's Novels", *The New Criterion*, Vol. 18, No. 7, Mar. 2000, pp. 29–36.

⑤ Frank Kermode, "Dark Fates", *London Review of Books*, Vol. 17, No. 5, Oct. 1995, p. 7.

⑥ Richard Eder, "Review of *The Blue Flower*", *Los Angeles Times Book Review*, Apr. 13, 1997, p. 5.

Herzog)的《肺痨时期的爱》("Love in the Time of Tuberculosis")①，该文主要分析了菲茨杰拉德化普通故事片段为神奇的叙事天分。随着菲氏研究在国外英美学界的不断升温，菲氏的书信集也越来越为评论家们关注，如刘易斯（Fess Lewis）的《庄重与优雅——佩内洛普·菲茨杰拉德的书信》②，这篇文章是针对《菲氏信札》的评论文，对菲氏小说主题也做了简略概括，但没有进行系统论述。朱利安·巴恩斯（Julian Barnes）的文章《她是怎么做到的?》③，就菲氏小说中令人信服的碎片之和大于整体的细节描写进行分析，再从菲氏书信集入手，追踪她创作时所做的资料研读、查询和翻译等严谨的前期工作，该文充分肯定了她的创作态度及独特的艺术手法。

第三类关于菲氏创作技巧的研究文章不多。代表性的有朱利安·戈岑（Julian Gitzen）的关于菲氏简约文风及创作技巧的分析文章：《佩内洛普·菲茨杰拉德小说中压缩的要素》④。1998 年 9 月，美国记者尼古拉斯·A. 贝斯贝恩斯（Nicholas A. Basbanes）同时采访菲茨杰拉德和罗伯特·库弗（Robert Coover）后，发表了《传统主义者和革命者》一文，⑤ 该文把菲氏纳入传统主义作家之列。

2004 年，彼得·伍尔夫（Peter Wolfe）所著《理解佩内洛普·菲茨杰拉德》出版，这是第一部关于菲氏作品（主要是长篇

---

① Dagmar Herzog, "Review: Love in the Time of Tuberculosis", *The Women's Review of Books*, Vol. 15, No. 1, Oct. 1997, pp. 6 - 7.

② Tess Lewis, "Gravity and Grace: The Letters of Penelope Fitzgerald", *The Hudson Review*, Spring 2009, pp. 153 - 158.

③ Julian Barnes, "How did She Do It?", *The Guardian*, Saturday, July 26, 2008.

④ Julian Gitzen, "Elements of Compression in the Novels of Penelope Fitzgerald", *Essays in Arts and Sciences*, Vol. 26, Oct. 1997, pp. 1 - 14.

⑤ Nicholas A. Basbanes, "The Traditionalist and the Revolutionary", *Biblio*, Sept. 1998, pp. 10 - 12.

小说）研究的英文专著，① 该专著以菲氏作品出版的时间顺序分列章节，主要分析了菲氏简约、内敛、富含潜台词的文风，在文本细读的基础上结合菲氏生平及创作生涯分析了她卓尔不群的文学艺术和创作技巧。

菲氏在英美文学界的名声在她去世后越来越高，对其作品的研究也越来越多，若以《当代文评》（*Contemporary Literary Criticism*, *CLC*）为个案来分析、考查菲氏研究在国外学界的研究情况，可以清楚看出菲氏研究正持续升温。从表0-1中可以看出：（1）国外学界对菲氏研究的持续性和延续性；（2）20世纪80年代菲氏研究出现了一个小高潮，*CLC*第61册的评论文章篇数为第19册和第51册文章篇数之和；（3）20世纪90年代，菲氏研究达到另一个高潮，虽然从评论文章上看，仍为18篇，但第134册共38页的篇幅为第61册19页篇幅的两倍，表明对菲氏的研究评论更加深入。但迄今为止，以本书的理论视野观照菲氏作品主题内涵和意义的研究尚属空白，从这个意义上说，本书在菲氏作品研究领域有一定创新性。

表0-1　　　　*CLC*有关菲氏评论文章量化统计表

CLC 册数	Vol. 19	Vol. 51	Vol. 61	Vol. 134
出版年份（年）	1981	1989	1990	2001
评论文章所跨年份（年）	1977—1981	1982—1987	1977—1989	1992—1999
在该册所占页码（页）	172—175	123—127	104—123	233—271
评论文章篇数（篇）	10	8	18	18

进入21世纪以来，国内外关于菲氏作品的学术研究呈增长

---

① Peter Wolfe, *Understanding Penelope Fitzgerald*, Columbia: University of South Carolina Press, 2004.

趋势,尤其是 2013 年赫敏·李的《佩内洛普·菲茨杰拉德传》①问世之后,菲氏作为 20 世纪"杰出英国小说家"的定位得到学界认可。② 目前,不包括李为菲氏所写传记,除上文提到的彼得·伍尔夫及卢丽安的英文专著,克里斯托弗·奈特(Christopher J. Knight)也撰有英文研究专著《佩内洛普·菲茨杰拉德与小说的慰藉》,③ 该书是奈特的菲氏研究论文文集,是在菲氏文本之外,从宗教、创作背景等进行的深入分析。2018 年,休·阿德林顿(Hugh Adlington)出版专著《佩内洛普·菲茨杰拉德》(*Penelope Fitzgerald*),④ 该专著正文部分均直接以菲氏的传记或小说的标题为二级标题,是对菲氏传记、小说、短篇小说、诗歌等作品的完整汇编及评论;菲氏九部小说在休·阿德林顿的专著中分

---

① Hermione Lee, *Penelope Fitzgerald: A Life*, London: Chatto & Windus, 2013. 赫敏·李所著菲氏传记 *Penelope Fitzgerald: A Life*,有译者译成《佩内洛普·菲茨杰拉德的一生》,笔者认为此译法可商榷。"life"词条在《牛津高阶英汉双解词典》中有"biography"之意,该标题可表述为"The Biography of Penelope Fitzgerald",因此,笔者认为将其译为"《佩内洛普·菲茨杰拉德传》"也许更准确、简练。

② 赫敏·李也是弗吉尼亚·伍尔夫和伊迪斯·华顿两位女作家的传记作者。《佩内洛普·菲茨杰拉德传》获 2014 年詹姆斯·泰特·布莱克纪念奖(James Tait Black Memorial Prize)的传记类奖。

③ 专著 *Penelope Fitzgerald and the Consolation of Fiction* 为克里斯托弗·奈特的菲氏研究文集,包含他 2012—2017 年所发表的菲氏研究论文: Christopher J. Knight, "The Second Saddest Story: Despair, Belief, and Moral Perseverance in Penelope Fitzgerald's The Bookshop", *Journal of Narrative Theory*, Vol. 42, No. 1, Winter 2012, pp. 69 – 90; "Penelope Fitzgerald's Beginnings: The Golden Child and Fitzgerald's Anxious Relation to Detective Fiction", *The Cambridge Quarterly*, Vol. 41, No. 3, 2012, pp. 345 – 364; "Concerning the Unpredictable: Penelope Fitzgerald's 'The Gate of Angels' and the Challenges to Modern Religious Belief", *Religion & Literature*, 2013, pp. 25 – 57; " 'Between the Hither and Farther Shore': Penelope Fitzgerald's *Offshore*", *Logos: A Journal of Catholic Thought and Culture*, Vol. 17, No. 1, Winter 2014, pp. 90 – 114; "Penelope Fitzgerald's *At Freddie's*, or 'All My Pretty Ones'", *Critique: Studies in Contemporary Fiction*, Vol. 57, No. 2, 2016, pp. 123 – 136; "Penelope Fitzgerald's *Human Voices*: Voice, Truth and Human Fortitude", *Textual Practice*, Vol. 31, No. 1, 2017, pp. 27 – 57.

④ Hugh Adlington, *Penelope Fitzgerald*, Liverpool: Liverpool University Press, 2018.

绪 论

为了前期和后期。其他国外著名评论家/作家，如弗兰克·柯莫德、朱利安·巴恩斯、拜厄特、特伦斯·杜利、约翰·格伦丁（John Glendening）、迪安·弗劳尔、苔丝·路易斯、乔纳森·拉班（Jonathan Laban）等对菲氏作品均有持续的分析评论或研究。

三 研究思路、方法及意义

"多数当代小说批评家，无论他们持何种见解，都对虚构场景、人物、事件以及对话和叙述者自己对世界、人生或人类境况的认识作了重要的区分，并把后者的核心的或主宰的概括性观点视为一部作品的主题或论点。"① 主题就是对一篇小说的总概括。它是某种观念、某种意义、某种对人物和事件的诠释，是体现在整个作品中的对生活深刻而又融贯统一的观点。它是通过小说体现出来的某种人皆有之的人生经验——在小说中，总是直接或间接地含有某种对人性价值和人类行为价值的议论。一篇好的小说，它是一个有机的统一体，各种重要因素之间都有联系。② "一种完整的批评必然涉及对文本进行整体的分析和全面的把握，即把文本作为文学的统一'整体'来分析。"③ 本书的主题研究，正是以文本的整体性为出发点的研究，是在对文本综合考查之下的主题思想的剖析。菲氏小说的某一个主题，往往不仅仅是在一个文本中一以贯之，在多部小说中都有体现，并呈现互补且呼应的关系，本书以菲氏获奖小说为主要研究对象，分析讨论时，也兼及横向的其他作家或其他艺术表现形式中相同主题的作品，以

---

① [美] M. H. 艾布拉姆斯：《文学术语词典（第7版）》，吴松江等编译，北京大学出版社2009年版，第191页。
② [美] 布鲁克斯、沃伦编著：《小说鉴赏（双语修订第3版）》，主万等译，世界图书出版公司2008年版，第220页。
③ 陈永国：《理论的逃逸》，北京大学出版社2008年版，第24页。

深化并厘清某一个主题的脉络及其在文学作品中的演变。

　　文学意义以不确定性为特点，文学阐释是仁者见仁、智者见智的问题，优秀的文学作品，其意蕴更为丰富。尽管阐释无确定性可言，但本书的研究以文本细读为基础，同时，在运用文学理论时紧扣文本，可根据文本事实在某种程度上判断阐释是否客观、规范。本书在进行文本细读时，并不将文本当作纯粹的客体，研究者和文本不是主客两分的关系，而是转化为主体间的对话，不刻意拉开研究者和文本之间的距离，在此基础上，以相关文学理论为分析工具，使从文本中获得的主观体验深化并升华，揭示菲氏小说主题的内涵。

　　其中，第一章运用叙事学中的不可靠叙述、空间叙事及伦理叙事等理论探讨"纯真"主题，展示纯真的负面及由此体现的人性的复杂性。第二章首先梳理了爱情的定义及分类，然后结合色彩理论提出四色爱情说，再结合菲氏文本，指出其中多表征的"灰爱"主题并阐明这一主题的现实意义。第三章探讨菲氏小说的"孤独"主题，运用象征主义和原型批评理论分析了《书店》和《离岸》中的个体及群体孤独，同时探讨了孤独的文化渊源及语言表征，指出这一主题在文学艺术中的长久性和广泛性。第四章分析了菲氏作品中代表"勇气"的三足鼎立的人物，同时分析了菲氏"孩童"睿智的、超出成人的勇气。菲氏"勇气"主题是对前三个主题的扶持性书写，不论人性中本应该是优点的"纯真"会带来什么负面效果，也不论人生中的"灰爱"和"孤独"会让人如何消沉，人终究还是可以凭借"勇气"来承受。艾略特说批评的目的是阐释作品和纠正趣味。① 阐释作品是批评的初衷，因为批评无论带有多大的主观色彩，仍是针对某部作品的，有明

---

① ［英］托·斯·艾略特：《传统与个人才能：艾略特文集·论文》，卞之琳、李赋宁等译，上海译文出版社2012年版，第15页。

绪 论

确的对象和指向。纠正趣味则超越了对作品的评价，带有一种发现和引领风气的作用，是对读者和作者双方面而言。积极的批评，不仅能够见微知著，正确把握作者的意图，也能发现作者并不明确但确实在作品中存在着的含义，并把它传达给人们。趣味的纠正成为批评的最终目的，它一方面源于文学自身的传统，另一方面服从于当时的审美和风尚，并带有鲜明的时代印记。[①] 本书潜心剖析菲氏文本，力图避免漫无边际地妄谈大而无当的"宏大"话题，通过细微、深入的分析，以菲氏小说中人文主义[②]精神为出发点，阐释菲氏小说中有关人性、人的情感维度、人的生存状态和人类行为价值的主题，在如今这样一个时代，希望能起到引领积极趣味的作用。同时，希望本书的研究能为菲氏作品研究打开新局面。

[①] 张曙光：《诗的空间与批评的维度》，《文艺评论》2012年第11期。

[②] ［英］阿伦·布洛克：《西方人文主义传统》，董乐山译，生活·读书·新知三联书店1997年版，第12页。"人文主义"一词含义丰富，涵盖的范围广泛。人文主义可以被看作一种哲学理论或一种世界观。一般来说，西方思想分三种不同模式看待人和宇宙。第一种模式是超越自然的，即超越宇宙的模式，集焦点于上帝，把人看成神的一部分。第二种模式是自然的，即科学的模式，集焦点于自然，把人看成自然的一部分，像其他有机体一样。第三种模式是人文主义的模式，集焦点于人，以人的经验作为对自己、对上帝、对自然了解的出发点。人文主义以人，尤其是个人的兴趣、价值观和尊严作为出发点。对人文主义来说，容忍、无暴力和思想自由是人与人之间相处最重要的原则。人文主义传统中，使20世纪的过来人念念不忘的，就是人性本善，而且可以益臻完善的信念，就是作为18世纪启蒙运动特色的乐观主义，就是19世纪实证主义版本的人文主义对科学进步以及前途所拥有的信心。菲氏作品《书店》里暗含这样一种人文主义观点：只有人类自己的理想才值得人类尊敬，在为这些理想斗争时，人类必须认识到在这个世界中，要充分依靠自己的力量、智慧和勇气。在本书中，人文主义被理解为一种价值体系。人文主义者认为，文学的根本价值在于其能塑造人的灵魂，坚持文学的道德价值，认为医学能"修理"人的身体，而"塑造人的灵魂则要依靠文学和哲学"。

第一章　危险的纯真

《朗文当代高级英语词典：英英英汉双解》第4版中对"纯真"（innocence）一词有如下释义：（1）清白，无罪（the fact of being not guilty of a crime）；（2）阅世不深，天真，单纯（lack of experience of life or knowledge of bad things in the world）。学者博林（Lawrence E. Bowling）在《福克纳及纯真主题》一文中，从清教主义和人文主义两个方面对该词的内涵进行了对比。清教主义认为"纯真"即"纯洁、善良、无罪"，是"美德"。人文主义将该词定义为"天真、单纯、诚实、无知"。人文主义并不将"纯真"视为"美德"，而是"人在获取知识的过程中必然会消失的一种中性或负面状态"[①]。本章运用叙事学相关理论剖析菲氏小说"危险的纯真"主题。第一节围绕《无辜》中层层递进的不可靠叙述，揭示"纯真"之昧；第二节结合叙事学有关故事空间理论，分析《天使之门》的"纯真"之殇；第三节将菲氏的"纯真"书写放在伦理叙事的背景下进行讨论，挖掘"危险的纯真"主题背后复杂的人性以及人际关系。

---

① Lawrence E. Bowling, "Faulkner and the Theme of Innocence", *The Kenyon Review*, Vol. 20, No. 3, Summer 1958, p. 467.

第一章 危险的纯真

第一节 《无辜》之不可靠叙述与纯真之昧

当代叙事理论认为，叙事只是构筑了关于事件的一种说法，而不是描述了它的真实状况；叙事是施为的而不是陈述的，是创造性的而不是描述性的。① 不可靠叙述（unreliable narration），又称"不可靠性"（unreliability），是叙事"构筑性"的一个典型体现。"不可靠叙述"由布斯（Wayne Booth）在《小说修辞学》中首次提出："当叙述者的言行与作品的范式（即隐含作者的范式）保持一致时，叙述者就是可靠的，否则就是不可靠的。"② 从布斯的定义可以看出，他将隐含作者的范式看作区分可靠叙述与不可靠叙述的依据，这是不可靠叙述研究修辞方法的出发点。布斯聚焦于两种类型的不可靠叙述，一种涉及故事事实，另一种涉及价值判断。

詹姆斯·费伦（James Phelan）是当今不可靠叙述修辞方法的另一位代表人物，他进一步发展了布斯的理论，将不可靠叙述从两大类型或两大轴（"事实/事件轴"和"价值/判断轴"）发展到了三大类型或三大轴（增加了"知识/感知轴"），并沿着这三大轴，相应区分了六种不可靠叙述的亚类型：事实/事件轴上的"错误报道"和"不充分报道"；价值/判断轴上的"错误判断"和"不充分判断"；知识/感知轴上的"错误解读"和"不充分解读"。③ 费伦还特别关注叙述者的不可靠程度在叙事进程中的变化，尤其关注

---

① ［英］马克·柯里：《后现代叙事理论》，宁一中译，北京大学出版社2003年版，第130页。

② Wayne Booth, *The Rhetoric of Fiction*, Chicago: University of Chicago Press, 1961, pp. 158–159.

③ James Phelan, *Living to Tell About It: A Rhetoric and Ethics of Character Narration*, Ithaca: Cornell University Press, 2005, pp. 49–53.

第一人称叙述者"我"作为"叙述者"和"人物"的双重身份在叙事进程中的重合和分离的动态变化对作品主题意义和修辞效果的影响。

雅克比（Tamar Yacobi）和纽宁（Ansgar Nünning）提出了不可靠叙述研究的认知方法，纽宁认为"不可靠，不是相对于隐含作者的范式和价值而言，而是相对于读者或批评家之于概念世界的知识而言的"①。不可靠叙述的判断依据由此从隐含作者转移到真实读者。申丹认为不可靠叙述的修辞方法和认知（建构）方法各有其优点和合理性。但纽宁企图调和这两种方法的"认知—修辞方法"在实际批评语境中无法操作。同时，申丹提出"不可靠性"不仅仅适用于叙述者，也适用于人物。无论是在第一人称还是在第三人称叙述中，人物的眼光均可导致叙述话语的不可靠，而这种"不可靠叙述"又对塑造人物起到了重要作用。②

本书以《无辜》文本的细读为基础，从叙事"构筑性"出发，结合以上"不可靠叙述"理论，分析《无辜》开篇层层递进的不可靠叙述，揭示纯真之昧，以及由此造成的对他人巨大的伤害，借此观照佩内洛普·菲茨杰拉德的叙事技巧、独到的洞察力和对"人性本善"/"人性本恶"这一争议难题的文学思考及文学解答。

一 没有结尾的故事：不可靠叙述之一

孩童是天真无邪的代名词，《无辜》开篇以倒叙的方式，讲述了16世纪里多尔菲庄园两个女孩之间的一段故事。庄园的伯爵夫妇历经多次失望，才喜得一女，捧为至宝。当时的里多尔菲

---

① Ansgar Nünning, "Unreliable, Compared to What? Towards a Cognitive Theory of Unreliable Narration: Prolegomena and Hypotheses", in Walter Grunzweig and Andreas Solbach eds., *Transcending Boundaries: Narratology in Context*, Tubingen: Gunther Narr Verlag, 1999, p. 70.

② 申丹：《何为"不可靠叙述"？》，《外国文学评论》2006年第4期。

第一章 危险的纯真

家族身材矮小,但在那一带,像他们这种身材的并不少见,维罗纳市外便居住着另一个侏儒家族。虽然都身材矮小,但故事叙述者特意指出了"侏儒"(dwarf)和"小个子"(midget)的区别:前者指四肢比例不协调,发育不正常,身材矮小的人;后者指身高1.3米以下,但身体各部分比例正常的人。① 伯爵夫妇及其独生女属于后者。"小"女孩长到了六岁,身边的侍从都是和她体型般配的"极小的"人。

极小的女家庭教师、极小的家庭医生、极小的律师等,体形都般配。这孩子从未出过门,因此相信世界就是由1.3米以下的人组成。为了让她高兴,家人从瓦尔玛拉纳给她找来一个侏儒小男孩(身体各部分比例不协调),但此举并不成功。小女孩认为小男孩一定能看出他自己和利柯丹查的其他人看起来多么不同,为此会难过,小女孩因此同情他。而小男孩为博她一笑,一次比一次卖力地逗她,结果男孩摔了一跤,磕破了头,这事儿使小女孩哭得如此伤心,小男孩不得不被打发走了。②

小男孩一片热忱,要讨小主人的欢心,不想弄巧成拙,他不懂小主人善良温厚的纯真之心——小姑娘不能忍受形体上已经"畸形"的弱者再受到进一步的伤害。另一个与小菲③同龄且体型

---

① Penelope Fitzgerald, *Innocence*, London: Harper Perennial, 2004, p. 1. 另,本书《无辜》文本的中译文均为笔者所译。
② Penelope Fitzgerald, *Innocence*, London: Harper Perennial, 2004, p. 5.
③ 在这一章的故事中,叙述者始终没有给出伯爵夫妇独生女的名字,多数情况下用代词"she"指代,一次用"the little girl",两次用到"the little Ridolfi"指代。本书为叙述简洁,一律用文中的"小里多尔菲"(the little Ridolfi)之简称"小菲"来指代该女孩。当然,用"小菲"指代有可能使原作者暗含的广泛象征意义丧失,即任何一个处在她这个年龄及境况的小女孩,都有可能像她那样思维和行事。

相同的小姑娘婕玛被找来作为她的伙伴，小菲所有的注意力便都放在了这个泰拉奇纳来的婕玛身上。婕玛来时不会说话，教婕玛开口说话的努力失败之后，小菲也放弃了拉丁文和希腊语的学习，或者至少，她不再大声朗读这两门语言了。音乐课也取消了，休息室里的风琴能发出鸟儿般清脆的乐声，但从此也归于寂静。

不想，"意外"发生了，来到庄园12个月不到，婕玛突然开始长个子，似乎要把过去8年岁月中没有长够的身高给补回来，次年春天，她就比家庭医生高一个头了。家庭医生想了两个办法都没能阻止婕玛继续长高。小菲为朋友忧心忡忡，她知道，一旦婕玛走出庄园，重回外面的世界——（她以为的）没人高过1.3米的世界，她的朋友将被看成一个怪物。走路时，小菲特意走在婕玛前面几步，这样她俩的影子看起来会一样长。

伯爵从未见过跟她女儿一样如此有同情心的孩子，想把婕玛和她分开是不可能的了，伯爵被迫答应如果小菲能想出解决婕玛困境的办法，无论代价如何，他们都要试一试。几周后，答案自己出来了。如果婕玛成了盲人，她就永远不会知道她与周遭世界越来越大的差异。既然没有法子阻止婕玛长个子并走错台阶，从长远看，如果她的双腿从膝盖以下切掉，对她来说一定也是更好的。

这个故事以第三人称全知叙述，所述故事与叙述话语之间，偶有叙述者的评论，几乎没有道德价值判断。叙述者冷静耐心地展示了故事中小菲的纯真，揭示了她的纯真之"因"以及纯真之"果"。

除了前文中有关小男孩故事的铺垫，叙述者用了另外两件事，进一步展现小菲对他人深切的同情心以及纯真善良。婕玛来后，因为没法成功教她说话，小菲做出的第一个决定是放弃拉丁

第一章 危险的纯真

语和希腊语的学习，至少不再大声朗读它们。第二个决定是停上音乐课，停止演奏风琴。

   音乐课就是一个更严重的问题了。①

  叙述者没有用下面这句话（来表达小菲决意取消音乐课的原因）：她认为上音乐课时婕玛无法参与，是一个更严重的问题。
  很明显，"音乐课"对叙述者而言，并不是一个问题，但对于呵护、同情婕玛的小菲而言，比起两门语言课，音乐课确实是"一个更严重的问题"。此句中，叙述者直接借用了小菲的视角，让读者直接通过小菲的感受来体会音乐课对婕玛可能造成的自尊心伤害。由于小菲的感受在叙述层上运作，因此导致了叙述话语的不可靠——她的无知变成了叙述话语的无知。
  紧跟其后的一句评论，表明了叙述者对这件事的真实想法。

   让这架风琴归于寂静一定是很大的牺牲，也许根本就没必要，因为没有证据证明婕玛是聋人。②

  很明显，此句是叙述者的评论，叙述声音及眼光均来自叙述者。因为如果这句评论是来自小女孩的，那么她既然知道这一生理现象，她就不会认为婕玛会因无法参与音乐课而孤单、难过。她就应该知道虽然婕玛不能说话，但她的听力也许并未受到影响，听音乐、欣赏音乐是可以的，自然也就没有必要停掉音乐课。这两句话之间产生的张力和反讽效果生动有力地刻画了小菲特定的意识和知识结构，凸显了她因"无知"而致的

---

① Penelope Fitzgerald, *Innocence*, London: Harper Perennial, 2004, p. 6.
② Penelope Fitzgerald, *Innocence*, London: Harper Perennial, 2004, p. 6.

纯真。此处的"纯真"仍是无害的，并没有对小菲自己和她的同伴婕玛造成任何实质性的伤害。

叙述者此句看似不经意的叙述兼评论，实则有两个功能：（1）言外之意，暗示读者婕玛的听力有可能正常，真如此，那么小女孩在做出第二个重大决定时，婕玛也许听得一清二楚。但后文中，叙述者并没有说到婕玛听到小菲"挖眼断腿"决定后的反应，婕玛被动的、"玩具玩伴"（toy companion）的生存状态因此得到暗示。（2）形成对比和反差，引起读者的思考。停掉音乐课，叙述者有评论；但后文小菲帮婕玛"解决麻烦"的"残忍的纯真"，叙述者却没有一字之论。叙述者的"一动一静"，别有用心，重在"静"，把这种特定环境下纯真所体现的人的愚昧无知以及由此造成的伤害完全交由读者去理解、去领会。这"一动一静"的评论对应的是"一无一有"的伤害。叙述者糅用小菲的眼光对音乐课的评论，颇具挖苦意味（"音乐课就是一个更严重的问题了"）；以此态度发展下去，叙述者后面应该有更为犀利的批判。但出乎读者预料之外的是，在这个明确无误的事实判断（"没有证据证明婕玛是聋人"）之后，小菲要"帮"婕玛"挖眼断腿"的决定到底有没有执行，叙述者没有明说；针对小菲这一愚昧无知且极其残忍的决定，叙述者选择了沉默，没有任何评论。故事的结局和读者期待的叙述者的评论在故事即将到达高潮时戛然而止，随之而来的惯性的冲力则完全转移到了读者身上，在给读者以震撼的同时，由心智和认知不成熟而导致的"危险的纯真"也在此永远定格。

二 叙述视角的巧移默换：不可靠叙述之二

在小菲停掉两门课的决定叙述完之后，叙述者仍保持第三人称全知叙述的优势和长处，告诉读者接下来发生的事情（婕

第一章　危险的纯真

玛突然蹿高),及故事中人物的心理,尤其是小菲的心理——她的痛苦和担忧。在这一部分,文本创造了叙述者、受述者和小菲在心理上的亲近,通过展示小菲的意识,读者对她产生了同情。由于只有叙述者和受述者可以看到小菲的内心活动,这种了解对于读者而言是一种信任,赋予读者某种特权。然而,在叙述小菲要帮婕玛"挖眼断腿"的"最后决策"时,叙述者放弃了第三人称全知叙述权威,将叙述视角悄悄转换成了小菲的视角。

文本中(英文原文)的"put out"(拿出)和"cut off"(切掉)这两个短语能证明叙述视角已暗中切换成小菲的。在众多有关《无辜》的评论文章中,批评家们都对该作品第一章没有明确叙述出故事结局的最后一段给予了高度重视,[1] 他们在转述这一段时用到了"amputation"[2]、"mutilation"[3]、"dismemberment"[4]、"sever"[5] 等词(对应英文文本中的"cut off")。很明显,"cut off"属于基础词,是儿童熟悉并理解的;其他四个属于相对高级的词,儿童不一定知晓。遗憾的是,没有一个评论家注意到这些词的区别及文体差异,并由此佐证叙述视角转换的问题。作为一个8岁的儿童,小菲的知识、视野及经历极其有限,因此她思考问题的方式、逻辑等和成人不一样。对

---

[1] Penelope Fitzgerald, *Innocence*, London: Harper Perennial, 2004, p. 9.

[2] Bruce Bawer, "A Still, Small Voice: The Novels of Penelope Fitzgerald", *New Criterion*, Vol. 10, No. 7, 1992, p. 40.

[3] Karen Karbiener, "Penelope Fitzgerald", in George Stade and Sarah Hannah Goldstein eds., *British Writers (Supplement V)*, New York: Charles Scribner's Sons, 1999, p. 105.

[4] Peter Wolfe, *Understanding Penelope Fitzgerald*, Columbia: University of South Carolina Press, 2004, p. 189.

[5] Peter Wolfe, *Understanding Penelope Fitzgerald*, Columbia: University of South Carolina Press, 2004, p. 190.

她来说，既然好朋友的眼睛在未来的岁月中将看到自己和他人巨大的不同、让人不快的差异，那就帮好朋友"拿出"眼睛，让好朋友不再看到，好比嬉戏时帮朋友蒙上眼睛，唯一不同的是她帮朋友永远地蒙上了眼睛。至于"双腿从膝盖处切掉"，于小菲而言，既然长了可以剪短，那么高了自然可以"切"矮，这也是自然而然的事，就如做手工剪纸。"put out"（拿出）和"cut off"（切掉）的运用，不仅巧妙地暗示了此处叙事视角的转换，其文体色彩也极为耐人寻味。如果换用成人或医学正式术语，那么这两个动作的日常性，及其在儿童眼中的"简单、轻松"就不会那么突出。这两个短语说明，在小女孩看来，这和她日常玩玩具、做手工没有太大区别。婕玛，从本质上来讲，也是小菲心仪的"玩具玩伴"，她因此按自己的意志来"照顾"她、"帮助"她、"保护"她。事件的可怕和叙述的平淡（且无任何评论）这两者之间的张力微妙地增强了叙述效果。

此处叙述视角转换的第二个证明是插入语"一定"（surely）、"从长远看"（in the long run）。在进行评论时，全知叙述者一般享有以"常规程式"为基础的绝对可信性。然而，在全知叙述者将自己或多或少地"个性化"或人物化时，这种可信性就会被削弱。① 请看下例：

既然似乎没有其他方法阻止她跨错楼梯台阶，那么从长远看，把双腿从膝盖处以下切掉，对她来说一定更好。②

---

① 申丹：《叙述学与小说文体学研究（第三版）》，北京大学出版社 2004 年版，第 223 页。

② Penelope Fitzgerald, *Innocence*, London: Harper Perennial, 2004, p. 9.

第一章　危险的纯真

尽管"一定""从长远看"这样的词语，看起来比较理性，不似出自儿童之口，但读者很快就会发现，这实际上是叙述者借用了小菲思考这个问题的出发点和推理过程。细心的读者一定会发现，在文本稍前的叙述中，叙述者说：

> 另一方面，她对痛苦已有所了解，从某种意义上来说，如果痛苦能带来更美好更合适的东西，那么它是值得忍受的，比如，有时候，逢上某个特别的场合，她就得让人把头发烫卷了，那就有一点疼。再比如利柯丹查平台上的柠檬树，有时被园丁用开水浸过，叶子都因此掉光了，但新叶子却会长得更好。①

8岁的小菲正是因为有对生活的一点领悟，知道短暂的痛值得忍受，因为它可以带来"更美好更合适"的东西，所以，她才"痛下决心"，"从长计议"地要帮助婕玛彻底地解决她的"问题"，让她的身高变得"合适"。叙述者从头到尾都明白对于小菲而言的这个"婕玛难题"，其实根本不是一个问题，只是由于小菲自己的"被封闭"引起的无知、单纯而生成的。这个地方，叙述者放弃了自己的理性和权威，巧妙地糅用了小菲的逻辑推理过程。

申丹认为叙述眼光不仅仅局限于"视觉"和"听觉"等感知范畴，不仅涉及他/她的感知，而且也涉及他/她对事物的特定看法、立场观点或感情态度。② 上文"一定""从长远看"句中，叙述者即糅用了小菲的"看法、立场观点和感情态度"来

---

① Penelope Fitzgerald, *Innocence*, London: Harper Perennial, 2004, p. 8.
② 申丹：《叙述学与小说文体学研究（第三版）》，北京大学出版社2004年版，第203页。

思考并解决婕玛的"问题"。

需要注意的是，此处虽有叙述视角/"眼光"的巧移默换，但对于如此有震撼效果的结局，叙述者仍然没有发表任何评论。比较之前叙述者关于"人哑并不一定耳聋"的"冷嘲热讽"，叙述者此处的沉默可有如下解释：第一，此处叙事空间、叙事时间和心理透视这三方面，均已聚焦至小菲。叙述者跟她的距离无形中已拉近，对她产生了同情，因此未做任何评论，未做道德价值判断。放弃道德评判是现代小说有别于传统小说居高临下的道德说教的一个显著特点。第二，故事本身的震撼力已经超越话语，叙述者"无言以对"。第三，叙述者以此继续叙事"构筑"的特点，① 构筑关于这一恐怖事件的一种说法而不是着意于复现事件的真实状况，让读者对故事的结局进行推测，对该故事内涵进行挖掘。

阅读小说时，读者总会自觉不自觉地探寻作者的态度和立场。通过叙述层反映出来的作者（隐含作者）的眼光和心理倾向与主题意义和审美效果密切相连，作者对他所创造出来的人物是同情还是嘲讽、是这样看还是那样看，有着至关重要的意义。② 在第三人称全知叙述模式中，叙述评论比所述事件更有权威性，更为直接地体现叙述者（作者）的立场。而此处叙述者放弃评论的直接结果是叙述者保持了自己的中立立场，让读者体会主题意义及审美效果。这并不能说明作者及读者对小菲仅仅持有同情，实际上，正是因为叙述者采用了小菲的视角，让读者直接"接触"她的内心活动，"纯真"之昧才给读者以

---

① ［英］马克·柯里：《后现代叙事理论》，宁一中译，北京大学出版社 2003 年版，第 130 页。

② 申丹：《叙述学与小说文体学研究（第三版）》，北京大学出版社 2004 年版，第 129 页。

第一章 危险的纯真

更大的震撼和刺痛。

三 费什分析模式下的不可靠叙述

小说家亨利·詹姆斯（Henry James）也探讨过"纯真"主题。在《黛西·米勒》中，黛西的纯真体现为美国特色的自由和独立个性在欧洲大陆"旧世界"的繁文缛节中的不合时宜；福克纳的班吉（《喧哗与骚动》）"纯真"，因为他是一个傻子，"世界对他而言没有任何意义，仅仅是一种感觉。他具备丰富的感知和记忆力，但不具备理性思考能力"①。《无辜》中小菲的纯真之态有如下两个原因。第一，涉世未深，知识和阅历不多，简单单纯。纯真是"自然"赋予她的第一种生存状态以及处世之道。第二，小菲被父母"软禁"并过度保护，她没有机会了解真实的世界，没有机会学习并见识真正的世界，她的纯真不仅没有随着年岁和见识的增长而慢慢蜕变，反倒被她的父母用"习惯性的谎言和欺骗"包裹得越来越结实。②下文中，费什（Stanley Fish）的分析模式将被用来揭示叙述者暗示的伯爵夫妇的一个最大"谎言"，揭示伯爵夫妇在婕玛身上实施的有意的伤害，并以此反衬小菲的纯真之昧导致的、对婕玛无心但却因此更显残酷的伤害。

费什将自己的分析模式称为"感受文体学"（affective stylistics），他认为一句话（或其他话语单位），最重要的不是这句话表达了什么意思，而是这句话能引起读者一系列什么样的原始反应。他认为话语的意义不在于它所包含的信息之中，而是由读者的一系列原始反应所构成的。也就是说，文本不再被看

---

① Lawrence E. Bowling, "Faulkner and the Theme of Innocence", *The Kenyon Review*, Vol. 20, No. 3, Summer 1958, pp. 467–468.

② Penelope Fitzgerald, *Innocence*, London: Harper Perennial, 2004, p. 5.

作客体，而是发生在读者头脑中的经验或活动，只有这个活动本身才具有意义。费什的分析模式特别强调时间流的重要。他认为读者一个接一个地按顺序接触词，对每个词进行反应，而不是对整句话做出反应。记录下读者对每个词的反应有利于"减缓阅读经验"，使人们注意到通常被忽视的乃至"前意识"的反应活动。根据费什的理论，所有原始反应都具有意义，它们的总和构成话语的意义。① 不妨借用费什的分析模式对《无辜》第一章中的这句话进行解读：

  幸运的是，她生来是个哑巴，也许（并非如此），不管怎样，当她抵达利柯丹查的时候，她是个哑巴。②

  初读这句话，读者可能并不会特别在意，因为把这句话的前部和后部进行概括，能得出该句的主要意思就是"她是哑巴"。如果按照费什的分析模式，一个词一个词地慢慢读，记录下对每个词的反应，结果将是出人意料的。
  第一个词"幸运的是"，读到这个词，读者的期待是下面将出现一件好事，一件令人高兴的事情。但接下来的句子却跟这个词给读者的第一反应大相径庭："她生来是个哑巴。"按常理，生而具有某种生理缺陷，一般人都会把这看作一种不幸，尤其对孩子和孩子的父母而言，这是非常不幸的事。由此，第一个词和紧跟着它的句子形成强烈的反差，给读者的阅读体验是一种强大的落差，读者不禁要问：对谁来说生而哑是"幸运"的？当然不是对叙述者（作者）和受述者（读者）而言，

---

  ① Stanley Fish, "Literature in the Reader: Affective Stylistics", *New Literary History*, Vol. 2, No. 1, Autumn 1970, pp. 123–162.
  ② Penelope Fitzgerald, *Innocence*, London: Harper Perennial, 2004, p. 6.

第一章　危险的纯真

而是对故事中某个（些）人物而言。根据上下文，读者恍然大悟，对伯爵夫妇而言，婕玛的这种"不幸"实为"大幸"，这样，伯爵夫妇在自己的独生女面前刻意经营的谎言和童话将得以维持下去。这个从意大利南部来的婕玛小姑娘，因为生而是个哑巴，就无法把一路旅程中的所见所闻，讲给这个居住在意大利北部封闭庄园里的小菲听。小菲的"信念"——世界由不超过1.3米的人构成——就不会动摇。由此，这句话的逻辑得以理顺，意思也得到澄清，这句话可以圆满地画上句号了。但读者惊讶地发现，这句话并没有结束，不仅没有结束，逗号后面还紧跟着连词（or），据《牛津高阶英汉双解词典（第四版增补本）》，该连词"表示事后想到而添加的关系。这里，读者可以理解为叙述者想到什么重要的信息，需要对之前"她生而是个哑巴"这一事实进行补充。按照一般的语言习惯，此处若表达完整，应该为"是不是呢？"（即"or was she?"）。但叙述者欲言又止，不仅如此，还进一步用了短语"不管怎样"（at all events）延宕读者的期待——期待叙述者对之前所述的事提出反面质疑。据《牛津高阶英汉双解词典（第四版增补本）》，"at all events"的另一个释义是"不管发生什么事"（whatever happens），读者的期待被这个短语置换成了一个更大的谜团，读者可能会想"到底发生了什么事呢"？最后一个句子在某种意义上，给出了一个勉强说得过去的答案（补充说明）："当她抵达利柯丹查的时候，她是个哑巴。"之所以是勉强说得过去的，因为读者发现，后一句话和"不管怎样"中间省略了太多的重要信息。到底怎么样，到底发生了什么？如果婕玛不是生而哑，而是抵达庄园时成了哑巴，那就意味着她的这一生理残疾是人为的，是谁所为？或者说是谁指使？读者根据上下文思考推理一番，得出的结论（婕玛的哑很可能是小菲父母指使他人所为）令人不寒而栗。

此处叙述者的不可靠叙述，属于前述不可靠叙述亚类型中的"事实/事件轴上的不充分报道"。此处不可靠叙述的原因，有以下几种可能：第一种可能是叙述者确实不清楚，因此不敢妄下断言——婕玛是在抵达庄园前，让人给"弄"哑的。但这种可能性和第三人称全知叙述的"文学程式"①是相悖的，第三人称全知叙述者一般来说知道并清楚事实真相。那么，就是第二种可能，叙述者知道发生了什么事，但是不想说或者不能说，而是让读者自己悟出言外之意：是伯爵夫妇让人把婕玛变成了哑巴。此处叙述者有意地"不充分报道"，让最重要的信息退隐到了文本之外。退隐于文本之外的东西，其意义并不少于在字面上表达的意义。②伯爵夫妇的这种有意识的伤害行为，和后文小菲无意（实则是出于好心，出于纯真）的伤害行为形成了鲜明对比，伯爵自以为是，暗中作梗，与伯爵女儿真诚的担忧和急于解决问题的儿童心理形成对比，但不同的心思和出发点，导致的结果，都是对婕玛身体的摧残。截然相反的善恶之念却带来相同的结果，凸显了善念下的纯真之昧。

需要注意的是，费什的分析模式重在强调读者阅读过程中的原始反应活动，在上面对那句话的分析中，读者的原始反应活动和话中隐含的信息综合起来，该句"言外之意"得以清楚显现，婕玛是哑巴的原因得到揭示。这句话中，事实轴（婕玛抵达庄园时是哑巴）和判断轴（她是生而哑/还是后天人为致哑）有交叉，但是是虚线关系，因为叙述者并没有明说（婕玛变成哑巴的真正

---

① Jonathan Culler, *Structuralist Poetics*, London: Routledge, 1975, p.127. 卡勒指出，"文学程式"在人们的阐释过程中起指导作用，并限定哪些过程才行之有理。

② 张隆溪：《道与逻各斯：东西方文学阐释学》，冯川译，江苏教育出版社2006年版，第223页。

第一章 危险的纯真

起始时间及原因)。同样,结尾部分,小菲的思想被直接置于受述者(读者)面前,但究竟"拿出"和"切掉"有没有付诸实施,叙述者再次使用了"不充分报道"。但是,读者通过之前文本中的这句话:

> 他被迫答应她,如果她能想出解决婕玛困境的方法,不论代价如何,他们务必一试。①

基本能推断出,小菲的决定被执行了,善,以恶行之。

通过不可靠的叙述者层层递进的不可靠叙述,以及故事在关键处的戛然而止,这个没有结尾的故事使纯真之昧凸显在读者面前:心智不全的善良,在特定的境况下,变成了"天使—魔鬼"的翻云覆雨手。叙述者无意批判纯真之昧,其真正目的是把纯真的另一面展示给读者,让读者清醒地认识到"纯真"这人性中的"善",在某种条件下是极其危险、极具杀伤力的。故事中,小菲所处的封闭环境,象征着小菲作为儿童的封闭及未开化的思想,庄园对小菲而言,意味着整个世界,外来的人和物,必须与庄园内的人和物"整齐划一"。这种"一致"的要求,也暗含着小菲作为庄园小主人的一种霸权意识,只不过她的动机(对朋友的善意保护)和成人有所不同,但其对他人的伤害和残忍却是相同的。

通过层层递进的不可靠叙述,纯真之昧以及由此导致的善以恶行,得到了深刻揭示,事件的可怕和叙述的平淡这两者之间的张力微妙地增强了言说效果,带给读者预料之外的阅读体验,佩内洛普·菲茨杰拉德的叙事技巧、独到的洞察力和对人性本质的

---

① Penelope Fitzgerald, *Innocence*, London: Harper Perennial, 2004, p. 8.

辩证思考也得以体现。

第二节 《天使之门》的空间叙事与纯真之殇

本节继续探讨"纯真"的另一个负面。如果说小菲的纯真之昧，带来的伤害是向外的，那么《天使之门》女主人公黛西的纯真，其伤害则是向内的，给自身名誉带来了损害，恶化了自身生存处境。本节将结合《天使之门》中故事空间的结构功能及其意义，探讨女主人公黛西的纯真之殇。

一 《天使之门》故事空间的结构功能

现有中译本将该小说标题"The Gate of Angels"译为"天使之门"①。在此文本语境中，"Angels"有双重所指，既可指向该作品虚构的（剑桥大学的）安吉尔斯学院，为专有名词"圣安吉克里斯"（St. Angelicus）的简称，② 也可指向黛西见习护士的天使身份。因此，该标题可译成"安吉尔斯学院之门"或"天使之门"。③ 这两种译法的共同点在于，它们都指向一个特定的空间，不同处在于，前者的空间是实指的，后者的空间是虚指的。当然，结合该文本内容和主题考虑，后者能承载更为丰富的内涵，更具文学性。

1990 年的布克奖评委也对《天使之门》青睐有加，他们第四

---

① [英]佩内洛普·菲兹杰拉德：《天使之门》，周昊俊译，新星出版社 2009 年版。注：本节中所引《天使之门》原文，均引自该书，余不赘述，只加注引文页码。
② Penelope Fitzgerald, *The Gate of Angels*, London: Harper Perennial, 2004, p. 5.
③ 不过，若此标题"Angels"所指确为黛西，似乎用单数更好。由此考虑，该标题真正所指仍是"安吉尔斯学院"。

第一章 危险的纯真

次①把佩内洛普·菲茨杰拉德的作品选入布克奖短名单。学者贝利（John Bayley）称赞菲氏在《天使之门》中展示了"再现时间和空间的天分"②，彼得·伍尔夫也表示："如果能把某一特定的时间和空间写活就是好小说，那么毫无疑问，《天使之门》是一部非常好的小说。"③《天使之门》围绕男女主人公，对故事事件发生的场所和地点进行了细致描述，创造了细致逼真的空间环境，对展示弗雷德和黛西的心理活动，塑造黛西的"纯真"形象，以及揭示纯真之殇这一主题起到了重要作用。由于该作品采用全知叙述，全知叙述者并未提及叙述行为的话语空间，因此，本节集中分析该作品故事空间的结构功能、故事空间的意义及其与主题的关系。在具体分析之前，先简略回顾一下叙事空间理论的发展过程。

"小说空间形式"由英国学者约瑟夫·弗兰克（Joseph Frank）1945年首次提出。他认为诗歌和小说通过采用象征物、构建意象、拆解句法结构等手法，使作品在总体上具有"空间"意义的形态特点。其发表在《西旺伊评论》上的《现代文学中的空间形式》是小说空间形式理论的经典之作。④ 当时的学者对他的观点有支持的也有反对的。支持方认为这一观点颇有新意，较好地概括了20世纪初以来现代主义文学作品叙述形式的一些总

---

① 前三次分别是1978年的《书店》（*The Bookshop*）、1979年的《离岸》（*Offshore*）（该小说最终获得了当年的布克奖）和1988年的《早春》（*The Beginning of Spring*）。

② John Bayley, "Innocents at Home", *New York Review of Books*, April 9, 1992, p. 14.

③ Peter Wolfe, *Understanding Penelope Fitzgerald*, Columbia: University of South Carolina Press, 2004, p. 8.

④ Joseph Frank, "Spatial Form in Modern Literature", *The Sewanee Review*, Vol. 53, No. 3, 1945, pp. 433–456；[美] 约瑟夫·弗兰克：《现代小说中的空间形式》，秦林芳编译，北京大学出版社1991年版。

体特点，反对方则认为时间过程中的写作和阅读才是文学作品真正依赖的，所谓的"空间形式"只是借用了"空间"一词的象征意义，真正的"空间"并不存在。

热奈特（Gérard Genette）的《叙事话语》共五章，其中三章都是在讨论叙事的时间层面，空间几乎没有进入该专著的讨论中。他顺便提及的"空间"指的是书的篇幅，"叙事是怎样存在于空间并作为空间而存在的"①。弗里德曼（Susan Stanford Friedman）对叙事学对"空间"的忽视持批判态度："人物在时间中的遭遇，成了我们注意的'形象'问题，而在空间中发生的情节则是可以任意忽视的背景。由此观之，叙事的功能便是在空间场景的静态背景下出现的时间序列和因果关系。"② 1963 年，弗兰克坚持"空间形式"这一术语涉及的立场，对它进行了详细阐述。③ 如果从纯语言的角度来理解文学理论，会发现大部分的文学理论词汇都是象征表述语，譬如，"形式"和"结构"。"空间"概念的重要意义在于其以一种确切的方式理解叙事作品表现的空间性以及作品描述的空间与其他结构成分的关系。米切尔（W. J. T. Mitchell）也支持对"空间形式"这一概念的隐喻性看法和认识。④ 1978 年，查特曼（Seymour Chatman）在《故事与话

---

① Gérard Genette, *Narrative Discourse: An Essay in Method*, trans. J. E. Lewin, Ithaca, New York: Cornell University Press, 1980, p. 35.

② Susan Stanford Friedman, "Spatial Poetics and Arundhati Roy's The God of Small Things", in James Phelan and Peter J. Rabinowitz eds., *A Companion to Narrative Theory*, Oxford: Blackwell, 2005, p. 194. 本引文中译文出自宁一中译《空间诗学与阿兰达蒂—洛伊的〈微物之神〉》，参见［美］James Phelan、Peter J. Rabinowitz 主编《当代叙事理论指南》，申丹、马海良、宁一中、乔国强、陈永国、周靖波译，北京大学出版社 2007 年版，第 208 页。

③ Joseph Frank, *The Widening Gyre: Crisis and Mastery in Modern Literature*, New Brunswick: Rutgers University Press, 1963.

④ W. J. T. Mitchell, "Spatial Form in Literature: Toward a General Theory", *Critical Inquiry*, Vol. 6, No. 3, Spring 1980, p. 543.

第一章 危险的纯真

语》中首次提出了"故事空间"（story space）和"话语空间"（discourse space），前者指事件发生的场所或地点，后者指叙述行为发生的场所或环境。① 传统小说批评中，"背景"（setting）一般被用来指称"故事空间"，用来强调故事发生的场所及环境的似真效果。也有小说评论家关注"故事空间"的审美效果，强调环境描写的重要性，提醒读者关注那些细致的环境描写，认为越是精雕细琢的描写，越能彰显主题含义。结构主义叙事学家认为"故事空间"在叙事作品中具有重要的结构意义，在为人物提供必需的活动场所的同时，也"成为现代小说展示人物心理和揭示主题的重要艺术手段之一"②。玛丽－劳里·瑞安（Marie-Laure Ryan）提出了"空间的主题化"这一说法。③ 本节将首先分析《天使之门》故事空间对该小说结构建构的功能，然后再分析故事空间的特点及其意义，以此揭示菲氏纯真主题的另一个面向：纯真之殇。

曾有评论家批评菲氏作品线条单一，故事只有一条主线。这种说法有失公允，因为《天使之门》以男女主人公的生活轨迹为中心，有两条主线。《天使之门》共四个部分22章，其中10章直接以故事空间命名（或含有明确的故事空间），④ 反映了作者对故事空间的关注。该文本摆脱了依靠线性时间推进叙述进程的传统叙述方式。菲氏充分发挥了叙述自由，依据故事空间建构两位主人公的生活轨迹，推动情节发展。

---

① Seymour Chatman, *Story and Discourse*, Ithaca: Cornell University Press, 1980, p. 96.
② 吴庆军：《英国现代主义小说的空间解读》，《外国文学》2010年第5期。
③ Marie-Laure Ryan, "Space", in Peter Hühn et al. eds., *Handbook of Narratology*, Berlin: Walter de Gruyter GmbH&Co., 2009, p. 428.
④ 这十章是：第二章，圣安吉克里斯学院；第四章，圣安吉克里斯学院的晚餐；第五章，在教区长住宅；第六章，在抗议者辩论社团；第九章，黑衣修士医院；第十章，男病区；第十三章，黛西离开伦敦；第十五章，乡间漫步；第二十一章，在萨杰医生的医院；第二十二章，天使之门。

《天使之门》采取了从中间开始的叙述——故事从弗雷德和黛西马路车祸之后的第三个星期开始，彼时，弗雷德和黛西处于不同的故事空间。两位主人公的故事线通过故事空间的分离、重合的反复运动形成一个清晰完整的故事框架。弗雷德的身世和家庭背景在第 5 章介绍，黛西的身世和家庭背景在第 8 章介绍。图 1-1 展示了《天使之门》中故事空间的结构功能。

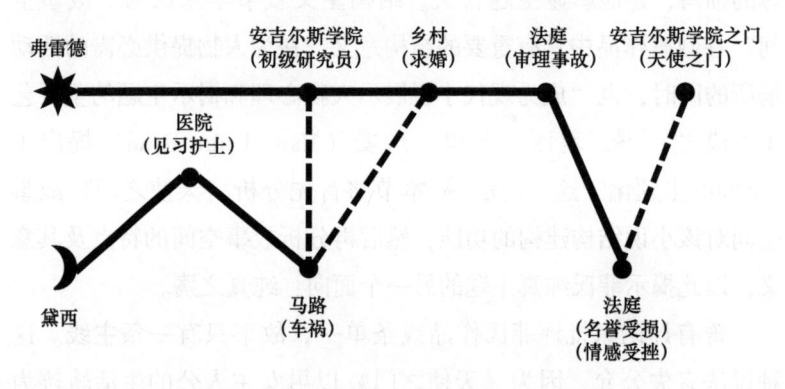

图 1-1　《天使之门》故事空间示意图

黛西的故事线有两个明显向下的发展阶段，标示着黛西的"被驱逐"和"主动流放"（同时也暗示她命运多舛）。第一次发生在认识弗雷德之前，在她第二年的见习护士期，因为违反黑衣修士医院的规定，她被医院开除，与即将得到的真正的"白衣天使"身份（护士）失之交臂，这次被驱逐，在某种意义上讲，和凯利主编的报纸上的故事有直接关系。第二次，因为黛西纯真的博爱精神和对"弱者"的同情心（彼得·伍尔夫评论指出黛西哪怕对一个可能的勾引者也怀有慈善之心①），凯利这个猥琐的男人

---

① Peter Wolfe, *Understanding Penelope Fitzgerald*, Columbia: University of South Carolina Press, 2004, p.41.

第一章 危险的纯真

成了横亘在她和弗雷德之间的一道屏障,凯利成为再次把她拉入炼狱的"撒旦"。

弗雷德是剑桥大学安吉尔斯学院的研究员,黛西来自伦敦下层社会贫困的单亲家庭,两人的生活轨迹本没有重合处,图1-1中,黛西的故事发展线和弗雷德的故事发展线由一条虚线相连,第一次重合于"马路",标示着弗雷德和黛西的第一次巧遇。这次巧遇缘于一场车祸。乡间小路上一辆马车突然闯入,撞倒了一前一后骑着自行车的黛西和弗雷德(彼时他俩还是陌生人),昏迷中的俩人被误认为夫妻,被安放到了一张床上。虽然弗雷德对黛西一见钟情,但此次他并没有机会真正结识她,直至瑞伯恩先生告诉他,黛西寄居在他家了,弗雷德才能把之前写给黛西的信给她。二人有了第二次见面的机会,他们漫步乡间(虚线指示的第二个重合点),这一次,弗雷德求婚了。二人的发展线在此有短暂重合,但到了法庭审判车祸一案时,凯利的出现和证词使黛西的品行受到了颠覆性挑战,她被公众认为是不诚实、品行不端的女人。弗雷德为此痛苦,当面质问黛西为何会在认识他之前同意和凯利一起去廉价宾馆过夜,还在法庭上袒护凯利,撒谎称不认识他。黛西如实相告。对于前一个问题,黛西回答说她当时刚丢了工作,她的母亲,她唯一的亲人也已离世,她无依无靠,情绪低落,处境悲凉,有人要总比没人要好,弗雷德表示了理解。对于第二个问题,黛西并没有给弗雷德他所期待的解释,而是直言她不希望凯利卷进这个麻烦中,弗雷德闻听此言深受伤害,黛西也痛苦不堪,决定永远离开剑桥镇。就在黛西迷路,想要找到去车站的捷径时,她听到了轻微的啜泣和痛苦的呻吟,她毫不犹豫地穿过过道径直走到了里面,走到了病人的身边,麻利果断地把"他的头放在差不多和心脏水平的位置"(第235页),并对刚刚下课,因为看到她而惊愕不已，发出恐惧怪声的男学生①下了冷静的指示："现在不要移动他，也不要给他喂食任何东西。给他盖暖和了，还有，快去叫医生来。"（第236页）

安吉尔斯学院西南门神秘打开，院长急病中的痛苦呻吟，被恰巧经过的黛西听见，她坦然走进这块几百年来从未有女性进入的领地，用自己见习护士的知识和能力，挽救了院长的生命。安吉尔斯学院内5分钟的耽搁，让两位有情人第二次巧遇，故事在这个空间中，大圆满结局。②

通过上文的故事空间示意图及对故事梗概的叙述，可以看出《天使之门》故事空间的结构功能，具体体现在以下三个方面：（1）该故事空间同时间一样，具有展开情节的作用。（2）《天使之门》打破了时间与因果顺序，在降低文本时间性的同时，提高了空间性，体现了现代文学的空间创作特征。（3）人物在空间中的运动，尤其是黛西的"越界"行为，是推动情节发展隐形但十分有力的驱动力。《天使之门》在显示"素材"与"情节"时，没有突出显示时间性，而是突出了叙事作为空间行为的做法。从这个意义上来讲，空间并不是被动的、静止的或空洞的，不仅仅是事件在时间中展现时的背景或地点。该文本并非按时间的线性秩序进行，而是有联系地出入于故事空间，每一个地点都激发出不同的事件碎片，这些碎片以间接或直接的方式，为故事结局时黛西无心的"越界"之举做了铺垫。在该故事中，黛西共进出过四道门——黑衣修士医院的门、报馆的凯利之门、瑞伯恩家的门和神秘威严、标示专属男性知识分子空间的安吉尔斯学院之门，

---

① 因为安吉尔斯学院彼时禁止女性涉足，而那晚该门却神秘地被打开了，黛西并不知道该规定，救人心切的她很自然地跨过了该门，走进了安吉尔斯学院，因此，看到她的男学生都十分惊讶。

② 《天使之门》是菲氏九部小说中唯一结局圆满的。

这四道门以及与之相关的故事空间以借喻或象征等方式传达出特定的意义,而作品的主题意义,则在黛西跨越安吉尔斯学院之门时得以彰显。

二 《天使之门》故事空间的主题意义

本节选取了《天使之门》比较典型的三处故事空间,先分析其具体特征,然后揭示其所蕴含的主题意义。第一处是男女主人公因马路车祸相遇后所处的空间。

> 他正躺在一张松软的床垫上,仅凭这个,他就能断定不管他现在身处何地,一定不是在学院里。他感觉整个房间正发出呼吸的声音,总之一定是有什么东西在呼吸。虽然房间里灯光昏暗,但已经足以在糊满不知名花朵图案墙纸的墙上投射出一个陌生的盥洗盆的影子,上面还放着一个长柄壶和一个脸盆。他身上盖着一条白色的被子和白色的床单,这里很像是个看护室。在白色床单的前部离他六英寸远的地方,他能看见一只年轻妇女的左手,那是只修长而干净的手,无名指上戴着一个很宽的金戒指。他把手放在上面触摸了一下,戒指的表面很光滑,而她的皮肤则感觉有些粗糙。
>
> 她的脸正侧向另一边,但他此刻还是能瞥见她的一片浓密秀发,用他母亲的话来说,那头发的颜色应该是接近棕色或红褐相间。当时她正把头发扎着,双眼紧闭。(第71页)
>
> ……
>
> 他现在已经适应了周围昏暗的灯光,他断定这是间看护室,也或许曾经是看护室。窗边摆着一个大型的木马,木马的背上胡乱堆着一些黑漆漆的东西,有可能是他的裤子。墙纸上沿的四周围着一群展翅飞翔的蓝色毛绒知更鸟。夜间的照明油

灯在一个类似鸟笼的金属小箱子里燃烧着。(第73页)

  叙事空间理论认为不同人物视角所展现的空间不但折射了客观世界，还反映了人物的主观心理。叙述者从弗雷德的观察角度出发，仔细描摹了他因车祸昏厥、苏醒后所处的空间。以他的视角，由远及近、由大及小地观察了周围的环境。首先，他凭一张松软的床垫，断定自己不在安吉尔斯学院（暗示安吉尔斯学院的床硬，同时也体现了菲氏不失时机的幽默），接着他感觉到整个房间似乎也在呼吸，这其实是他听到了黛西的呼吸但还未注意到她的存在而产生的错觉。最后，由墙壁及房间内的陈设，他把视线投到了自己躺着的这张床上，意识到"一个年轻女子"紧挨着他睡着①（根据推断，黛西在他的右边，脸侧向右）。弗雷德仔细观察她，看到她有修长而干净的手、浓密而红褐色的头发。几句对话之后，弗雷德再次观察了他所处的空间，这次，他看得更清楚一些，能断定自己身处一间看护室或者曾经的看护室。

  此处的故事空间有什么特点？对于理解人物形象和阐释故事可能产生什么样的影响呢？

  第一，柔和温馨。松软的床垫、花朵图案的墙纸、盥洗盆、长柄壶、脸盆、白色的被子和床罩、木马、蓝色毛绒知更鸟、燃烧的油灯，这些物品生活气息浓厚。这个空间中所涉及的颜色有：墙纸花朵图案的颜色、白色（被子和被罩）、金色（黛西的戒指）、红褐色（黛西的头发）、蓝色（毛绒知更鸟）以及油灯火焰的颜色，这些颜色中，除了白色和蓝色为冷色外，其他均为暖色。但蓝色知更鸟毛茸茸的可爱和小巧，给人的感觉仍是柔和

---

① 文本中说黛西在离弗雷德6英寸远的地方，而1英寸 = 2.54厘米，也就是说黛西离弗雷德只有15厘米，换句话说，他俩几乎挨着。

第一章　危险的纯真

温馨的。正因为如此，弗雷德才会猜测并最终确定这是一间育儿室。虽然一般文学作品中的男女主人公极少以他俩的状态（赤身裸体地躺在陌生人家中的床上）相遇，但这样的空间环境或多或少为弗雷德和黛西之间的爱情做了铺垫，与男女主人公善良的性格相呼应。

第二，极富生命力。弗雷德感觉"整个房间正发出呼吸的声音"，后面的观察证实，其实是因为他身旁的黛西在呼吸，他听到了呼吸声，刚开始不知道身旁还有人，所以产生房间在呼吸的错觉，可谓未见黛西其人而先闻其声。同时，这也暗示着黛西年轻旺盛的生命力，以及对周围环境的影响和主控作用。事实正是如此，在他俩第一次约会漫步乡间时，弗雷德坦诚"如果没有你，我会迷失自我的"（第160页）。

第三，纯净透明，极具女性特质。房内的陈设，及弗雷德关于"看护室"的推测和肯定，预示着男女主人公未来命运的共同走向。弗雷德关于黛西的手和头发的观察，间接但巧妙地暗示了黛西的美貌和吸引力。"浓密秀发"极具女性性别特色，弗雷德在揣摩头发颜色时，想起母亲的话，加上他关于"看护室"的推测和肯定，如此空间中，母亲、妻子、孩子，这三个和女性传统角色关联极其紧密的人物身份，同时浮现于弗雷德的脑海，并投射到该空间，该空间的女性特色以及女性特质由此得以揭示。

弗雷德和黛西第一次相遇所处的空间与报馆空间形成鲜明对照，同时，该空间的女性特质和安吉尔斯学院排"她"性的男性特质空间也形成了鲜明对照。人物关系和故事空间的主旨寓意在这样的对照中凸显出来。下文是以黛西视角为出发点观察到的凯利的报馆办公室空间特点。

这会儿她习惯性地跑上楼，走过破旧的亚麻油地毡，然后穿过一个狭窄的走廊,走廊的两边堆放着许多正等着废纸收集人员来取走的旧报纸。她打开一扇结了霜的玻璃门,随即说道:"不要问我是否想要刊登一则广告,我是想见编辑。"

房间里有两个男人,其中一个看上去明显要比另外一个年长许多,办公室里还有一个勤杂工,他当时正从钩子上把外套取下来。门打开的时候,他们都抬头瞥了一眼,看见一个相貌漂亮的女人站在那里,但还称不上是女士。所以他们根本没有必要起身或是停止抽烟。那个较年轻的男子用他伸出的脚为她抽出了一张椅子。……冰冷的房间……这间房间实在太小……(第125页)

此处空间破败逼仄、拥挤杂乱、乌烟瘴气、冰冷势利。黛西仍然保持她一贯的纯真率直、开门见山的风格。初到一个陌生环境,她并没有先敲门,而是直接打开门、随即说,由此也可见她救人心切。黛西的美貌在此同样得到了肯定,但不同的是,所见者并不带有欣赏、尊敬的姿态,"用他伸出的脚为她抽出了一张椅子"这一空间中的特定动作,表明势利且世故的凯利已经判断出了黛西的社会身份和地位:她不是上层社会的高贵淑女,而是一个可以随意对待的对象。

黛西通过了黑衣修士医院苛刻的筛选和面试,成为那里的见习护士,是护士长眼中"理想的护士典范"(第160页),然而,她却没有逃出凯利的炼狱之劫。黛西负责照看的23号病人是一个投河自尽未遂的男子,他希望报纸上有他自杀的消息,以引起他所在意的人的注意。为此,在医院他拒不进食。黛西利用仅有的一天休假,前往报社,欲帮病人达成心愿。当她跨过凯利办公室的门时,纯真就开始了和阴险狡诈的较量。黛西的纯真在这个

第一章　危险的纯真

没有任何亮色的空间，遭到了打击和利用。黛西从报馆回去后的当天（星期三）傍晚，23 号病人就被人接走，出院了。"他的生命根本不需要挽救。"（第161页）而报馆的凯利，明知医院有禁止医护人员向外界透露病人信息的规定，登载 23 号病人的故事会让黛西丢了工作，他仍在星期五的报纸上登了出来，并且添油加醋，诋毁黛西率真坦荡的形象。因违反医院规章制度，黛西在见习期即将结束，就要由见习护士转为护士的关键时刻被医院开除了。

黛西和托马斯·哈代笔下的苔丝有颇多共同点。她俩都是穷苦人家的女儿，她们的纯真（洁）都受到了命运的挑战。凯利之于黛西犹如亚雷之于苔丝——凯利不仅对黛西丢掉工作负有直接责任，后来在法庭上，更是使黛西的名誉被玷污，差点让黛西失去真爱。弗雷德之于黛西则犹如克莱之于苔丝。不同的是，与苔丝相比，黛西在纯真善良之外更有一种果敢和刚毅，或者，在某种程度上讲，命运对她有所眷顾。因此她能跨过禁区——安吉尔斯学院之门，第二次巧遇她的"克莱"，从而拯救了她自己和弗雷德。故事中，安吉尔斯学院及学院之门（即标题所指"天使之门"），是黛西无意中"救赎"爱情的"圣地"。

> 和希腊阿索斯山一样，一切有繁殖能力的雌性动物（包括人类）都不能涉足安吉尔斯学院的属地。（第9页）
>
> 它是剑桥大学中占地面积最小的学院……远远望去，它却好似一座屹立的城堡，确切地说，应该是像一座玩具城堡。这座城堡拥有无比的坚固性，四周的围墙厚达三英尺半，建筑的材料不掺有任何的杂料碎石。这里没有回廊，没有医务室，也不设游客招待室。说实在的，从外面进入学院的，不管是陌生人还是本学院的人，在这里都感受不到一丝

"欢迎到来"的暖意。(第19页)

大门上方的盾形纹章,历经岁月的冲刷,已没有了立体感,几乎消融在了周围扁平的墙面中。纹章的图案上,依稀可见两个正在沉睡的天使,等待着最后审判之日的到来。(第20页)

……西南墙的那扇神秘的高而窄的门……"这是除了正门之外的唯一入口,而且它实在令人匪夷所思,因为建造者当初建这门时满脑子想的似乎只是用它来拒绝外人的进入。"……这扇门在历史上曾两次被打开过……(第36页)

与上文中凯利的办公室相似,这里的空间描述,也突出了安吉尔斯学院的小。虽小,但它气宇非凡,这里是20世纪初崇尚理智与逻辑的剑桥学府,最前沿的原子物理学正在这里诞生。安吉尔斯学院厚重的围墙,显示着它稳重敦厚的气质,同时也暗示着这个学院的保守和墨守成规——该院是唯一保留着研究员必须独身的规定的。两个沉睡中似乎等待着末日审判的天使暗暗指向了也曾站在法庭席上的黛西和弗雷德。西南墙高而窄的门加深了安吉尔斯学院固守传统的象征意义,这扇门也正是作品标题所指。在神秘气氛及巧合之中,黛西跨过这扇门,进入了几百年来女性未曾踏足的禁地。这是典型的黛西式举动——她总是为了帮助他人而义无反顾:当她踏入凯利办公室的时候,她只想到了那样做会挽救23号病人的生命,却没想到那样做会毁了自己的前途。迷路的黛西听到痛苦的呻吟,一心想着救人,并不知道呻吟传出的地方是女性的禁地。如果说,跨越报馆之门导致了她的被驱逐和被流放,跨越安吉尔斯学院之门则让她用实际行动完成了救死扶伤的天使之举,并重新收获了本属于她的爱情。同时,这一举动,在安吉尔斯学院历史上,也是里程碑似的,有可能学院几百年来不许女性踏足以及教员不能结婚的规定将因此而改变。

安吉尔斯学院是一个充满了历史和文化的场所,它厚重无比的门守护着学院的历史和文化。"门"使得安吉尔斯学院这个空间不仅仅是事情发生的地点和背景,同时也将历史和文化的力量具体化了——因为它拒绝女性(用文本叙述者的话来说,它拒绝任何雌性动物,哪怕是一只雌性飞鸟)进入。由此,安吉尔斯学院之门,不仅构成了情节的背景,还体现了叙事性,因为它使人物的活动具有了特定的意义。

巴赫金(M. M. Bakhtin)的时空体认为:"空间也是有负载的,能回应时间、情节和历史的律动。"[①] "天使之门"从主题意义上来讲,很好地回应了历史的律动,作为男权和学识威严的象征,它监视着性别的边界,是女性的"停止符",但在20世纪初女性争取选举权的时代背景下,黛西的"越界"使"天使之门"所树立的边界和权威消失,预示了当时时代背景下女性主义运动的胜利和安吉尔斯学院的现代性转向。"越界"的两个直接结果(挽救了院长的生命;再次巧遇弗雷德)反映了菲氏积极的、颇具包容性和建设性的女性主义思想——女性进入男性"专属空间",并不一定有损于男性权威或既得利益,相反,男性需要女性的"救助"——无论是身体的还是情感的。

三 善与善报:纯真之果

黛西的纯真,还体现在她在不同的生活空间中对他人的不同赠予和关照,但善举并非总有善报。黛西的母亲在世时,她和母亲住在伦敦南部的贫民区。母亲过世后,一贫如洗的家中所剩物

[①] M. M. Bakhtin, "Forms of Time and of the Chronotope in the Novel", in Michael Holquist ed., *The Dialogic Imagination: Four Essays*, trans. Caryl Emerson and Michael Holquist, Austin: University of Texas Press, 1981, p. 84.

品仍然受到邻居的觊觎：

> 草药医生、音乐老师、洗衣便利店的老板都专程来到了黛西的房间，房里的脸盆架和油炉都用帘布盖了起来。她心里很明白，他们过来是想看看她母亲有没有留下什么她用不着的遗物。她告诉他们，等她安顿好这一切后，他们就可以过来看看有什么东西可以拿走。除了一张她母亲年轻时候的照片，她几乎不打算保留任何东西。
> "家具你也不要了吗？桑德斯小姐？"草药医生问道。
> "我以后不住这里了。"黛西说。
> "但是脸盆架呢？"
> "我也不准备拿了。"他一定是猜出了脸盆架可能放在帘布后面，要么他一直在四处寻找，因为他知道脸盆架的顶部是用大理石做的。（第92—93页）

从这些人的职业来判断，他们应该过得比黛西好，他们的市侩和小气，黛西心知肚明，但是她"觉得付出往往要比获取更加容易。她讨厌看见任何人贫穷潦倒的样子，所以她每次离开某个地方总会空手而去，根本不会想着要带上任何钱或财产"（第164页）。这是黛西无条件的慷慨。给予他人的物质馈赠不会给她带来精神或情感的伤害，但她对他人不加设防的信任，却给她带来了难以预料的伤害。

黑衣修士医院的面试结束后，她接受了未婚单亲妈妈马丁内斯太太"喝茶"的邀请，看到对方的生活空间后，她立刻"明白水龙头滴下的每滴水都必须以这样或那样的方式接住，因为哪怕是一杯茶的漏水量对这里都将会是一种负担"（第101页），黛西没有喝茶，临走前，对方向她借钱，黛西借给了她，对方毫不犹

第一章 危险的纯真

豫地拿了钱。马丁内斯太太应聘护士没有成功,但医院还是在厨房给了她一份活计。在黛西因为违反行业规定被开除之后,马丁内斯太太再次主动提出见她,并"关心地"问她将来的打算,黛西说她将去萨杰医生的私人医院碰碰运气。黛西没有意识到,她的诚实——对去处的直言相告,埋下了隐患。原来,马丁内斯太太是凯利的线人,为他的报社提供新闻线索,凯利正是从马丁内斯太太那儿得知黛西的行踪,进而跟踪黛西,并巧言引诱黛西和他一起去离车站很近的旅馆过夜。由此,进一步导致法庭审理车祸时,凯利对黛西名誉的有意伤害。

黛西在法庭上名誉受损后,不得不离开剑桥镇,离开她所寄居的瑞伯恩太太家,临别前她把自己唯一值钱的金戒指送给了瑞伯恩太太。在大雨中等待离开剑桥镇的便车时,黛西想起曾经属于自己的牢固的雨伞——那把伞她借给了萨杰医生医院的两名厨工,她最讨厌问别人要回任何东西,所以此时她不得不淋雨。此事件带有隐喻性质——若不是黛西过于慷慨无私地帮助他人,她就不会陷于诸多尴尬和为难的境地。但黛西的纯真善良出自她的本性,对于善举之后有没有善报,她从未考虑。"她觉得付出往往要比获取更加容易。"(第164页)哪怕是接受弗雷德的求婚,在她看来也是一种"获取",所以她当时没有正面答应他,不是因为她不爱弗雷德、不愿意接受他,而是因为她不习惯"获取"(弗雷德的厚爱、深爱)。不论是具体形式的物质帮助还是抽象意义上的精神帮助,纯真的黛西像天使一样付出。她的这种慷慨无私、替他人着想的"纯真"已经到了"敌我不分"的地步,这也正是纯真的特点之一。正如《天使之门》叙述者所评:"她根本没意识到慷慨豁达的性格有时对于一个付出者来说,会是多么的危险!"(第107页)危险到被驱逐,被流放。

被流放的天使,有两种结局:死亡或重生。亨利·詹姆斯的黛西·米勒是不幸的，她的不幸源于两个不同"空间"的文化冲突，清新率真、自由单纯的她在某种意义上说，是美洲新世界与欧洲大陆旧世界文化冲突的牺牲品；哈代的苔丝也是不幸的，她在重生的边缘终被死亡攫走；菲氏的黛西·桑德斯是幸运的，她成功跨越"天使之门"，在绝望的边缘重获新生。这一生一死之别，有性格使然，也有时间和空间的机遇使然。《天使之门》是通过空间实体来讲故事的，故事空间作为叙事话语的成分得到强调。这部作品充分体现了20世纪下半叶文学创作的空间转向，对重时间轻空间的做法是一种补偿。《天使之门》的故事空间作为一种内在力量，是历史的容器、故事的发生器以及主题的表现器。

菲氏从纯真之昧、纯真之殇及纯真之果三个方面，展示了纯真的"危险"，那么，菲氏纯真书写的目的和立意究竟何在？本章第三节将从纯真与伦理叙事的关系这一角度对该问题进行分析。

第三节　纯真与伦理叙事

"纯真"这个题目，几乎可以是菲氏其他任意一部作品的标题。她的作品不仅总是围绕着一个好心但天真之人的想法和判断，也展示了她对于纯真这个观点的种种看法。她的小说一次又一次地提醒读者，纯真以众多形式表现，并不总是善有善报。纯真可以说是菲氏文学创作中迄今为止重复度最高的主题之一。①

---

① Karen Karbiener, "Penelope Fitzgerald", in George Stade and Sarah Hannah Goldstein eds., *British Writers* (*Supplement V*), New York: Charles Scribner's Sons, 1999, pp. 104-105.

第一章　危险的纯真

文学为人学，人在社会中存在，其言行必遵守一定的社会行为规范和道德准则，由此，文学也必关乎社会规范和道德准则，是"一种富有特点的、不可替代的道德思考形式"[①]。"文学不能脱离伦理价值而存在。"[②] "纯真"作为人的一种道德品质，在菲氏作品中被反复论及便属情理之中。本节将从文本内、文本外、文本间三个不同的角度，综合考察菲氏纯真主题的道德立意及与伦理叙事的关系。

一　文本内的纯真与伦理叙事

正如卡宾娜（Karen Karbiener）指出的，菲氏九部小说中，几乎每一部都有"纯真"人物。《金孩》中的史密斯（Waring Smith），《书店》中的格林[③]，《离岸》中的尼娜、玛莎和蒂尔达，《人声鼎沸》中的安妮（Annie Arsa）和萨姆（Sam），《弗雷迪戏剧学校》中的皮尔斯（Pierce Carroll），《无辜》中的小菲、基娅拉和萨尔瓦多，《早春》中的塞尔文·格雷恩（Selwyn Crane）[④]，《天使之门》中的黛西以及《蓝花》中的弗里茨（Fritz）[⑤]。纯真的表现形式及结果多种多样。《书店》中的格林没有意识到人性中的自私、嫉妒以及好施权威，只凭着善良和好心，一心要尽自己所能立足并服务于自己的小镇。《无辜》中的小菲年幼，本身对世界认知不足，又被"保护"在一个封闭的庄园内，出于保护

[①] S. L. Goldberg, *Agents and Lives: Moral Thinking in Literature*, Cambridge: Cambridge University Press, 1993, p. 63.

[②] 聂珍钊：《文学伦理学批评与道德批评》，《外国文学研究》2006年第2期。

[③] Bruce Bawer, "A Still, Small Voice: The Novels of Penelope Fitzgerald", *New Criterion*, Vol. 10, No. 7, March 1992, pp. 33 – 42.

[④] 此处人名中译出自周伟红《早春》译本。"Crane"的另一译法为"克莱恩"，为方便后文引用周译本中相关内容，本书采纳周的译名。

[⑤] 德国诗人，别名诺瓦利斯（Novalis）。

朋友的本真善良做的决定却给了朋友致残的伤害。黛西不顾职业规定一心救人，丢了工作，前途被毁，仍"迷途不返"，在法庭上继续"袒护"卑鄙猥琐的凯利——因为她把凯利归为"弱者"，认为他不必卷进车祸事故中来——结果造成弗雷德对她的误解，差点与真爱失之交臂。

如前文所说，菲氏关于"纯真"的书写，集中在该词的人文主义内涵上，即"天真、单纯、诚实、无知，是人在获取知识的过程中必然会消失的一种中性或负面状态"[①]。该词的另一种补充释义——"纯真"除了洁净外，还强调真挚、不虚伪——也符合菲氏人物所体现的纯真特色，可以看作菲氏作品中纯真人物的共性。作为菲氏作品中反复出现的主题，究竟该如何把握作品的道德立场呢？诚如卡宾娜所言，菲氏对纯真主题的书写是全面的、多角度的，但有一点，如果按以往的方式来理解道德判断/伦理叙事的话，菲氏的道德意识在于她不做判断，她似乎有意要突出她的艺术道德，即培养读者的感知能力和判读力。她曾说："我觉得小说家如果说得太多，对读者而言是一种侮辱。"[②] 菲氏充分相信读者的主观能动性，强调读者对阐释的积极参与、对作品的理解。

当然，作者完全不做判断，很难做到，即便作者可以控制叙述者，让他/她抛弃传统小说的道德说教，作者（叙述者）也会借人物之口来执行某种程度的判断，当然，其判断可靠程度和有效性，需要读者进行二次判断。

《天使之门》中，黛西的品德受到了三个人物的评议。黛西在审理车祸的法庭上做了伪证，声称她不认识凯利，不知道凯利

[①] Lawrence E. Bowling, "Faulkner and the Theme of Innocence", *The Kenyon Review*, Vol. 20, No. 3, Summer 1958, p. 467.

[②] Harriet Harvey-Wood, "Penelope Fitzgerald", *The Guardian*, May 3, 2000.

第一章 危险的纯真

的行踪；凯利出其不意地出现在法庭证人席上，道出当晚的实情——车祸发生时，他正和黛西骑车前往"佩特"旅馆，他在那儿为他俩订了一晚的房间。弗雷德的朋友霍尔库姆旁听了该案的审理，事后在写给弗雷德的信中说："很明显她并不属于适合为人妻的女人……你是不太可能再打算见她了。"（第213页）闻听此事的福楼多教授则称黛西为"一个漂亮但不太诚实的年轻女子"（第226页），法庭审判之后，黛西觉得无颜留在剑桥镇，向瑞伯恩太太告别，瑞伯恩太太说："是的，黛西，恐怕你没法在这儿再待下去了。"（第230页）菲氏借人物之口，道出了20世纪初社会对年轻女子道德操守的标准。菲氏在另一个著名的短篇《逃之夭夭》中，也借女主人公爱丽斯的纯真探讨了纯真之殇及女子道德操守的问题。从这个意义上来说，这也是有些评论家称她为"社会风俗小说家"[①]（a novelist of manners）的原因。

纯真，是人性格中的一部分，是人从懵懂儿童至成人必经的一个阶段。一般来说，人随着年岁的增长，知识、阅历和经验的增多，蒙昧无知状况会得到改善或慢慢消失，变得世故、成熟（但变化后的品质是否完美，值得探讨，本书不便深究）。有人若因为被某种环境蒙蔽（比如伯爵之女），一直保持纯真状态下的蒙昧无知，为后天环境弄人并由"此善"行了"彼恶"，不免让人扼腕叹息；另有人则似乎生而如此，行为处事一直保持纯真善良之心，虽受打击和伤害仍不改初衷（比如《天使之门》中的黛西），让人叹息之余更添一份敬仰。纯真是人心智、认知成长过程中的必经阶段，但不能过度保护，否则会造成小菲式的悲剧。纯真是人认识世界、适应世界必须付出的代价，人在获取知识和经验的同时，必将或多或少失去纯真（如黛西、格林、苔丝等）。

[①] Bruce Bawer, "A Still, Small Voice: The Novels of Penelope Fitzgerald", *New Criterion*, Vol. 10, No. 7, March 1992, p. 33.

菲氏的纯真书写，将经久不衰的善恶之争（"人性本善"还是"人性本恶"）推进了一步，使这个亘古难题更显复杂，或者从某种意义上说，辩证呈现了善恶转换以及善恶因果之逆转可能性。

二 文本间的纯真与伦理叙事

以上就文本内的因素，探讨了菲氏纯真书写与伦理叙事的关系，下面将从文本间的横向比较关系——菲氏文本与其他有关纯真的文本进行比较，来探讨菲氏纯真书写所体现的伦理叙事的本质。

《旧约·创世纪》记载了人类祖先夏娃因纯真犯下的原罪——很巧，是夏娃而不是亚当（似乎在某种程度上暗示女性更易受纯真之殇）。上帝让亚当和夏娃住在伊甸园里。两人赤身裸体，不觉羞耻。在蛇的劝诱下，夏娃吃了智慧树的果子，并劝亚当也吃了禁果。二人从此心明眼亮，有了智慧，能辨善恶（此处"纯真"兼具宗教和人文主义的双重含义。他们获取了知识和经验，同时也失去了"清白、无罪"的状态）。他们以赤身裸体为耻，用无花果树的叶子编成裙子，遮在腰间。上帝巡视园中，见二人躲藏，知道了原委，非常生气。罚蛇用肚子行走，终生吃土；让夏娃怀胎，受生产之苦，并受丈夫管辖；罚亚当终身劳苦，才能糊口。上帝唯恐二人再偷吃生命树的果子而长生不死，遂将其逐出伊甸园。这便是人类的原罪，探寻其源头，正是因为夏娃的无知，轻信了蛇的劝诱；倘若上帝最初便给了夏娃知识经验和辨识能力，她便不会在获取知识的途中，付出如此惨痛的代价。黛西因纯真而触犯医院规定，被驱逐，从"白衣天使"的位置上掉落下来，其情境，与《旧约·创世纪》的故事有互文性。人类在祖先夏娃因天真无知而犯下罪过的道路上，并没有走得太远。学习、认知的过程是艰辛的，代价也是巨大的。当然，纵然

第一章　危险的纯真

被逐出了伊甸园，但至今没有人声称，愿意重返懵懂无知的纯真状态来换取永居伊甸园的"幸福"。可见，纯真之"双刃剑"性质，以及失去它的必要性和必然性，是菲氏纯真之伦理叙事的意义之一。

本章第二节曾将苔丝与黛西做过比较，事实上，哈代的《苔丝》标题是由主副标题"德伯家的苔丝———一个纯洁的女人"（"Tess of the D'Urbervilles：A Pure Woman"）构成———如1957年由英国麦克米伦出版社出版的版本，① 但有些英文版，省略掉了副标题"一个纯洁的女人"。国内目前有7个《苔丝》中译本，就较早的1957年出版的张谷若译本《德伯家的苔丝》（1957年第1版，1984年第2版）②，也没有副标题。该副标题的一大功能是造成话语和故事的矛盾修辞，形成一种张力。苔丝的纯洁/纯真是属于哈代和读者的（作者编码话语层和读者解码话语层的），苔丝自己则因为失身和杀人（文本中的故事层），成为献祭给男权社会（以男性为主体的价值观和道德观）的羔羊。从这个意义上来看，与其说哈代是在颂扬苔丝的"纯洁"，不如说他是在抨击当时的社会价值观和道德观。也许有读者会认为菲氏《天使之门》标题中的"天使"一词即蕴含着一种纯洁圣明的象征，是对黛西纯真品质的暗示，但前文对该标题的探讨表明"Angels"这个词，实指安吉尔斯学院，即便理解为"天使"本身，菲氏也并没有在话语层做出积极肯定。③ 诚如文本中所写："那是在沉睡

---

① Thomas Hardy, *Tess of the D'Urbervilles：A Pure Woman*, London：Macmillan Co. Ltd., 1957.
② ［英］哈代：《德伯家的苔丝》，张谷若译，人民文学出版社1984年版。
③ 事实上，这部作品，菲氏考虑的第一个标题是《看不见的》，出版社编辑认为该标题没有吸引力，菲氏遂改为《科学家犯的错》，这一标题被认为不像小说标题，菲氏遂在没有确定标题的情况下开始创作，最后才定下《天使之门》这个标题。参见 Penelope Fitzgerald, *The Afterlife：Essays and Criticism*, ed. Terence Dooley, New York：Counterpoint, p. 371.

中，等待着最后审判之日的天使。"（第20页）菲氏展现的是人性的尴尬境地，换句话说，她展现的是纯真之人的缺点，即对他人及周围环境缺乏正确认识，不能做出正确判断的缺点。当然，这样的缺点，即便是英雄人物，有时也难以克服。比如奥瑟罗，他虽是叱咤风云的大将军，是坦白爽直的人，但"他看见人家在表面上装出一副忠厚诚实的样子，就以为一定是个好人"，阴暗卑鄙的伊阿古因此可以"把他像一头驴子一般牵着鼻子跑"。[1] 苔丝、黛西、奥瑟罗，从本质上来讲，他们都是好人，但并非十足的好人，而是与我们相似的人，因为他们有优点，同时也有缺点，他们由顺境转入逆境，不是由于命运，也不是由于为非作恶，而是由于看事待人时不明真相而犯了大错。由此，菲氏的纯真书写与古往先贤关于悲剧的"过失说"有了一种互文性。这是菲氏纯真之伦理叙事的意义之二。

从纯真对立面（反义词）来考察菲氏纯真书写与其他文本的关系会发现，一般评论家在评论纯真时，都把"经验"当作它的对立面。[2] 英国诗人威廉·布莱克（William Blake）先出版诗集

---

[1] ［英］莎士比亚：《莎士比亚四大悲剧》，朱生豪译，人民文学出版社2012年版，第342页。

[2] Cleanth Brooks, "'Absalom, Absalom': The Definition of Innocence", *The Sewanee Review*, Vol. 59, No. 4, Autumn 1951, pp. 543 – 558; Joseph M. Duffy, Jr., "Emma: The Awakening from Innocence", *English Literary History*, Vol. 21, No. 1, March 1954, pp. 39 – 53; Lawrence E. Bowling, "Faulkner and the Theme of Innocence", *The Kenyon Review*, Vol. 20, No. 3, Summer 1958, pp. 466 – 448; Robert N. Hudspeth, "The Definition of Innocence: James's *The Ambassadors*", *Texas Studies in Literature and Language*, Vol. 6, No. 3, Autumn 1964, pp. 354 – 360; Kenneth Bernard, "Arthur Mervyn: The Ordeal of Innocence", *Texas Studies in Literature and Language*, Vol. 6, No. 4, Winter 1965, pp. 441 – 459; Philip Rogers, "Mr. Pickwick's Innocence", *Nineteenth-Century Fiction*, Vol. 27, No. 1, June 1972, pp. 21 – 37; Thomas LeClair, "The Unreliability of Innocence: John Hawkes' 'Second Self'", *Journal of Narrative Technique*, Vol. 3, No. 1, January 1973, pp. 32 – 39; David Mogen, "Agonies of Innocence: The Governess and Maggie Verver", *American Literary Realism, 1870 – 1910*, Vol. 9, No. 3, Summer 1976, pp. 230 – 242.

第一章 危险的纯真

《天真之歌》(*Songs of Innocence*),后出版诗集《经验之歌》(*Songs of Experience*)。① "纯真"和"经验"("经验"一词译法可再商榷,它并不能与"纯真"形成明显对立关系,译成"世故"也许更准确)被看作人在不同阶段所表现出的不同特点。事实上,从《无辜》中对小菲的分析来看,小菲的性格中暗含着一种"隐藏或消除差别的残忍和可怕"②,而《天使之门》中的黛西,也有一种自我贬低、自我放弃的倾向。凯利第二次出现在她面前,劝说她跟他一起去旅馆过夜时,有两件事黛西是明白无误的:凯利让她丢了工作;凯利在黑衣修士医院的厨房有线人(马丁内斯太太),因此凯利得以打听并追踪到黛西的计划和行踪。同时,黛西运用自己的判断力,从凯利的言谈举止中判断出像这样邀请女士和他一起过夜,在他来说并非第一次。黛西实际上非常讨厌他,但她仍然屈从了他的纠缠和勾引(虽然后面因车祸,凯利计划未遂),这一点颇为耐人寻味。

人性中的善和恶在菲氏纯真主题的书写中对立统一了。如果用"白"代表菲氏作品中小菲和黛西的"纯真"(纯洁、善),用"黑"代表小菲的纯真之昧(黛西的纯真之殇)以及对他人/自己的伤害,那么会发现"恶果"实为"善因"导致。善恶在一定条件下,会互相转化(黑白也并非完全势不两立)。如果善出自纯真者的蒙昧无知,那么,其结果可能是善以恶行。如果善施惠于小人(比如黛西的"善"施惠于 23 号病人或者凯利),还可能反过来对施惠者造成伤害。菲氏纯真书写,以辩证的角度观照了人"性本善"还是"性本恶"的问题:有些人,性本"善",

---

① William Blake, *Songs of Innocence and of Experience*, New Jersey: Princeton University Press, 1991.
② Karen Karbiener, "Penelope Fitzgerald", in George Stade and Sarah Hannah Goldstein eds., *British Writers* (*Supplement V*), New York: Charles Scribner's Sons, 1999, p. 105.

但当善和外部条件或环境发生"化学反应"时,却有可能给他人或自己带来"恶"。

另一种理解纯真之因果的角度是:对菲氏而言,善恶并非总是互相对立,而是互相关联的,二者之间界限模糊;由此可以看出菲氏对人性的深刻理解。① 英国学者凯纳(T. A. Kenner)分析了另一种艺术表现形式——绘画——中人物的两面性。② 与菲氏文本中体现的这一主题形成一定意义的互文性。

达·芬奇的《圣母子、圣安妮和施洗者圣约翰》(见图1-2)这一作品具有相当的象征意义。第一眼看,这幅画展现的似乎仅是圣母玛利亚和她的母亲圣安妮都面带微笑交谈着,玛利亚抱着圣婴耶稣,同时另一个孩子正在圣安妮脚边玩耍。再看第二眼,就能察觉出这幅画暗藏玄机。首先,圣安妮好像没有自己的身体:她的肩膀毫无缝隙地融进圣母玛利亚的身体里。对达·芬奇这位解剖学大师来说,这种画法应是

图1-2 《圣母子、圣安妮和施洗者圣约翰》

有意为之。两个女人的头也在同一个水平面上。如果圣安妮真的是在圣母玛利亚身后,那她的透视图应比圣母玛利亚略高并且/或者略后才对。从生物学角度来看,圣安妮应该比圣母玛利亚年

---

① 卢丽安:《文本之外:由佩内洛普·菲茨杰拉德的小说及文学生涯看文学研究》(英文),复旦大学出版社2005年版,第52页。
② [英] T. A. 凯纳:《符号的故事》,朴锋春、颜剑丽译,中国青年出版社2010年版,第56—57页。

第一章 危险的纯真

长至少 15 岁，但画面上的这两个女人显然是同龄人，且她们的面貌十分相似。同样，那两个孩子也如双胞胎般相像，只不过右边的孩子头发多一点，姿势稍沉一点，表情忧郁一点而已。两个孩子中间，一只幽灵般的手——可能是圣安妮的手——正指向天堂。

解读这幅画的关键，在于两位女性的面庞。圣母玛利亚的脸一如既往地和蔼可亲，美丽、幸福、纯真的她正充满爱意地端详着双臂中的孩子。然而，另一张脸的表情却恰恰相反。圣母玛利亚的脸上布满阳光的同时，圣安妮的脸上却布满阴影。她深凹的双眼被阴影遮盖着，骨瘦的两颊也显得凹陷，她的微笑显然带有威胁甚至掠夺成性的神态，就像是要毁掉圣母玛利亚那张善良的脸。

在这幅画里，那种善与恶并存的象征含义不容忽视。两位女人看似拥有一个身体，暗示她们可能就是一体。这个形象可以看作创造者和毁灭者的结合。她们与自然界中的其他事物一样，有丰足的一面，也有致命的一面。孩子们也同样代表着截然相反的两面——那个好孩子是阿波罗，阳光、理性且富有同情心，而那个暗色的孩子则是狄俄尼索斯，激情、疯狂且暴躁。好孩子基督正赐福于他的同伴，接受并包容他性格中邪恶的一面。两个孩子中间的那只手代表着这种双重性的根源，表明上天本身就是善与恶、理智与疯狂、生与死的根源所在。[1] 正如刘易斯（Tess Lewis）所说："人的美德，正如人的邪恶般，是双刃的。比如纯真，几乎总带着残忍。"[2] 博尔（Bruce Bawer）也说："菲氏的每一部

---

[1] ［英］T. A. 凯纳：《符号的故事》，朴锋春、颜剑丽译，中国青年出版社 2010 年版，第 56—57 页。

[2] Tess Lewis, "Between Head and Heart: Penelope Fitzgerald's Novels", *The New Criterion*, Vol. 18, No. 7, March 2000, p. 30.

作品，都在提醒我们：善恶可能共存一心。"① 菲氏纯真书写正像这幅画一样，暗示了人性中善与恶并存的状态。从这个意义上来说，菲氏的纯真书写在某种意义上解决了"人性本善"还是"人性本恶"这一永久的争端。善良邪恶、天堂地狱、天使魔鬼、上帝撒旦，转化往往只在顷刻之间。这是菲氏纯真之伦理叙事的意义之三。

三 文本外的纯真与伦理叙事

若要更好地了解菲氏纯真主题与伦理叙事的关系，文本外的考察，即菲氏的生平背景以及创作的时代环境考察，能为分析和理解提供新视角。

菲氏的祖父与外祖父均是主教，浓厚的宗教背景为她的作品蒙上了一层抹不掉的道德书写印记。她的大叔叔迪霖·诺克斯是《天使之门》中弗雷德的原型，他放弃了自己的宗教，变成了无信仰者，皈依了科学。这一重大事件，引起了她极大的兴趣和思考，使得她在自己的作品中反复探讨身体与灵魂、理智与情感的关系。菲氏在英国广播公司工作时，一度爱上了那儿一位年纪长她很多的领导，她把自己的这段经历，放进了小说《人声鼎沸》中，塑造了安妮和萨姆两个"纯真"人物，安妮因年轻不谙世事，萨姆带些自私、冷漠，对他人感受没有任何感觉。纯真书写是菲氏作品主题的一个重要方面，但并不构成问题的核心，她更关心的是由纯真之因果反映出的世界及人性的本质和复杂性。在《弗雷迪戏剧学校》中，菲氏允许该作品的女主角汉娜（虽然她不爱皮尔斯，没有接受他的爱）跟皮尔斯过了一晚。黛西虽讨厌

---

① Bruce Bawer, "A Still, Small Voice: The Novels of Penelope Fitzgerald", *New Criterion*, Vol. 10, No. 7, 1992, pp. 33–42, Reprinted in Jeffrey W. Hunter ed., *Contemporary Literary Criticism*, Vol. 143, Detroit: Gale, 2001, p. 236.

第一章 危险的纯真

凯利但仍同意了和他一起去宾馆,后来在法庭审理车祸时,又采取一种保护性撒谎,直至弗雷德将凯利打晕,问及黛西内心真实想法时,黛西仍告诉弗雷德凯利年纪很大,不可对他动武。黛西的这些举动和言辞,颇有令人不解处。这两个女孩的行为,都有一个共同的注解,那就是同情。这是纯真人物的一个典型表现,无条件地同情"弱者",而不考虑这种同情带给自己的危险或后果,哪怕那是一条苏醒后将要咬死自己的毒蛇。当然,皮尔斯不是那种人,但凯利是那种人。纯真人物的这种品性,正是出于菲氏对人类性格缺点(即便是诸如纯真这类的美好品德也有它的缺陷)的同情,对"普世价值"的追求,她认为人的同情心和善良最为可贵(不论同情或善良带来的结果如何),"我想象不出,如果没有这两种品德,世界该如何存在"①。

一部作品的立场往往不是单一的,作品的意识形态通常具有矛盾性和复杂性。② 本节将伦理叙事纳入纯真主题讨论的主要目的,就是利用伦理批评方法的优点,对该主题进行客观全面的评价。同众多的批评方法相比,文学伦理学批评重在对文学作品本身进行客观的伦理阐释,不是进行抽象或者主观的道德评价。也就是说,文学伦理学批评带有阐释批评的特点,它的主要任务是利用自己的独特方法对文学中各种社会生活现象进行客观的伦理分析、归纳和总结,而不是简单地进行好坏和善恶评价。③ 菲氏"纯真"主题,展示了纯真的客观伦理意义,其关键和本质在于揭示纯真这种品质在特定条件下无意识的转化,比如小菲,她并

---

① 卢丽安:《文本之外:由佩内洛普·菲茨杰拉德的小说及文学生涯看文学研究》(英文),复旦大学出版社2005年版,第392页。
② 申丹:《叙事、文体与潜文本——重读英美经典短篇小说》,北京大学出版社2009年版,第231页。
③ 聂珍钊:《文学伦理学批评:基本理论与术语》,《外国文学研究》2010年第1期。

没有一丝一毫要伤人的意识,但她的愚昧无知将她的善心转化成了恶举;再比如黛西,她也没有想过要丢弃自己的前程或爱情,但对不该且不值得帮助的人,她同样给予同情和帮助,导致善举变成了对自己的恶举。纯真在一定条件下的无意识转化,与《化身博士》的主人公本身存在的善恶两面或曰"双重人格",[1] 有本质的区别。"双重人格"是硬币的两面,恶本身是人品性中的一面且是该品性指导下行为处事的结果。菲氏纯真展现的是真善美与客观外界环境所发生的"化学反应",这种反应的结果往往出乎意料且不在当事人掌控之下。菲氏"纯真"书写作为一种伦理叙事,其意不在进行伦理道德的价值判断,不在分辨孰好孰坏、孰是孰非,而是出于对人类本性的宽容,出于对人性中的弱点和缺点的同情而进行的一种温和、宽厚、包容、博爱的叙事。由此,读者可以更好地反观、认识自己及他人,得到提升和"净化"。对该主题的书写意义深远,人性的方方面面得以揭示,显示了一个作家举重若轻的深厚功力。

---

[1] Robert Louis Stevenson, *The Strange Case of Dr Jekyll and Mr Hyde*, Pennsylvania: Maple Press, 2013.

第二章 "灰爱"
——菲氏文本中的爱情主形态

爱情与人性一样,是文学津津乐道的另一大主题、文学永远的进行时。柏拉图说:"我们本来是完整的,而我们现在正在企盼和追随这种原初的完整性,这就是所谓的爱情。"① 另有学者这样定义它:"在一般意义上,爱情是男女间的相互倾慕,渴望与对方相依相守的一种热烈、真挚的情感,是人类异性个体之间基于性生理基础而产生的相互吸引,积极奉献的行为和心理的过程。在这一过程中,包含着十分丰富的内容和多种要素,其中性爱、理想和情爱就是构成爱情的三要素。"② 还有学者认为爱情是受社会因素影响的生理、心理和主观情感结合的复杂现象,因其复杂和多维而不可能被定义。③ 正因为如此,一些社会学家和心理学家不直接探讨爱情本质的定义,而是通过对爱情类型的划分间接地讨论爱情复杂而多维的本质。的确如此,在文学领域,可以说有多少个关于爱情的文本,就有多少种爱情形态。比如,莎士比亚的《奥赛罗》中,男主人公的爱情表现出一种极具毁灭性

---

① [古希腊]柏拉图:《柏拉图全集》(第三卷),王晓朝译,人民出版社2003年版,第230页。柏拉图的爱情定义指向远古人男女一体的传说,被宙斯一劈为二后,他们便开始寻觅自己的另一半。
② 张怀承:《爱情的伦理思考》,《湖南师范大学社会科学学报》1995年第6期。
③ 刘聪颖、邹泓:《国外爱情观研究综述》,《国外社会科学》2009年第6期。

的占有之爱；奥地利作家茨威格的《一个陌生女人的来信》展现的是女主人公深沉、无我、极具牺牲精神的奉献之爱；劳伦斯的《查泰莱夫人的情人》表现的则是一种激情之爱；简·奥斯丁笔下的爱则兼有友谊之爱和实用之爱。① 除此之外，斯腾伯格（Robert J. Sternberg）还提出了爱情三元理论，他认为爱情包括亲密（intimacy）、激情（passion）及承诺（commitment）。三元理论和上文定义中的爱情三要素——性爱、理想和情爱——并不一致。三种成分的不同组合形成八种不同类型的"爱情"，即喜欢式爱情（只有亲密）、迷恋式爱情（只有激情）、空洞式爱情（只有承诺）、浪漫式爱情（亲密与激情）、友谊式爱情（亲密和承诺）、愚蠢式爱情（激情加上承诺，如一见钟情）、完美式爱情（三种成分都有）以及无爱式（三种成分都没有）。②

这些爱情类型分类，比较清楚、细致，但共同的缺点是：没有展现出爱情作为一种有一定时间跨度的、有延续性的、动态发展变化的感情历程。菲氏文本关于爱情的描摹和刻画，有以往文学文本中的特点——不乏热烈；也有以往文学作品中没有的特点：爱情的大背景为灰色——虽然也有经典文学作品中的玫瑰色。在色彩理论的启发下，本章尝试将抽象的感知层面的人类爱情，用视觉可以直接认知的颜色来加以分类，分析菲氏文本中独具特色的爱情主色——灰色，将爱情比拟成一个有机生命体，探讨其变化发展的过程，以及对当今社会人类爱情生活的启迪作用。

---

① 这五个表示爱情态度类型的名词，转引自张怀承《爱情的伦理思考》，《湖南师范大学社会科学学报》1995年第6期。该文综述了李（J. A. Lee）的三种主要爱情模式：激情之爱（eros）、游戏之爱（ludus）和友谊之爱（storge），以及三种次要模式：实用之爱（pragama）、占有之爱（mania）和奉献之爱（agape）。

② [美]罗伯特·J·斯腾伯格、凯琳·斯腾伯格编著：《爱情心理学（最新版）》，李朝旭等译，世界图书出版公司2010年版，第195—211页。

第二章 "灰爱"

第一节 爱情四色之辨

对爱情的渴望,对知识的追求,对人类苦难不可遏制的同情心,这三种纯洁但无比强烈的激情支配着我的一生。……

我寻求爱情,首先因为爱情给我带来狂喜,它如此强烈以致我经常愿意为了几小时的欢愉而牺牲生命中的其它一切。我寻求爱情,其次是因为爱情解除孤寂——那是一颗震颤的心,在世界的边缘,俯瞰那冰冷死寂、深不可测的深渊。我寻求爱情,最后是因为在爱情的结合中,我看到圣徒和诗人们所想象的天堂景象的神秘缩影。这就是我所寻求的,虽然它对人生似乎过于美好,然而最终我还是得到了它。①

罗素活了 98 岁,有四次婚姻。他以哲学家少有的激情和坦诚,热情赞颂了爱情在人类生活中的地位。这也是爱情被归为人类文学三大主题(爱情、战争、死亡)之一的原因。如果说男性作家更青睐战争主题,那么爱情主题则是超越作家性别的。女性作家出于女性敏感细腻的特点,对这个主题的书写往往体现出非常明显的、不同于男性作家的特色。而不同年龄段的女性作家,对该主题的关注点及切入角度也会有所不同。菲氏虽然没有罗素那么丰富的婚姻经历作为书写爱情的模板,②但她以高龄女性身份进入文学领地,彼时的她已经历人世沧桑,有很丰富的人生阅

---

① [英]伯特兰·罗素:《罗素自传》(第一卷),胡作玄、赵慧琪译,商务印书馆 2002 年版,第 1 页。

② 菲氏的一生,就现在所见的资料而言,只有一次婚姻,无任何情变或绯闻。

历，作品中的爱情主题蕴含着深刻的哲理和人生启示，值得深入挖掘和研究。本节在文本细读和色彩学理论的指导下，先对爱情类型进行分类，然后重点分析菲氏小说中一种特殊但广泛存在，却又被很多作家和评论家忽略的爱情存在形式："灰爱"。讨论"灰爱"之前，先梳理一下色彩学的相关理论。

一　红、灰、白、黑四色的文化内涵

能辨认各种形状之前，婴幼儿就可以分辨各种颜色了（少数色盲症患者除外）。颜色的视觉暗示，在人的内心也能构成深层次的象征语言。虽然对它的反应几乎是无意识的，但很多情况下，它却能影响人的情绪和反应。文学以语言文字为媒介，与绘画用色彩、线条创造作品有本质区别，但文学所表现的对象大多是有色彩的，因此必然会投射或反映到文学中来。

牛顿发现了光谱上的色彩，并将它分成赤橙黄绿青蓝紫七种颜色，为色彩学奠定了基础。歌德的《色彩学》[①] 研究了文艺与色彩的关系。他认为文学作品中的色彩描写能使艺术形象更具体、生动，能烘托气氛，暗示人物感情，甚至还可以被用来展示人物心理和命运的变化，因为不同的色彩在读者心中会引起不同的情感反应。歌德将色彩划分为积极的色彩和消极的色彩，这种划分法，比如今的暖色和冷色之分，带有更强的主观性。色彩能刺激人的视觉器官，进而触发人的其他身体反应，比如，白色的灯光，有利于高血压病人保持平稳的血压；同时，色彩通过刺激视觉器官，也能触发人的情感反应。色彩带来的主观感受，虽然会因人的个体差异有一定的区别，但也有一些共同的倾向，这是对色彩性质做出客观评价的基础。下文将对红、灰、白、黑这四

---

① Johann Wolfgang von Goethe, *Theory of Colours*, trans. Charles Lock Eastlake, New York: Dover Publications Inc., 2006.

第二章 "灰爱"

种颜色代表的普遍意义上的文化内涵进行探讨。

在所有颜色中，红色最感性。红色是人类生命最基本物质血液的颜色，是肉眼看得到的生命力——人的出生、存在，以及对死亡的认识，都被裹进这一鲜艳的色彩里。红色有一层复杂的含义网。因为它是生命的颜色，代表了强大、动力、威力、领导以及勇气。泛红的皮肤可以体现人内心的感情活动，因此它与热情、激动、羞涩、爱情、性欲等因素紧密相连，同时还与愤怒、侵犯、狂躁和羞愧等负面感情关系密切。作为代表火的颜色，红色又带有能量、力量、安全、稳定及影响力等含义。非常重要的是，红色能使人兴奋，帮助人为迎接机遇或威胁做好准备，并控制好因高兴或危险而战栗的躯体。世界上，不同文化背景的信仰都强调红色含义的人类共性。纹章学用红色来代表胆量、热情以及炽热的爱情。[①]

灰色是一种比较特殊的基本颜色，由白色和黑色这两种基本颜色混合构成。由于黑白两色给人非常明显相互对立的感觉，灰色作为黑白两色的调和常常用于代表对立事物之间的过渡地带，用于代表具有模糊性的事物。比如灰色收入，指介于白色收入（合法收入）和黑色收入（非法收入）之间的一种收入。人在衰老过程中，头发颜色的变化规律是由黑（白种人的头发往往有多种颜色，但在衰老过程中也一样）变灰再变白。总之，作为黑色和白色的过渡色，灰色给人的感觉是模糊、单调和平常。

---

① [法] 巴斯图鲁：《纹章学：一种象征标志的文化》，谢军瑞译，上海书店出版社2002年版。纹章学是研究纹章的设计与应用的人文科学。该词源自古法语的"传令官"（heraut, hiraut）一词。据说在中世纪的马上比武大会上，骑士全身披挂，全靠盾牌上的纹章才能辨别身份，大会上的传令官凭纹章向观众报告骑士的比武情况，渐渐"传令官"成了"纹章专家"的代名词，"纹章学"一词也就由此衍生。纹章的构图、用色都有严格的规定，其研究除了作为文化史的一部分，还有助于历史考证，例如用于断定宗谱及鉴定艺术品、文物的年份。

白色无论是字面意义还是喻义，都是黑色的对立色。光谱中所有的颜色都同时存在而产生的亮而无色之色就是白色。它没有任何瑕疵，因此成了纯洁和完美的象征。从这种纯洁性引申出了很多不同的含义：美德、对性欲的节制、天真无邪、顺从、真理、忠诚、敬重、正义、光明、善良和谦逊。白色之所以主要被用来描述天堂、圣人、天使和上帝本身，就是因为它的完美无瑕。

黑色既是一种颜色，又可以看作因缺乏光线而产生的符号，有许多负面含义。黑色是邪恶而恐怖的，这种看法与黑暗和夜晚有关。人们害怕黑暗所掩盖的人或动物——小偷、夜间捕食动物、罪犯、巫师。在芭蕾舞剧《天鹅湖》中，黑天鹅是邪恶与阴险的象征。在西方占星术中，黑色的镜子与水晶球都是巫师占卜的工具。英美人在葬礼上穿黑色服装，中国人在葬礼上戴黑纱，因此，黑色又常常和死亡联系在一起，表示悲哀、悲伤、不幸和绝望。因其阴暗无光，黑色也常和非法这一含义联系在一起，比如黑钱（black money）、黑市（black market）、黑色收入等。在西方，黑色与邪恶的关系最为密切。在一些宗教形象的衬托下，黑色象征着悲剧、悲伤、丢失、绝望、恐惧、不和谐、谎言、坏东西、恶意、罪恶、阴间以及——作为丢失含义的延伸——悲恸和丧亡。当然，黑色也承载了一些积极的文化内涵，人们用它代表庄重、尊严与正义，比如在正式场合，男士一般穿着黑色西装/礼服；法官往往身着黑装，以体现法律的尊严和正义。

二 红爱在菲氏文本中的具体表现及发展走向

根据上面四种颜色的文化内涵和象征意义，基于色彩能超越视觉生理器官，对人的心理和情感可能产生的有共同倾向的反应功能，结合文学隐喻和菲氏文本中关于爱情的书写，本章将菲氏

第二章 "灰爱"

文本中的爱情分为了四类：红爱、灰爱、白爱和黑爱。下文分析菲氏文本中红爱的具体表现及红爱可能的发展走向。

中国文学中也有"红色爱情"之说，指的是革命时期的爱情。菲氏文本中"红爱"的内涵更接近"玫瑰色的爱"这一存在已久的关于爱情的说法。笔者将"红爱"定义为充满热情和力量的爱，和青春、活力、勇气以及生命本身紧密相连，往往是初坠爱河以及热恋中人的爱情表现形态，正如《天使之门》和《蓝花》中男主人公所表现的一样。

> 自从近距离见了黛西，可能就这么短短半小时，尽管他可能没有很清楚地看到她的脸，尽管他觉得自己只和她说了九句话，问了八个问题，但谈话的每个字他至今记忆犹新，他知道自己无论如何一定要娶她。①

仅仅是共处一室（床）半个小时（弗雷德因车祸后两次昏迷间的清醒时间），在不太明亮的灯光中与黛西说了八九句话，弗雷德就知道自己一定要娶她。这就是红爱的特点，它仿佛是代表生命的红色血液直接发出的信号，来得猛烈，不由分说、不容置疑。《蓝花》中弗里茨的爱，来得甚至更快，仅仅一刻钟时间，他就爱上了那个黑头发的、坐在窗边敲打着玻璃的12岁的苏菲，"苏菲是我的心肝宝贝"②。弗里茨如此向好友卡罗琳坦白他对苏菲炽热的爱。《无辜》中萨尔瓦多的爱来得更快更猛，当他在音乐会中场休息的片刻经人介绍认识基娅拉时，他问她："你喜欢勃拉姆斯

---

① [英] 佩内洛普·菲兹杰拉德：《天使之门》，周昊俊译，新星出版社2009年版，第143页。

② [英] 佩内洛普·菲兹杰拉德：《蓝花》，鲁刚译，新星出版社2010年版，第69页。

吗?""当然不喜欢。"① 萨尔瓦多立刻爱上了这个和他想法相同，但是在音乐会这种公共社交场合也不撒谎的姑娘。

有评论家将红爱理解为爱情的全部，因此难免发出爱情短暂的感慨："爱是人世间最美好的一种感情，也是某种化学反应，而且持续不了多久。"并由其短暂推出爱情的弥足珍贵："当然，如果它那样容易获得，那样持久，又怎么会那样珍贵，引人追寻。"② 这种观点，看似很有道理，实际只是对四色爱情中红爱的理解，是对爱情发展道路上一个阶段的认识。

菲氏文本中，几乎没有关于黑爱的具体描写，黑爱是爱情发展的绝境。结合菲氏文本及相关分析，四色爱情一般有如下两条发展线：(1) 红爱→灰爱→黑爱；(2) 红爱→灰爱→白爱（见图2-1）。这两条发展线的第一阶段和第二阶段在菲氏文本中体现得较明显。这两条发展线也符合自然界中颜色的变化规律。红色的花瓣经过风吹日晒雨淋，会慢慢褪变成灰色，然后变白。玫瑰般的爱情热烈、美好，但正如《蓝花》中弗里茨弟弟所说："但让我们设想一下，你们冲破了所有障碍，你们结了婚。接着你又可以前所未有地放纵自己。但满足带来了厌倦，你们最终将面对你们一直害怕的东西，那就是厌倦。"③ 婚姻中的爱情，以其合法性解除了之前禁锢爱情中性爱的所有力量，但"满足带来了厌倦"，此时，单调重复的日常生活慢慢冲淡爱情最初的鲜艳，慢慢降低了爱情最初的热度，爱情归于平常，恢复它不得不融于生活的平凡一面；一如青春爱人脸上的红霞，慢慢隐去。红爱变成了灰爱。灰爱之后，爱情有两种可能的走向：一是黑爱，另一

---

① Penelope Fitzgerald, *Innocence*, London: Harper Perennial, 2004, p.42.
② 黄佟佟：《浮世爱情》，上海三联书店2010年版，第279页。
③ [英]佩内洛普·菲兹杰拉德：《蓝花》，鲁刚译，新星出版社2010年版，第66页。

第二章 "灰爱"

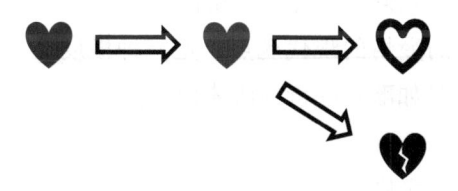

图 2-1 四色爱情及发展变化图

是白爱。如果灰爱遇上了人性中的阴暗，比如猜疑和妒忌，或者遇上人的道德和责任感的缺失，比如，对自己的感情和家人不负责任，随心所欲，为所欲为，那么灰爱就会走向爱情的终结色——黑色，灰爱就会变成黑爱。比如奥赛罗对妻子的爱，就经历了由红至灰最后到黑的过程，黑爱正如黑色一样，暗示着毁灭和死亡，但其最初的出发点，仍是红爱。

灰爱的另一个发展前景是白爱，类似柏拉图式的爱。一般人对柏拉图式的爱有一种误解，认为它是纯粹的精神之爱。在柏拉图《会饮篇》第 210—212 行的对话里，苏格拉底详述了爱神的教义，他谦逊地表示，这是由智慧的妇人狄欧蒂玛传授给他的。她告诫人们，不要对一个人身上的美所激起的爱恋之情流连忘返，而要像登梯子那样，从一个美好形态到达第二个美好形态，接着从第二个美好形态到达所有美好的形态；然后从对人体美的追求转移到对心智美的追求，直至达到对绝对、独立、质朴和永恒美这一理念和形态的最终沉思。① 柏拉图式的情人不可抗拒地被他所爱之人的肉体美吸引，也将肉体美敬奉为它与其他所有美好的躯体所共有的精神美的标志，同时，也把这种肉体美视为始于性感官欲望，通往对上帝神圣之美的纯洁敏思的阶梯的最低一

---

① [古希腊]柏拉图：《会饮篇》，王太庆译，商务印书馆 2023 年版，第 69—70 页。

级。从柏拉图式恋爱复杂的宗教和哲学信条上看,那种认为它只是不带性满足的爱情的现代观点,是一种极度简化的观点。① 白爱如叶芝《岁月如歌》一诗中所体现的:

> 或真心或假意
> 他们爱你:妩媚而貌美
> 唯独他
> 爱你静如朝圣的灵魂
> 爱你日渐消褪的容颜
> 爱你岁月划下的沟痕②

菲氏作品中,有少量关于白爱的描摹和书写。需要指出的是,这四种爱,并不一定是以孤立的形式存在。有时男女之间的爱,很可能既具备红爱的热情、勇气和旺盛的生命力,同时也具备黑爱的破坏性力量。比如考琳·麦卡洛(Colleen McCullough)的《荆棘鸟》中拉尔夫和麦琪的爱情,拉尔夫对宗教权力的渴求、男性倾慕权力的虚荣一直是阻止二人合法结合的阻力,并让两人在真挚的热恋中一直忍受着这股破坏性力量的煎熬。

爱情四色分类的优点是,借助色彩的文化和象征意义,准确表达出不同类型爱情的特点,同时,通过自然界中色彩变化

---

① [美]M. H. 艾布拉姆斯:《文学术语词典(第7版)》,吴松江等编译,北京大学出版社2009年版,第447页。

② 出自叶芝诗 When You are Old 第二节(the 2nd stanza),全诗参见 William Butler Yeats, "When We are Old", in James Pethica ed., Yeats's Poetry, Drama, and Prose, New York: W. W. Norton & Company, Inc., 2000, p. 17. 这首诗的中译文,可找到以下两个版本:(1)[爱尔兰]威廉·叶芝:《叶芝诗选》,李斯等译,时代文艺出版社2006年版,第7页。(2)佟自光、陈荣赋主编:《人一生要读的60首诗歌》,中国书籍出版社2004年版,第108页。本书引用的该诗第二节中译文,参考了以上两个版本。

（幻）的特点，隐喻爱情在人生（婚姻）阶段的延续的、动态的发展过程。

三 四色爱情分类法的意义

在菲氏文本中，尤其是关于婚姻中的爱情的具体描摹中，灰爱是存在最广泛的一种爱情形态。上文结合色彩学说提出了四色爱情分类法，该方法以一种发展变化的观点，将爱情看作一个仿佛有生命的有机生命体，从而能从更深层次揭示爱情与生活及生命的关系。爱情，一般以它最初的炫目和美丽开始，红爱是燃烧着的，如罗密欧与朱丽叶的爱。但是，再明亮的颜色也会在阳光的照耀下、在时光的侵蚀中褪下最初的鲜艳。当相爱的双方步入婚姻，走进生活，红色也开始慢慢褪去那份绚丽，日久天长，向灰色走去。在某种意义上说，正如红色可能褪变成灰色，红爱进入灰爱，是爱情的正常走向，完全符合自然规律，少了绚烂夺目，沉淀下来的可以是平静和踏实，正如人这个生命体之幼年、青年、壮年、老年。灰爱的理想归宿是四色爱情中的白爱，执子之手，与子偕老。白色的爱纯净、清澈、充实——恰如"白"这种颜色，看似无色实集万千之色。白爱是血浓于水的亲情之爱，经过时间的漂洗，爱情去掉了所有的私心杂念，相爱的双方拥有了最终的默契、和谐，互懂互通、互怜互爱。

历来文学作品总是不惜笔墨地颂扬红爱，误导了读者——在生活中具体存在、无法不食人间烟火的真实读者，以为爱情最美的形态便是红爱，更有男女把红爱当成爱情存在的唯一形态，其实它只是爱情的最初形态：仿如初开的花朵，美丽娇艳，但一般花期较短。将红爱置于一种至高无上的真空地位，不仅影响青少年培养客观正确的爱情观，也会影响成人对它的认识。菲氏的灰爱书写，可以让读者对爱情的另一种形式和发展阶段有清晰、清醒的认识，对培养正确的婚恋观以及正确面对婚姻中的爱情是大有益处的。

菲氏对灰爱的书写和细致描摹，能矫正片面的、不成熟的爱情观。让读者明白真正的爱情，其实就是生活。爱情不同寻常，但同时也平平常常；生活瞬息万变，爱情自然也不可能一成不变。一个人如果对自己认识不清，把自己的生活过不好、理不顺，他/她仍有可能遭遇爱情，但多半不能料理好爱情，因为爱即生活，不会生活的人，多半不会维系爱情（这一点，有众多的天才艺术家及他们的爱情故事证明）。相爱容易，相处难。菲氏的小说把"相爱之人相处难"的种种难处巧妙且充分地展现了出来。

著名的有关鞋子和脚的隐喻对于说明婚姻与个体感受的关系颇有说服力，但问题在于一个人一生只需要一双合脚的鞋吗？再合脚的鞋，总有穿坏的一天，须得再去寻觅购买合脚的鞋，接着穿下去。况且，随着年岁增大，脚底足弓慢慢变形，脚会变得大一点，原先合脚的鞋极有可能变得不合脚。也就是说，即便红爱可以在婚姻中保持其鲜艳亮丽，当夫妻双方到达一定年龄之时，这份爱也极可能变得不合时宜。因此，"执子之手，与子偕老"的恬淡与宁静，才被认为是爱情的最高境界。

婚姻是爱情的坟墓，是的，如果仅仅将最初带入婚姻的红爱纳入这个命题，该命题正确；但如果以发展的眼光看这个命题，考虑到步入婚姻之后极有可能转变的灰爱，以及可能培育出的白爱，那么婚姻可以是爱情的摇篮、稳妥的归宿。

菲氏小说的灰爱主题，是对人类广泛存在的爱情形式的深刻探险，其他作家少有涉足，因为这块地不好耕耘。灰爱难写，相比之下，红爱、黑爱、白爱好写得多。但是菲氏非常细致、巧妙、优雅地把人类爱情中存在最广泛、存在时间最长的一种形式描摹了出来，自然、睿智地摆在了读者面前，引发读者的关注和

第二章 "灰爱"

思考。本章第二节将结合菲氏文本，对灰爱的具体特征进行深入细致的探讨，并充分挖掘它在当下中国社会的现实意义。

第二节 "灰爱"的具体表征与现实意义

历来文学作品中的爱情，大抵有以下模式：男女双方历经坎坷，冲破重重阻力，终成眷属；或者如《傲慢与偏见》，误会的双方消除误解，有情人终成眷属。仿如童话，小说中众多感人的爱情故事，多止于"公主"和"王子"的结合，至于结合之后的婚姻，以及婚姻里的爱情，作者不写，读者也不想。关于婚姻中的爱情，作者和读者俨然已经达成了一种无言的默契。有学者说："从永恒之眼看，爱情的恒久是不可能的。所有美好的爱情叙事，如果想避免平庸不堪的'后来'，都必须戛然而止于公主与王子的喜结连理。"① 因此，婚姻成了众多小说的结尾，但现实生活中，婚姻是家庭生活真正的开始。以艺术是现实的镜子这一观点来衡量小说，将如此厚重的现实忽略，实在不该。菲氏以其丰富的人生阅历和创作的特殊性（晚年才开始专职文学创作）、对生活透彻的观察和领悟，向读者详尽展示了婚姻中的爱情——灰爱。

灰爱在爱情长河中，存在的时间其实是最长的。在整个人类的爱情存在形态中，灰爱存在的范围是最广的，但文学却一次次与它擦肩而过，因为，它实在普通又平常，几乎和生活没有什么两样。但如果不对它给予更多的关注，文学仅仅注视着红爱，对读者会有严重的误导，尤其对将要踏上爱情之路的读者，因为红爱仅是爱情最初的形态，美好但并不成熟，历经种种考验的灰

---

① 张璟慧：《情爱与禁锢——以〈荆棘鸟〉为例》，《外国文学》2011年第3期。

爱，并最终到达的白爱，才是爱情真正理想的状态。因此，仅菲氏对婚姻中的灰爱这一主题的关注及由此引发的对爱情另一种角度和层次的思考，她的作品较之前人已是一种超越了。本节将以《离岸》和《早春》这两个文本为主，探讨菲氏灰爱主题及其现实意义。

《离岸》1979年发表，是菲氏的第三部小说，获当年布克奖。《早春》发表于1988年并入围当年布克奖短名单，是菲氏第七部小说。两个文本中的故事有一个突出的共同点，夫妻中的一方离开了另一方（及孩子）——不是离异，但离开的原因故事并没有明说。以此状态为出发点观照这两场婚姻中的爱情，不难发现红爱已成夫妻感情的过去时，他们的爱情已进入灰爱阶段。下面将据文本中的相关内容来分析灰爱的具体表征，并探讨其现实意义。

一 被习惯吞噬的爱：十年之伤、七年之痒及两年之痛

不同夫妻间，爱情由"红"变"灰"的发生时间有一定共性，这是灰爱的一个共同点、第一个具体表征。《离岸》中，尼娜1949年嫁给爱德华·詹姆斯，1959年，爱德华决定去中美洲巴拿马一家建筑公司工作15个月，尼娜不愿夫妻两地分居，但同时，他俩又都认为巴拿马的大卫市不适合孩子成长。尼娜便用仅有的两千英镑买了一间船屋，带着两个女儿玛莎和蒂尔达住在了泰晤士河的巴特希（又译"巴特西"）河段上，夫妻俩开始分居两地。但当爱德华从中美洲建筑公司回到伦敦后，他并没有去"格蕾丝"号和妻女团聚。

《早春》中的弗兰克1900年在英国诺波利邂逅内莉，1902年两人结婚。之后，夫妻俩去了法兰克福，在那儿他们有了女儿多莉和儿子本。1905年，弗兰克的父母去世，弗兰克带着妻儿回到

第二章 "灰爱"

他的出生地莫斯科，继承了父亲的印刷厂。1911年，第三个孩子安出生。1913年3月，内莉带着三个孩子不辞而别，只给弗兰克留下一封短信，告诉他她走了，没提回莫斯科的事。

虽然两个故事发生的时间背景不同，但一方离开另一方的时间却很接近——均发生在婚后十年前后。中英文化中均有"七年之痒"（seven-year itch）的说法，而随着"80后"和"90后"走入婚姻，如今的中国社会又有了"两年之痛"的说法。无论是十年之伤，还是七年之痒、两年之痛，人们会注意到，随着时代变迁、生活节奏加快，婚姻中灰爱形成的时间也越来越早，但每个时代灰爱发生的时间均有其共性。

西班牙哲学家加塞特（José Ortega y Gasset）关于爱情的专著里也曾分析过这种现象，认为这是人喜新厌旧的本性使然。[①] 爱情给人的印象是：在时间的长河中，所爱的人会由"新"变"旧"，爱情便走到了尽头。由此进一步得出结论：婚姻是爱情的坟墓。似乎无论多么浓烈的爱情，一旦走进婚姻，便会随着时间慢慢消失殆尽。现实生活中，人们欣赏并接受花开花落、月圆月缺，却不愿爱情发生类似的变化，更不能接受爱情由红变灰。情可以变浓，得到的是人们的讴歌和赞美，但若变淡甚至被生活湮灭，人们就不愿接受，甚至完全否认爱的存在。这种看法，对爱情本身而言，不免有失公允。再唯美的爱情，也可能会在时间的长河中，经历"牵着爱人的手，仿佛左手牵右手"的麻木和迟钝，时间打磨掉了最初仿如触电的感觉，相同的眼神，不再加快的心跳；相同的言语，不再婉转动听；他和她，仿如左手和右手，彼此是那么熟悉。正如提出"陌生化"概念的什克洛夫斯基指出的："习惯性吞噬了工作、服装、家具、妻子和对战争的

[①] José Ortega y Gasset, *On Love: Aspects of a Single Theme*, trans. Toby Talbot, New York: Meridian Books, 1961, pp. 107–116.

恐惧。"① 但当时间把曾经让人心动的手变成自己的左手（右手）时，它实际上也就将两个人的生命紧紧连在了一起。生命仿如呼吸，纵然宝贵，但并不是每时每刻都会感觉到它的宝贵，甚至因为习惯，会忽略它的存在。但当那只手受伤时，十指连心的疼痛，难道不是已沉淀进彼此生命的爱情的另一种体现吗？所以，当尼娜看到爱德华的居住环境时，与其说她在为他们的爱情、他们的婚姻悲哀，不如说她更同情他的生存状态和境况。这便是时间在打磨掉爱情的激情时，馈赠的另一种更为深厚、胜似亲情的感情，可惜，并不是每个人都理解或真正认识到了这一点。

二 灰爱与认知：肯定—否定—肯定（否定）

灰爱的具体表征之二：爱情总是突然来了，突然就走了；也许能知道它为什么来，但未必知道它为什么"走"。它跟海枯石烂的境界离得有点远，变得比较快，因此，没有离开还在原地的一方总会觉得这种变化有些突然，显得迷惑不解。从灰爱表征之一看，由红至灰，必会经过一个时间段，且一般是较长的时间段，但因变化过程比较缓慢、微妙而不易察觉，当标志这一刻的"离别"突然到来时，变化的突兀性及一方当事人的茫然状便显示了出来。

爱德华在中美洲的工作合同期满后回到伦敦，却一直没有真正回到妻女身边。尼娜为此苦闷，她在脑海中，把自己的婚姻放在法庭上仔细"审讯"了一番，但结果却是"不了了之"，双方的律师连到底谁是被告都很难区分：

---

① ［俄］维克托·什克洛夫斯基：《作为手法的艺术》，载［英］拉曼·塞尔登编《文学批评理论：从柏拉图到现在》，刘象愚、陈永国等译，北京大学出版社2003年版，第274页。

第二章 "灰爱"

而且这场审讯也不需要什么最终的解决方法。因为"解决"这个词是针对难以应付的当事人的,但他们俩却都是低调恭顺的人。上诉律师貌似客观公正地认为她和爱德华宁愿就这样僵持地过日子,也是错误的想法。其实他们俩都希望和平相处,并怀念以前在一起的美好时光,找寻他们内心真正的家。(第44页)①

《早春》中,弗兰克下班回到家,收到妻子内莉写给他的信大感不解:"这是我的家,我就住在这里。她为什么还要找邮差?"(第6页)② 原来,妻子写给他的信本是要送到他办公室的,但因为那天他下班早,邮差还未从他家离开,他就已经到家了。当他打开信,知道内莉带着三个孩子离开了他的事实后,"他觉得透不过气来"(第7页),不知道"内莉是从什么时候开始允许这样的想法进入脑海的"(第7页)。由于没有保姆帮忙,内莉在旅途中意识到自己无法照料三个年幼的孩子,她将他们送上了返回莫斯科的火车。内莉没有让孩子给弗兰克捎回哪怕只言片语,弗兰克知道回避痛苦的最好方法是不去想它。因此,接下来的日子,他忙着自己的印刷厂,忙着给三个孩子找新的保姆,以此回避妻子突然离开带给他的困惑和痛苦。

另一个类似的文本,经常在叙事学中用来阐释有限全知视角。该文本中的丈夫和妻子也已处于灰爱中相对而坐却形同陌路的隔阂境地,他们彼此的状态具有典型的灰爱中夫妻的表现,爱

---

① [英]佩内洛普·菲兹杰拉德:《离岸》,周昊俊译,新星出版社2009年版。注:本节中所引《离岸》原文,均引自该书,余不赘述,只加注引文页码。
② [英]佩内洛普·菲兹杰拉德:《早春》,周伟红译,新星出版社2010年版。注:本节中所引《早春》原文,均引自该书,余不赘述,只加注引文页码。

引如下：

> 哈里很快地瞥了一眼幼兽棒球队的得分，却失望地发现他们又输了。报上已经写着："等到明年再说。"他本来就在为麦克威合同一事焦虑不安，这下真是雪上加霜。他想告诉艾丽斯自己有可能失去工作，但只有气无力地说了句："把果酱给我。"他没有注意到艾丽斯的手在颤抖，也没有听到她用微弱的声音说出的话。当门突然砰的一声关上时，他纳闷地抬起了头，不知道谁会早上七点就来串门。"唉，那女人哪去了？"他一边问自己，一边步履沉重地走过去开门。但空虚已随风闯了进来，不知不觉地飘过了他的身旁，进到了内屋深处。①

灰爱的这第二个具体表征说明，多年的夫妻反而更易出现大的心理距离。"尼娜并不完美，但她却天生能察觉出别人的心事，这直觉只有一次不太准，就是她没猜透丈夫的心思。"（第11页）夫妻生活在同一个屋顶下，物理空间几乎为零，尼娜可以凭直觉读懂他人的心思，却不明白自己的丈夫究竟在想什么。这不免有些矛盾，但在现实生活中，这种矛盾却真实存在。弗兰克优越的经济条件得以保证他和自己的妻儿一起住在宽敞舒适、有仆人伺候的大房子里，物理空间和物质生活没有对他俩的爱情及婚姻生活造成负面影响。但在心理和情感上，两人已在不知不觉中疏远。弗兰克专注于自己的印刷厂，以及在莫斯科风云变幻之际可能面对的危机，内莉则面对着三个未成年的孩子，以及不能被满足的精神需求。他们的心理空间是疏离的，不知不觉中，他们之

---

① 转引自申丹《叙述学与小说文体学研究（第三版）》，北京大学出版社2004年版，第255页。

第二章 "灰爱"

间已不再交流。所以，当大女儿多莉问他："你不知道妈妈在做什么吗？"（第22页）弗兰克只能答："说实话，我不知道。"（第22页）

爱情中的双方或一方会进行反思，试图从相爱之初找出进入婚姻之后爱情变色的缘由，这种回忆或重新"审视"表面看带有很大的否定成分，但这个过程实际是重新认识自我和他人的过程。尼娜回忆起她还是皇家音乐学院主修小提琴的学生时，和爱德华共坠爱河，以小提琴家才有的激情和冲动，步入婚姻。姐姐路易丝经常问她婚前是否花了足够的时间去想清楚所有的事情，对于这一点，尼娜确实不敢保证做到了。这番回忆确实让尼娜看清楚了他们的爱情——不乏热烈，但欠缺成熟，但这并不意味着她不了解爱德华，更不意味着她不真正爱他。虽然爱德华不是一个会挣钱能省钱、会买东西会过日子的男人，尼娜仍然爱他。她爱的就是这样一个人，并且理解他、包容他。只是当下的生活和困窘的经济给她和爱德华之间的感情出了一个难题——他俩僵持不下，谁也不愿退让一步，主动去找对方，寻找共同"船居"或"岸居"或其他可能的生活方式。

> 我爱他，我渴望拥有他。他不在的这十五个月零八天是我一生中最度日如年的日子，我甚至现在还不相信一切都已经结束了。我为什么不去找他？那么，他为什么又不来找我们呢？（第40页）

经济原因造成的"居住地"问题是尼娜和爱德华两人产生隔阂的直接原因。但主要原因远远比这复杂。爱德华对他所应承担的家庭责任的逃避是一个客观事实。虽然尼娜和第三人称全知叙述者都没有就此发表任何谴责之词，但放在生活常理的考察下，爱德华为人父为人夫的失职是显而易见的，爱德华在故事中仅正面出场两次，但其性格和人品从他和尼娜的感情状态中得以昭示。

《早春》中，弗兰克回忆起他初识内莉时，内莉和她的哥嫂住在一起，内莉和嫂嫂在一起不太自在，总是抓住一切可以不在家的机会，尽可能参加外面的活动。内莉说话和看人看事相当准确、犀利，带有一些尖刻，但心眼儿不坏，而且十分诚实，对自己各方面能力的评判非常客观，实事求是。弗兰克回忆起他们在法兰克福的生活、在莫斯科的生活，他感觉到内莉更喜欢莫斯科。因此，这更加重了弗兰克关于内莉出走的困惑。无论尼娜还是弗兰克，都没有否定婚姻前的感情，也没有否定婚姻后的感情。只是，爱情在婚姻里发生了微妙的变化，或者，他们意识到：对方还有某些想法，他们不得而知。

比菲氏作品中男女主人公更极端一点的现实情况是，当婚姻中的男女双方进入灰爱状态时，他们会怀疑甚至全盘否定最初的红爱。菲氏两部作品中的叙述者，把这个疑问上升了一层，追问男人和女人究竟是不是彼此合适、彼此匹配的情感动物。这种对爱情的肯定—否定—肯定（否定）的过程，体现了人认知自己和世界的客观过程，第一个肯定和第二个肯定（否定）的层次和高度是不一样的，后者更高更深入一些，融入了对自己的认识、对另一半的认识和对生活以及周围环境的认识。"维特爱上了朋友的妻子。他既不能背叛他的朋友又不能放弃他的爱，所以他自杀了。这种自杀具有数学等式般的明晰性。"[①] 但生活中，具有这种数学等式般明晰性的事情实在太少。菲氏用上下求索的态度、开放式结尾，来暗示婚姻中感情走向的各种可能性。

---

① ［捷］米兰·昆德拉：《小说的艺术》，唐晓渡译，作家出版社1992年版，第59页。

第二章 "灰爱"

三 灰爱催化剂：生活与时间

红爱难以承受生活之重，于是在生活的磨砺下慢慢变色，变成灰爱。这是灰爱的具体表征之三。红爱可以克服社会地位的悬殊，如灰姑娘和王子的爱情；可以克服家仇世敌的积怨，如罗密欧和朱丽叶的爱情，但往往在平常的生活面前失去光彩。婚姻意味着实实在在的生活，因此自然带给夫妻双方一定的责任和义务。《离岸》中的爱德华·詹姆斯作为一家之主，没有挑起家庭经济大梁的能力，"他根本还没找到一个适合我们全家人居住的地方"（第40页），虽然他结束了中美洲的工作，返回了伦敦，但因为没有合适的居所，一家四口仍处于分居状态，在尼娜看来，丈夫爱德华和她们的距离不亚于英国和尼娜的故乡——加拿大的距离。虽然尼娜尽自己所能，买了一个船屋，爱德华却不愿"主动做出让步"（第41页），去"格蕾丝"号和妻女团聚，因为在爱德华看来，潮涨潮落的泰晤士河，更非宜居之地。

尼娜和爱德华这对夫妻所面对的现实生活困境，颇有些类似如今影响中国大城市适婚青年男女的婚恋困境。一个稳定的居所，似乎成了影响/决定结不结婚以及结婚后婚姻/爱情质量的至关重要的因素。这说明，红爱一定会有直面生活、接受生活的考验的时候。红爱变灰让人明白：原来爱情最大的敌人，不是来自他人的反对力量，也不是社会经济地位或学识的悬殊，而是每一个日出日落，以及这中间的缕缕炊烟。即便是居有定所、有物质保证的弗兰克和内莉，其婚后的爱情，仍然在生活中遇到了考验。塞尔文明确指出，弗兰克忽略了内莉的精神需求。

"我不明白你怎么可以这么说。内莉和我都是实际的人。当我第一次遇到她的时候我就想，我绝不会认识任何行动比她更明智的人。"

"但你把她带到了神圣的俄罗斯,弗兰克,一块有着强烈反差的土地。"

"这是我的工厂所在地。她知道,而且她并没反对。"

"俄罗斯没有改变你,弗兰克,因为你出生在这里。但是,你没有发现它改变了内莉吗?她是不是整个的性情变得——正像他们这儿的人说的——更开阔了?她是不是谈家庭谈得少了,而去西罗卡亚去得多了呢?"

"也许是去得多了些,我不知道。"

"内莉在求助于精神性的东西。不幸的是,她不能——到现在为止还不能——把它和罗曼蒂克区分开来,后者在每一个它触及的东西上投射出一种虚幻的光晕。……"(第198—199页)

即便已经是三个孩子母亲的内莉,也仍然不能把生活和罗曼蒂克统一起来,她仍在寻求,而这,似乎才是弗兰克一直百思不解的内莉出走的原因。

真正与爱情对立的是生活和时间,这是消融爱情的两股强大的力量,但它们是隐形的,因此爱情中人常常觉得被什么东西束缚住了,但不知该从何处挣脱。生活,因其必要性,具有不可抗拒的力量,每个人都得置身实实在在的生活中。爱情,作为人类感情,必然也要在生活中存在,经受生活的考验和打磨。时间,可以成就爱情——双方可以通过一定时间的相处增进了解,产生感情,所谓日久生情;同时,时间也是爱情最大的敌人,这也是为什么热恋中的人总要以山盟海誓来表明维护未来可能因时间而被销蚀的爱情的决心。时间,因其公正、因其无时无所不在,而无法与其公开对抗,文学作品中有惋惜美貌因时间而销蚀的,但

第二章 "灰爱"

很少有文学作品谴责时间将爱情销蚀的。在生活之重和时间之流里，几乎没有什么可以一直保持不变，所谓不变的是变化本身，婚姻中的爱情必然会在这两股力量的夹击中，经历这样或那样的微妙变化。

灰爱状态下的夫妻容易对另一半之外的异性产生短暂但浓烈的依恋之情，这是灰爱的第四个具体表征。和尼娜同住巴特希河段上的男模莫里斯是她"最贴心的密友"（第52页），尼娜和他几乎无话不谈。尼娜最终也是在莫里斯的鼓励下鼓起勇气去见爱德华。但尼娜不仅没能把爱德华带回"格蕾丝"号，两人反而恶语相向。爱德华的"你没有资格做女人！"（第126页）的言论深深地伤害了尼娜，她冲出房间，颇费周折地于凌晨回到了巴特希河段，碰上正在独自伤心的理查德。他的"吉姆王"号装备得温暖舒适，但他的妻子劳拉仍然离开了他，因为劳拉无法继续忍受船居生活。相同的境遇让理查德和尼娜同病相怜，理查德帮尼娜处理了脚上的伤口，开着小艇带她在静谧的河段兜风散心，他们互相吐露了困扰着他们的情感和家庭危机，相似的境遇，让理查德非常理解尼娜所说的"被抛弃的感觉"（第143页），微妙的感情在不知不觉中滋生，两人心照不宣地一起回到了理查德的"吉姆王"号。次日上午：

> 再过十分钟才到九点，这时理查德走了过来，他正要去沃慈安德区赶公车上班。尼娜心想，如果他不朝我这边看的话，那我以后再也不和他讲话了，或者说，除了莫里斯，我就再也不和任何其他男人讲话了。但当理查德走到和"格蕾丝"号并排的地方时，他朝她微笑了一下，这一笑使尼娜内心感到无比温暖，简直快融化了。（第150页）

这一小段关于尼娜的心理描写，生动细腻地刻画出尼娜和理查德患难之交中所产生的爱、眷恋以及尼娜的不安。《离岸》中灰爱状态之下的尼娜和理查德仅有的一次亲昵，更多的还是源于两人在情感、精神、心理上的共鸣共通，并且，那一次的亲昵之后，两人的生活迅速回到了原来的轨迹。《早春》中的妻子内莉在依恋其他异性的道路上已经"走"得更远了：

"她想和我一起走，到某个更自然的地方去。也许是在长着松树和桦树森林的天空下，男人和女人能在那儿享受身体和灵魂的快乐，并且明白在这个世界上他们得做些什么工作。"（第200页）

内莉已经完全把自己的感情和精神寄托转移到塞尔文身上，打算和他一起私奔。塞尔文"临阵逃脱"，才改变了这一计划。而面对妻子不明出走的弗兰克，也爱上了新聘的年轻、漂亮、恬静的家庭女教师——俄罗斯姑娘丽莎，并在丽莎即将带着孩子们去夏日别墅度假的前夜和她发生了关系。灰爱的这一特点是人的欲望以及欲望值与现实矛盾造成的。有学者这样反问："这简直是笑话，谁能在婚内满足？人类何曾有过满足的时候，哲学家早说了，人类的欲望是呈螺旋状前进，永无止境。……出轨是人类的天性，因为人类那热爱刺激喜新厌旧的动物性，有些人自控力强一点，于是无事发生，有些人力比多[①]过于丰富，便成外遇大侠。"[②] 这一点，西班牙学者加塞特也有精辟的分析和见解，观点

[①] "力比多"（Libido），西格蒙德·弗洛伊德所创术语，用来描述与性欲或本能相关的人类行为的驱动力。它代表了源自本能生物驱动力的心理能量，是精神分析理论的基础，因为它影响与欲望和动机相关的思想、行为和情感。

[②] 黄佟佟：《浮世爱情》，上海三联书店2010年版，第46—47页。

第二章 "灰爱"

大致相同,他也认为婚姻中爱情的变化是人无法满足的欲望使然。[①] 确实,当今中国社会愈演愈烈的婚外情/性,便是欲望之躯上长出的肿瘤,若治愈,则灰爱可慢慢向理想状态下的白爱发展;若不治而亡,则灰爱会变成黑爱,走向爱情的终结,曾经相爱的夫妻分道扬镳,甚至反目成仇。爱情的畸形发展,其实是人的欲望和人际关系畸形发展的投射(这一点,本章第三节将深入论述)。如果人能更加理性地认识到婚姻中爱情的特点(变色但并非变无),就会意识到:即便给现阶段婚姻中的爱情判死刑,重新开始另一段爱情,走进另一个婚姻,这新的爱情仍要经历岁月的打磨、生活的考验,极有可能会重复前一段爱情的发展变化模式。婚姻中处于灰爱阶段的夫妻容易对他人产生迷恋或依恋,乃是爱情本身需要"陌生化"的需求使然,这也是为什么加塞特在他的著作中提到,有些人多次移情别恋,但往往对象却是性格甚至长相都十分相似的人。他们爱的其实仍是同一类人,只是外表或年龄略有变化而已。灰爱中的一方对配偶之外的异性产生的依恋之所以"短暂",是因为另一方一般会回心转意。爱德华虽然打击了尼娜,但终究还是接受了尼娜的请求,他带着礼物到巴特希河段寻找"格蕾丝"号,打算和妻女团聚。弗兰克听塞尔文描述内莉在站台守候张望的情景时,仍然站在自己的妻子这一边,谴责了在最后关头爽约的塞尔文,对背叛自己的妻子内莉仍报以同情之心:"我开始明白了。你临阵逃脱,留下她束手无策。可怜的内莉,可怜的小内莉,被迫在像莫萨斯克这样的弹丸之地下车,在月台上走来走去,而你却胡扯什么绝不让她发现。"(第200—201页)听闻

[①] José Ortega y Gasset, *On Love: Aspects of a Single Theme*, trans. Toby Talbot, New York: Meridian Books, 1961, pp. 107–116.

此情此景的弗兰克，不像一个被背叛的丈夫，因为妻子的情人爽约而幸灾乐祸，更像是自己妻子的闺中密友，对她的"不幸"给予同情和理解。

由灰爱具体表征之四推断出灰爱的具体表征之五，即夫妻处于灰爱中时，爱情似乎变得很稀薄，看不见希望，但其实希望就在坚持之中。灰爱似乎很容易让人绝望，但这只是它的表象，不是因为看到希望才坚持，而是因为坚持下去才有希望。所以，灰爱有两个可能的走向：黑爱和白爱。

现代主义之前的小说家试图在生活神秘而混沌的结构中梳理出一条清晰而合理的线索。在他们看来，某种可以合理理解的动机导致了一次行为，而这一行为又引发了一个结果。一次冒险就是一条清晰的行为因果链。但灰爱之由灰而黑或由灰而白，并非简单的因果关系使然。爱情会在生活和时间的考验下，由表及里，慢慢沉淀。从表层看，曾经热恋的夫妻彼此间不再激情似火；深层的可能是，他们之间确实出现了无法弥补的裂痕或价值观、人生观的巨大差别。另一种可能是产生了审美疲劳、爱情疲劳，或者说，彼此长期生活在一起的习惯让他们忽略了实际存在的默契和感觉，以为爱已不在。此种情况下，只需稍微坚持，或出现某种打破生活惯性的事情（比如一方突然重病或者家庭遭遇变故或不幸），深厚的感情便会立刻浮现出来。爱的延续在坚持中存在。琼瑶的小说写得不错，但最大的害处是把读者引向一个绝地、一个唯一的高处——世间只有一种爱叫真爱，世上也只有那一个男人/女人是你命中的男人/女人，拥有爱情的人才最伟大，而伟大的感情是战胜一切的法宝，"没有你我活不下去，一天也活不下去"，她在小说里常用这样的语气影响读者，几乎就是一种催眠。爱情在这种状态下根本无法沉淀，因为这种爱和生活严重脱节，没有"接地气"，仿

第二章 "灰爱"

如蓝天上的白云，稍有风吹草动，便会变成乌云，或者消散。经不起生活考验和挫折的爱情，稍有变化，就会被相爱的双方否定、抛弃。

爱情如生活，其实是有一定韧性的，这一点，菲氏借《无辜》中一个次要人物之口巧妙地表达了出来。萨尔瓦多刚结婚不久，他是一个有童年创伤记忆、不自信的人，所以即使他和基娅拉爱得很深，却常有不明就里的拌嘴，萨尔瓦多因此对他和基娅拉的爱情和婚姻失去了信心，他甚至认为自己是基娅拉获得幸福的障碍，基娅拉没有他，会过得更好。他对基娅拉的堂兄凯撒说："我们不能这样继续下去。"凯撒的回答颇具哲理意味："能，我们能，我们的余生完全可以就这样继续下去。"[1] 萨尔瓦多实指他和基娅拉的生活，有太多令人不愉快的磕磕碰碰；凯撒把他们的问题升华并扩大了，他在回答时，没有说"你们能，你们可以"，而说"能，我们能，我们的余生完全可以就这样继续下去"，言外之意是不仅"你们"的生活中有这些问题，"我们"每个人生活中都有类似的问题，并且能带着这些问题，一直走下去。事实已经证明很多夫妻就是这么走下来的。爱情、婚姻、生活不总是蓝天白云，不如意事常十之八九。虽然基娅拉和萨尔瓦多的婚姻生活缺乏和谐，并不完美，但这正是生活的真实所在。事实证明，基娅拉爱他、在意他，正是她在萨尔瓦多准备开枪自杀的消沉时刻打过去的问候电话救了他。这就是爱情的力量。生活是很有韧性的，在生活中存在的爱情，也是很有韧性的，只是人们的眼睛总盯着爱的最高处，似乎它稍微往下走一走，就要摔得粉身碎骨，但其实，它更有可能是需要沉淀，从而变得更为厚重。

---

[1] Penelope Fitzgerald, *Innocence*, London：Harper Perennial, 2004, p.339.

为什么人们可以接受花开花落、月圆月缺，却不能接受红爱变灰再变白？这世界上有什么美好的东西是一成不变，永远保鲜的吗？正如《剪爱》歌词所言："谁担保爱，永远不会染上尘埃。"即便把红爱放进可以保鲜的冰箱，它仍是有保质期的。不如以发展的眼光，把它看成一个有机生命体，允许它在生长过程中，有蛀虫的侵蚀，有风雨的摧残，有时光的浸刻，但只要它还在，它就有朝着一个理想状态迈进的机会。说到底，菲氏对爱情是肯定的、积极的，这从她珍惜两个人的相遇、两个人之间的缘分就可以体现出来。在《早春》中，她巧借人物之口，说了下面一段话："要谨记：世界上没有偶然的相遇。我们从来不会偶然相遇。或者这个男人、那个女人是被派到我们身边来的，或者我们是被派到他们身边去的。"（第131页）这是菲氏爱情的出发点，带有某种命定色彩，其中蕴含的对两人缘分的珍惜不言而明。

灰爱之于婚姻，犹如亚健康之于人，是某一阶段必然的存在状态和过程。红爱之红，为爱情原色；白爱之白，乃爱情理想色；黑爱之黑，爱情死亡色；灰爱之灰，是爱情主色。爱情隶属于生活，必须接受生活的考验和挑战，在最终沉淀升华之前，灰色即为它的主色。食人间烟火的爱情需要生活，生活有多少面，爱情就可以有多少面。爱情源于生活，也存在于生活的日复一日中，虽然生活的平淡、重复、单一和物质性有可能磨灭掉某些或某种没有生命力的激情之爱，但只要生活继续，爱情就在，此在彼在，生活不息，爱情不止。有些文学作品中的爱情主题，将爱情描摹成一种至高无上的、绝对的真空状，不仅误导了青少年的爱情观，实则也影响了成人对它的认识，"婚姻是爱情的坟墓"这样的观点似乎已经深入人心了。在文学作品中，婚姻似乎也成了爱情的禁地，众多爱情题材的作品，总以婚姻之前的爱情或婚姻之外的婚外情为书写重点。① 菲氏的灰爱书写，可以让人对健康爱情的另一种形式和发展阶段有清晰的认识。

第三节　含蓄的性与"灰爱"观照下的人物刻画及人际关系

当相恋的双方处于红爱阶段时，二人世界便是全世界，日月星辰仿佛都只是为两人而转。和他人的关系是以二人为实心圆、他人在圆外围的关系。相比之下，灰爱中恋爱双方的关系，以及双方与他人的关系更复杂一些。处于灰爱中的男女双方，一般已将目光更多投至二人世界之外，开始客观全面地看待和接受自己与周围世界的关系。本节首先举例分析菲氏作品中关于性描写的特点，总结出菲氏对于这一敏感题材处理上的委婉含蓄（其实这也属于菲氏整体文风之一）。接着本节将重点分析以《离岸》和《早春》为代表的灰爱观照下的人物性格及人物性格刻画。在灰爱状态下，以其中一方"不在场"而构成的虚实参半的圆周叙事特点，以此，菲氏生动清晰地书写出众多复杂的人物关系。本节最后将结合菲氏创作语境，考察她在书写熟悉的题材时，化"平凡"为"非凡"的叙事艺术。

一　菲氏性爱观及描写特点

探讨爱情，有一个较为敏感的话题不可不谈，那就是男女之间的性爱。在分析爱情为何是文学长盛不衰的主题时，有一种观

---

① 比如《白雪公主》《灰姑娘》这类的经典童话故事，总以女主人公被王子解救，两人"从此幸福地生活在一起"结束；《罗密欧与朱丽叶》写的是年轻爱侣初坠爱河的热恋；《少年维特之烦恼》《包法利夫人》《查泰莱夫人的情人》等小说，均以婚外情为书写对象。

点认为这源于人对于男女两性的性的兴趣。更激进一点的看法则将爱情中对异性的思慕和渴求等同于人的性的欲望，这是一种带有弗洛伊德泛性论的思想。① 性欲属于人的自然属性，生长发育到一定年龄，生理成熟之后，人便会对异性产生这种欲望，但这并非爱情的全部缘由，人之所以会在特定的时候对某一个特定的异性（而不是他/她所见过的所有异性）产生爱情，也说明爱情的发生，必有除性欲之外的其他因素，比如，对方的外貌、性格、风度、气质、思想、人品，或者更微妙的说法，头发的颜色、微笑时的模样，等等，这些都是性欲之外，牵动人的感情的动力。当然，性爱是爱情的重要组成部分，有学者将性爱、理想和情爱归纳为构成爱情的三个最基本要素。② 两情相悦的性爱体现了男女双方基于自然属性和人类生存繁衍的自然需求，以及渴望彼此真正拥有归属的精神需求而产生的亲密的两性关系。

文学作品在关于性爱的书写上，有一种非常矛盾的态度。菲氏在《天使之门》中巧借人物之口，探讨了小说中究竟该不该涉及性的问题。

"……对于小说而言，性实在是太老套的主题了。我绝不能容忍我的鬼故事里有与此有关的内容。"

---

① ［奥］弗洛伊德：《爱情心理学》，林克明译，作家出版社1986年版，第6—7页。弗洛伊德的泛性论认为，人的个体发展中要经过一系列心理—性欲阶段，每个阶段都有一个"动情区"（快感区）。第一阶段是口腔阶段，动情区是嘴，婴儿吸吮奶头是最初的性欲冲动。第二阶段是肛门阶段，动情区是肛门，儿童在大小便时体验到快感。第三阶段是三岁到六岁的男性生殖器崇拜阶段，动情区是生殖器。这时男孩女孩分别会表现出恋母情结（俄狄浦斯情结，Oedipus Complex）和恋父情结（伊莱克特拉情结，Electra Complex），并通过"自居作用"（identification）得以解决。最后一个阶段是生殖阶段，人的性机能成熟了，生殖器在性生活中拥有无上的权力。这时，人将放弃自淫，以一个外来对象代替自身。这就是弗洛伊德的泛性论，实际上是一种唯性论，把人的生理—心理过程乃至各种社会现象，彻底地生物学化和鄙俗化了。

② 张怀承：《爱情的伦理思考》，《湖南师范大学社会科学学报》1995年第6期。

第二章 "灰爱"

"但是，如果人在生活中还没对性感到厌烦的话，那它在小说中就永远不会变得老套。"初级教务长说。

"我的确觉得它在生活中已经让人厌烦了。"马修斯博士回答道，"或者应该这样说，我是对别人对性表示出的关注感到厌烦了。人们总是不停地谈论性，谈论，再谈论！"①

菲氏借这段人物对话，表达了性在文学作品和现实生活中的矛盾地位。就生活本身来说，它是人类生活的组成部分之一，因此对它的兴趣和关注属于正常。但就文学作品而言，过度关注和书写有时难免流于低俗无聊。对于以爱情题材为主的小说，如何处理它就更成了一个微妙而重要的难题。就菲氏小说而言，她对性的书写秉承了她一贯的风格：委婉含蓄、点到为止，有时甚至隐晦到读者不细心就理解不到的地步。《天使之门》的中译文就出现了几处因这种隐晦而理解不到位的情况。

（原文）He added, not at all as if he had never said it before, "I know a hotel in Cambridge, quite near the station."

"Where they don't ask questions, and if they did, they'd ask me, 'What can you be thinking of coming here with that little runt?'"

Kelly looked stung. Then he recovered and said: "**It**'ll be your first time, won't **it**?" – Daisy said, "I suppose when I came to the office like that you thought I looked **easy**." —Kelly said, "I thought you were in an awkward fix. I wasn't surprised that a hospital nurse should be after the patients. What else do they go

---

① ［英］佩内洛普·菲兹杰拉德：《天使之门》，周昊俊译，新星出版社2009年版，第193页。

into it for? But I thought you must be more than ordinary fond of men if you was going to risk losing your job on account of this James Elder." – "I didn't mean to lose it," said Daisy. "I love nursing." – "You need a man, though," said Kelly. "I mean a man of some kind. That's what I am, dearie, a man of some kind. I'll look after you, Daisy Saunders. I won't marry you, that's not my style, apart from being married already, but I'll look after you, I give you my **dickybird**." – "You mean you'll pay for one night at a hotel that don't ask no questions," said Daisy, whose eyes were full of tears.

"Two nights, Daisy, three nights. You want to get used to **it**. What else can you do? I can't see there's anyone else **wants** you. I **want** you, though, Daisy Saunders. **It's** nothing. You just want to take a couple of whiskies."①

（译文）他又补充说："我知道一家剑桥镇的旅馆，就离车站很近。"从他的神情可以看出，他以前好像经常说这类的话。

"那里的人不会多问问题，即使他们要问的话，也只会问我：'你怎么会和这么一个猥琐的人来这里，你到底在想什么？'"

凯利听了，不禁感到有些被戏弄了。然后他重新振作，说道："这会是你的第一次，是吗？"黛西说："我认为当时我来报馆的时候，你一定觉得我看上去很自在。"凯利说："不，我觉得你的处境很难堪。医院的护士关心病人，我觉得不足为奇，她们进护士行业不就是为了这个吗？但是如果

---

① Penelope Fitzgerald, *The Gate of Angels*, London: Harper Perennial, 2004, pp. 127 – 128（注：黑体为本书作者所加）.

第二章 "灰爱"

你甘愿为了这个詹姆斯·埃尔德而冒着失业的风险的话,我觉得你一定不是一般意义上的喜欢男人这么简单了。""我没想过会丢了工作,"黛西说,"我热爱护士行业。""可你需要一个男人照顾。"凯利说,"我指的是某种特定类型的男人。比如像我这样的,亲爱的,特定类型的男人。我会照顾你的,黛西·桑德斯。不过我不会娶你,这不符合我的处事作风,更何况我已经是个结了婚的人了,但是我会照顾你的,不论你要什么,我都会给你。""你的意思是你会出一个晚上的钱,让我在这家没人发问的旅馆住下吗?"黛西说着,泪水盈眶。

"两个晚上,黛西,三个晚上也可以。你要试着去适应,否则你还能怎么办呢?我不觉得还有什么其他人会关心你,但是我关心你,黛西·桑德斯。没关系,一切都会好的,你只需来几杯威士忌酒。"①

凯利想利用黛西此时孤独悲凉的境地——丢了工作,无依无靠,以照顾她为名,满足自己的欲望。黛西对此心知肚明。"It'll be your first time"中的代词"it"指性。这一点,中译文理解正确,译为"这",把隐讳的"性"的意思表达了出来,并较好地对应了英文原文含蓄的特点。但黛西反唇相讥所说的这句话:"I suppose when I came to the office like that you thought I looked easy",中译文没有译出这句话中"easy"和性有关的含义。这里这个词不是"自在"的意思,而是指女性没有道德操守,容易与他人发生性关系。比如,英文短语"a woman of easy virtue"实际是"妓

---

① [英]佩内洛普·菲兹杰拉德:《天使之门》,周昊俊译,新星出版社2009年版,第138—139页。

女"一词的委婉语。① 所以,"easy"在这个上下文中可译成"随便"。同样地,"I give you my dickybird"一句中,"dickybird"一词原是儿语"小鸟"的意思,据《牛津高阶英汉双解词典(第四版增补本)》,英文中有此俚语"not say a dickybird"意思是"say nothing",即"不吭气;不作声"。此处,低俗下流的凯利一语双关,指他将说话算话,同时暗指男性生殖器。黛西听了这番话深感羞辱,双眼含泪。

"You want to get used to it"中的"it",仍指性。中译文没有明确把这层意思对应出来。"I can't see there's anyone else wants you. I want you"中的"want"一词也是一语双关,有"需要"的意思,同时,据《牛津高阶英汉双解词典(第四版增补本)》,其也有"feel sexual desire for sb,对某人有性欲"这层意思,因此,根据上下文,"I want you"在此可以译为"我要你"。"It's nothing"这句话,是猥琐的凯利进一步"鼓励"黛西的,"it"在此仍指性,不是"一切"的意思,这句话可以译为"那没什么大不了"。菲氏写作被称为英国当代文学中最雅致的声音,由上文的例子和分析可见一斑。柯莫德谈到他1969年任首届布克奖评委时,众评委对小说中性描写的态度颇有代表性。在最后进入短名单的6部小说中,评委们争执不下,这时,其中一位评委提议,把凡是作品中有"他进入了她的身体"或类似"她让他随意进出她狭窄的耻骨区"这些所谓委婉语句的作品剔除,得到了一致响应,因为这样的句子表面看是运用了当时"流行的"委婉语,实则滑稽且淫秽,拉低了作品的创作水准。据此标准,选择范围缩

---

① 令女性(尤其是女性/权主义者)十分不悦的是,这个词和男性用在一起时,却没有这层贬义。比如,"Tom is easy"这句话的意思是"汤姆很好相处"。

小了很多，评委们很快达成了一致意见。①

在《无辜》中，菲氏以更为巧妙自然的一笔带过，描摹了基娅拉和萨尔瓦多的性爱生活。

> 基娅拉和萨尔瓦多也吵架，但没有他们做爱那么成功。基娅拉根本没有吵架的天分，也不明白架该怎么吵，萨尔瓦多同样也不知道，因为他的争论主要针对他自己，他注定每吵必输。……他们爱着对方，到了痛苦的地步，几乎无法忍受每天早晨的离别。②

菲氏在描写基娅拉和萨尔瓦多的性爱生活时，避开了外在化和直接的描写，这样她就巧妙地避开了任何色情的嫌疑，同时，以欲扬故抑的修辞方式，把"吵架"一事置于"做爱"之前，似乎重点是要写吵架，但实际体现的是新婚燕尔的年轻夫妇美好炽热的性爱生活。

二 灰爱与菲氏人物刻画

如果说菲氏关于性的书写委婉含蓄而恰到好处，那么灰爱状态下，对于男女双方和众多人物性格特点及方方面面复杂的人际关系，她以一种虚实参半的圆周叙事，处理得更为巧妙。《离岸》中尼娜的丈夫爱德华，《早春》中弗兰克的妻子内莉，几乎一直处于"缺席"状态，菲氏围绕"缺席"这一中心，将众多人物复杂的个性及人物之间复杂的关系层次清晰地表达了出来。张中行

---

① Frank Kermode, "Booker Books", *London Review of Books*, Vol. 1, No. 3, Nov. 22, 1979, p. 12.

② Penelope Fitzgerald, *Innocence*, London: Harper Perennial, 2004, pp. 252–253.

将婚姻分为四个等级："可意，可过，可忍，不可忍。"① 灰爱状态下的婚姻，基本属于中间两种。菲氏作品中的夫妻，一般都面临着这样或那样的问题，婚姻岌岌可危，但仍不乏希望。《金孩》中的韦林和海姬，《离岸》中的尼娜和爱德华、理查德和劳拉，《早春》中的弗兰克和内莉，《无辜》中的基娅拉和萨尔瓦多。他们的婚姻似乎都困难重重，举步维艰。但到作品结尾时，叙述者都给出了希望的暗示。爱德华毕竟去找了尼娜，拿着尼娜的钱袋、一瓶香水（送给她的礼物），以及一瓶酒和两个酒杯。虽然他没有找到，并最终葬身波涛翻滚的泰晤士河，但这个举动本身，已经让人感到灰爱之灰，并没有向黑走去。理查德受伤后的第二天下午，劳拉就回到了他的身边，开始卖船买房，只等理查德一出院，就可以开始陆地上所有其他夫妻一般安居乐业的生活。内莉在开篇谜一般出走，但结尾最后一句话，她谜一样地重返家园。萨尔瓦多在抑郁和悲观中，听到了妻子堂兄颇有哲理启示的生活指南，并最终被基娅拉的电话所救。这些，都是在暗示婚姻中灰爱可能的积极走向。

菲氏对爱情和婚姻并不悲观，她创作的重心在于刻画婚姻中的灰爱这样一种爱情状态，并借此揭示在此状态下婚姻中双方当事人真正的品性、由此品性暗示出的人性以及婚姻当事人周围其他人的品性。现实生活中的灰爱，就在那一厘米的坚持中，看到男女双方责任感的大小、道德品质的高低和对生活中所遇挫折的耐受力。美国学者的一项研究表明，受教育程度高，有助于婚姻稳定。② 人们在接受教育的过程中，已经领悟到收获有时就仰赖

---

① 张昌华：《布衣学者张中行》，载张昌华《曾经风雅：文化名人的背影》，广西师范大学出版社 2007 年版，第 249 页。

② Tim B. Heaton, "Factors Contributing to Increasing Marital Stability in the United States", *Journal of Family Issues*, Vol. 23, No. 3, 2002, pp. 402, 406.

第二章 "灰爱"

那一点点的坚持。

除了以灰爱展示人的责任感和道德品质外，灰爱书写的另一大功能是以此铺开复杂的人物图谱。《离岸》以尼娜渴望与丈夫团聚的强烈愿望为潜在主线，围绕这个一直未实现的中心事件，菲氏成功刻画了众多船居者的人物形象。表 2–1 简要归纳并介绍了巴特希河段船居者群体。

表 2–1　《离岸》中泰晤士河巴特希河段的船居者

船名	船居者
"格蕾丝"号	尼娜（母亲）、玛莎（大女儿）、蒂尔达（小女儿）
"吉姆王"号	理查德（丈夫）、劳拉（妻子）
"莫里斯"号	莫里斯（单身男模/妓）（该船也是小偷哈里的窝赃处）
"大无畏"号	威利斯（年老的画家，打算卖了船和妹妹一起养老，了度余生）
"罗切斯特"号	伍迪（一年四季，除冬季他会上岸和妻子团聚外，其他时间住船上）
"蓝鸟"号	一批当地滑铁卢医院的护士

《离岸》的篇幅不长，2009 年伦敦第四区出版社所出英文版本共 181 页，[①] 新星出版社 2009 年的中译本 196 页，[②] 中信出版社 2020 年的中译本 181 页。[③] 但《离岸》的二十多位人物，菲氏在简短的篇幅中将他们的性格及品质特征都描摹得细致、周全且深刻。学者卢丽安曾致信菲氏，与她探讨其作品中人物刻画和主题的关系。

---

① Penelope Fitzgerald, *Offshore*, London: Fourth Estate, 2009.
② ［英］佩内洛普·菲兹杰拉德：《离岸》，周吴俊译，新星出版社 2009 年版。
③ ［英］佩内洛普·菲茨杰拉德：《离岸》，张菊译，中信出版集团 2020 年版。

读您的小说，我有一种感觉，对主要人物的刻画似乎不是您关注的重点（我并不是说人物刻画应该是每个小说家都得做的事，也无意冒犯）。在您的有些小说中，人物心理的微妙变化描绘得简洁、细致而到位，很好地展示了人物思想。但在另一些作品中，如《人声鼎沸》《无辜》《早春》中，缺乏更深刻的人物刻画似乎削弱了这些人物。当然，小说不长的篇幅对人物刻画有一定限制，但我一直在想这是不是因为，比起展示人物，您更强调主题的重要性？①

菲氏对这个问题做了如下回应：

如果我不同意你这个观点，希望你会原谅我，因为我已竭尽所能使我们以往所说的"人物"清楚明了。我并不认为为此需要大量的文字。我是中篇小说（托马斯·曼的《威尼斯之死》、托尔斯泰的《主与仆》）实实在在的崇拜者。但中篇小说在英国一直不如在欧洲那么受欢迎，现在仍然如此。②

人物刻画是否成功，与文本篇幅不一定成正比。尤其在菲氏这位"安静的天才"笔下，彼得·伍尔夫曾说读者和评论家都容易被她作品的篇幅所蒙蔽，以为她的作品简短因而好懂，不值得细细咀嚼，其他评论家也曾如此提醒读者——不要只看菲氏文本的篇幅，而要深入关注其文字之下的内涵和潜文本。下文将举例分析菲氏通过微小细节深入刻画人物的技巧。

《离岸》沿用了菲氏一贯的第三人称有限全知叙述。开篇，

---

① 卢丽安：《文本之外：由佩内洛普·菲茨杰拉德的小说及文学生涯看文学研究》（英文），复旦大学出版社2005年版，第385页。
② 卢丽安：《文本之外：由佩内洛普·菲茨杰拉德的小说及文学生涯看文学研究》（英文），复旦大学出版社2005年版，第385页。

第二章 "灰爱"

巴特希河段的船居者都聚集在"吉姆王"号上,讨论"大无畏"号漏水的问题。漏水的事实大家都清楚,问题的关键是威利斯希望大家在他卖船的过程中不要主动向可能的买家说起这个问题(说直接一点是:威利斯希望大家能替他说谎)。会后,尼娜在理查德的诚恳邀请下,留下来喝一杯。理查德的妻子劳拉第一句便问尼娜:"没有丈夫陪伴的生活,你觉得过得如何?"(第12页)劳拉直指尼娜的痛处,尼娜并没有生气,她只是平静地、实事求是地说:"你要知道,他并没有抛弃我,我们只是目前恰好没住一起罢了。"(第12页)对英美文化有所了解的读者都明白:彼此不是很亲密的人之间,谈论这样私人的话题并非英美文化和礼仪的中规之举。劳拉的尖酸无情、尼娜的冷静豁达在这个开场白中立刻就体现了出来。理查德是《离岸》的男主人公,他是巴特希河段唯一主动选择船居生活的,和其他大部分贫困的船居者不同,他有体面的工作、固定的丰厚收入,完全可以在陆地上买一栋漂亮房子过"稳定"的生活。但缘于他"二战"时的海军经历,他对于河及河上的生活有一种难以割舍的感情。他在河段上很有威望,是大家都信赖仰仗的人。在他的妻子问尼娜第一个问题时,理查德没等尼娜回答,便接过话茬对劳拉说:"或许你可以再多加点冰块。"(第12页)他善解人意,要帮尼娜解围。但一意孤行的劳拉并不接丈夫的话茬,不仅如此,在尼娜冷静地回答之后,劳拉仍就这个话题穷追不舍,继续说:"这只是你单方面的想法。我想知道的是,没有他你是怎么过的?当然,肯定是寒夜冷衾……"(第12页)

事实上,在劳拉嘲笑尼娜、往尼娜伤口上撒盐的同时,她自己的婚姻也正经历着类似的危机。她一直不喜欢船居生活,有一天理查德下班回家,她终于摊牌了:"我要回老家两个星期,也许更久,我自己也不知道。"(第74页)理查德为了让她开心,忍着工作后的疲劳提议带她出去吃晚餐。这一部分两处关于理查德换鞋的细节值得挖掘。第一处，理查德下班回到家后，走进房间，脱下黑色的鞋子，换上一双红色的皮革拖鞋，"这双拖鞋就和他其他所有的衣物一样，似乎永远都不会穿坏，而且稍许缓解了一下疲劳"（第75页）。第二处，当劳拉换好外出晚餐的漂亮衣服后，"理查德脱下拖鞋，重新穿上他的黑色鞋子，然后，他们便出门了"（第77页）。关于换鞋子的描写是颇有寓意的，黑色的鞋子是工作和外出时穿的正装鞋，在外人看来合适得体（但不一定舒服）；红色的家居拖鞋随意舒适，能舒缓在外工作带来的疲劳，但理查德为了取悦妻子，不得不放弃回家后暂时的安宁和舒适。正如本章第二节关于颜色含义的分析所指出的，黑、红颜色本身给人的感觉也是不一样的。两双不同鞋子的转换，寓意理查德"不舒适→舒适→不舒适"的生活状态的变化，本应该是让人感觉"舒适"的家庭生活非常短暂，再次让人想起关于离婚的隐喻：鞋子穿在脚上，只有穿的人知道哪里不舒服、哪里不合脚。换句话说，在劳拉和理查德的婚姻中，他们都有身心疲惫之感。他俩同床异梦，劳拉心仪陆地上的生活，理查德对船、对河流有割舍不断的情感，虽然理查德把"吉姆王"号打理得整洁、舒适、明亮、温暖，并默默承受着工作的劳累，一心要让劳拉开心，但她还是无法适应船居生活，也感受不到理查德"不舒适→舒适→不舒适"这种状态的改变。尽管理查德选择了牺牲自己的舒适，带劳拉外出散心，但劳拉最终仍然选择了离开。婚姻中的灰爱状态和两人的性格在这样的细节中得到了细腻深刻的展示。尼娜和爱德华，劳拉和理查德，这两对夫妻关系构成对照和互为背景关系。四个人物的性格在这种关系中被巧妙置于比较的位置，并且因为这种比较，人物性格更加鲜明。

三 灰爱映衬下的人际关系

这种重要人物一直缺场的《蝴蝶梦》似处理方式,在《早春》中再次出现。作为故事关键人物的内莉,直到文本结尾的最后一句话才真正出现,"他打开门,内莉走进了屋子"(第207页)。故事中的众多人物,从某种意义上说,都围绕着她的缺席一一展现。如图2-2所示,小的实线圆代表弗兰克一家,虚线圆表示内莉突然出走造成的"缺席"以及这个小家庭由于主要人物的缺失造成的不完满,大的实线圆则表示围绕弗兰克一家,尤其是内莉出走一事,各个人物的反应及由此体现出的人物特点。

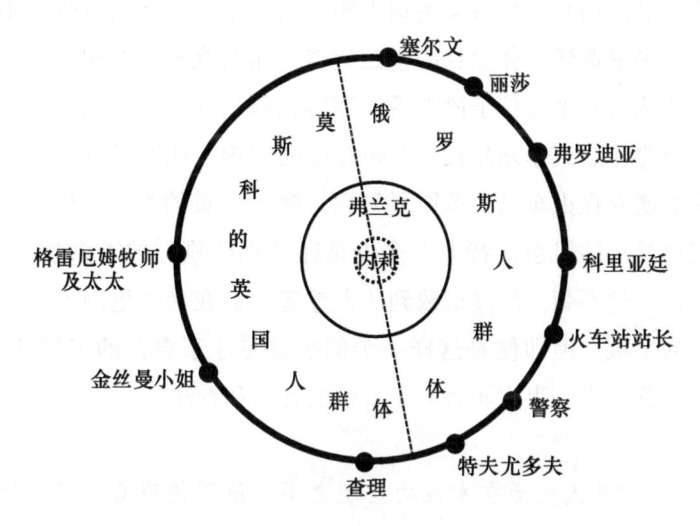

图2-2 灰爱观照下的《早春》人际关系

大实线圆的左边都是住在莫斯科的英国裔(籍)人,塞尔文从弗兰克的父亲办厂时就在那儿工作,他是托尔斯泰忠实的追随者,扶贫济弱,"是个圣人"(第96页)。查理是内莉的哥哥,也是内莉唯一在世的亲人。格雷厄姆牧师是当地英国人团体的牧师，格雷厄姆太太是"关于别人的麻烦的研究者，弗兰克带着他的困境去找她就是在帮她"（第67页）。在格雷厄姆太太家，弗兰克遇到了穆丽尔·金丝曼小姐，她大约四五十岁，因为刚刚失去家庭教师的工作，签证到期，想尽快找到新工作继续留在莫斯科，但弗兰克拒绝聘她为家庭教师，她不得不返回英国。

大实线圆的右边则是弗兰克所接触到的莫斯科当地人。丽莎是塞尔文介绍的年轻、漂亮、恬静的女家庭教师，这个弗兰克本以为可以是情人的女孩，实际身份非常神秘。本以为是革命者的大学生小伙子弗罗迪亚，实际只是个在爱情醋意下鲁莽行事的青年，他暗恋丽莎，得知丽莎被弗兰克雇佣，心生嫉妒，潜入弗兰克的印刷厂捣乱，然后又主动去警察局报案，给弗兰克带来不少麻烦。科里亚廷是弗兰克的生意伙伴，弗兰克第一个想到的，就是希望他的两个大孩子放学后能够得到科里亚廷太太的照顾，结果事与愿违。火车站站长，在短短的时间内，两次见证弗兰克的孩子被遗弃在火车站。莫斯科警察，除了一贯的贪腐，也不放过嘲笑弗兰克的机会。特夫尤多夫是弗兰克印刷厂的首席排字工，他工作一丝不苟，严谨细致到让人想起《装在套子里的人》的主人公的呆板。但即便是这样一个似乎只专注于自己的工作的人，也对内莉出走一事大胆表明了自己的态度和看法：

"男人生活在本性的控制之下。他不能照看孩子，他无法独自生活。"

"为什么不能？"弗兰克问，"塞尔文·奥斯佩奇就是独自生活的。"

"也许，不过他是圣人。"

"我不明白为什么一个男人——无论他是谁，只要他还是清醒的——不能独自生活。"

第二章 "灰爱"

"那可是您说的，弗兰克·阿尔伯特维奇，可您的妻子几天前才离开，您就已经把一个女人带进了家门。"（第96页）

很明显，这个像机器一般精准工作的排字工，对弗兰克聘用丽莎持责备态度。或者，叙述者是借他之口，表达灰爱状态下，男性的生存危机，"他无法独自生活"。事实如此，内莉突然出走，让弗兰克措手不及，对他的心理和情感是一次不小的冲击，同时，他不得不想办法让三个年幼的孩子在他工作时得到妥善照顾。反倒是三个年幼的孩子对母亲离家出走反应淡然，他们该做什么还是做什么。这种淡然反而让作为成年人的弗兰克更加惶恐不安，担心孩子们是因为心理冲击过重引起的极端反应。

发人深思的是，全知叙述者自始至终没有透露任何内莉的心理活动或者丽莎的心理活动。菲氏此举的主要目的并不是弄清楚夫妻关系到底出了什么问题、婚姻究竟症结何在，而是以此为圆心，一一书写众人对这件事的反应，由此画出一幅众生隔岸观火的心理图，揭示人的品性及微妙的人际关系。对于婚姻双方当事人来说，只要婚姻能维持双方的尊严，即便是一种枯燥的责任，也无关紧要。[①] 而灰爱状态下的婚姻，最能看出婚姻双方当事人的品性，并且，在灰爱状态下，婚姻双方与外界的接触和联系更多，关系更为复杂，由此可以反射出围绕在当事人周围的人的人性及品质。正因为如此，《早春》创作的最初题名，曾定为《内莉和丽莎》：分别是弗兰克妻子的名字和弗兰克曾一时迷恋的家

[①] ［美］伊迪丝·华顿：《纯真年代》，赵兴国、赵玲译，人民文学出版社2012年版，第276页。

庭女教师的名字。而男主人公的名字，最初打算用"Hungerford"① 这一颇有象征寓意的名字，丽莎（Lisa）的名字最初用的是契诃夫《三姐妹》中一个奸妇的名字"Masha"。② 由此可见，在创作《早春》时，菲氏对人性及人际关系的重视。但她可能意识到这种直白的命名法有过度阐释之嫌，其缺点是导致其他意义的缺失，不符合她委婉含蓄的风格，因此最终并未采用，而是选取了预示着希望与朝气的"早春"作为该小说的标题。

综上所述，菲氏婚姻中的灰爱书写折射出处于灰爱中的夫妻关系（第一重）和普遍的人与人之间的关系（第二重）。爱情来自生活，显示生活本质的特点和功能，在灰爱状态下有最清楚的展示。

本章主要分析了菲氏作品中婚姻里的爱情主形态——灰爱，并详细描述了灰爱的特点。如果用尽可能简洁的语言把菲氏爱情书写和以往文学作品的爱情加以区分，可以这么说：菲氏描写的是抛开了种种禁锢和禁忌之下的正常家庭、正常夫妻间的爱情。这种爱情淹没于实实在在的生活之中，表面看若有若无，实则处于沉淀和升华的关键期。灰爱不再带给处于其中的双方极致的快乐，也不会带给双方极致的痛苦，但因其与真实的生活密切相连而更值得去关注，并好好经营管理，以便让它朝着理想的白爱转化。

---

① Peter Wolfe, *Understanding Penelope Fitzgerald*, Columbia：University of South Carolina Press, 2004, p. 219.

② Peter Wolfe, *Understanding Penelope Fitzgerald*, Columbia：University of South Carolina Press, 2004, p. 221.

第三章　积极的孤独

　　孤独是一种难以被他人理解、接受或认同的感觉，是在虚无与痛苦中的一种无家可归的精神漂泊。孤独是一种意识，它是主体对个体生命存在的清醒认识和把握。在社会中，个体心灵渴望被理解而遭遇失望时，孤独便油然而生。由浅入深，孤独有各种表现形式。无聊是最浅层的孤独，它是一颗空虚的心灵寻求消遣而不可得，它是喜剧性的。单调、空虚和无聊构成寂寞，寂寞是寻求普通的人间温暖而不可得，它是中性的。孤独是人内心最深层的感受，它不同于无聊、寂寞，它是心灵沟通的失败。孤独源于社会价值观的断裂，是一颗值得理解的心灵寻求理解而不可得，它是悲剧性的，只有少数人才深深感受到生存在天地间的大孤独。在人类感情谱系中，介于寂寞和孤独之间的还有孤单、孤寂。这两者的层面或级别略高于寂寞，但又低于孤独。人在孤独的时候，不会扎向人堆。因为那只能消解孤单，在人群里，人可能更孤独。因为孤单、孤寂和寂寞都属于社会学层面，而孤独，是形而上层面的。

　　孤独感是艺术创作的动因之一，因为这种感觉往往很强大，需要被表达出来，一旦被表达出来，孤独感就得到某种程度的排解。"千山鸟飞绝，万径人踪灭。孤舟蓑笠翁，独钓寒江雪。"表现的是一个大写的人在天地间的大孤独形象，很直观，很典型。

重占有而轻生存的人是触及不了孤独这个层面的。孤独表面看是人生的一种负面状态，其实是积极的。平常情况下，人感觉不到孤独，就像感觉不出强大却看不见的无线电波的存在。孤独的层面很深。很难说有孤独感的人是福还是祸、是幸还是不幸，也许是幸大于不幸，因为孤独之时，正是离生命本质较近之时。对于茫茫宇宙和无始无终的时间而言，每一个个体都只是这个巨大时空中某时某地曾经存在过的孤独的点。

大众应对浅层孤独（寂寞）的有效手段是游戏。游戏的特点是热闹、喧嚣和引人发笑，但游戏无法真正消解深层的孤独。富有生存智慧的幽默是抗击孤独的有力武器，具有缓解孤独的功能。

孤独可以是一种感觉，也可以是一种存在的状态。世间不仅人会遭遇孤独，人所创造出来的物品也会遭遇孤独。文学的长河中，有些作品已经被经典化了，而有些将逐渐淡出人们的视野。即便那些被经典化的作品，在文学史的某一个阶段也仍有面对孤独的可能性。

孤独的氛围和意象，在菲氏的小说中几乎无处不在。本章将从多重象征意义的挖掘、集体无意识的分析和文化渊源的探讨等方面，研究这个主题。

第一节　多重象征：《书店》的个体孤独

象征指的是用一个具体的事物代表另一个事物，传达一种超越象征符号本身的抽象意义，如某种品质、态度、信仰或者价值观。传达象征意义的符号既可以是物，也可以是人；既可以是手势动作，也可以是声音文字。韦勒克（René Wellek）和沃伦（Austin Warren）认为象征符号和意象的主要区别在于：象征符

第三章　积极的孤独

号是不断重现的。① 一个意象有可能被使用一次，但倘若它不断地重复出现，它便成为象征，甚至成为一个象征体系的一部分。象征符号和它的意义之间的关系，有时是固定的，比如人们都认同十字象征基督教，金质的环形饰物象征皇权。这种约定俗成的象征符号在文学作品中的使用和它们在日常话语中的使用是一样的。但在具体的文学作品中，象征符号和它的含义往往是特定的，与作品具体的上下文相关。比如，《国王迷》中德雷沃特的金皇冠最终象征的是更令人钦佩的帝王气质，而不仅仅是他统治部落的权力。《项链》故事结尾处闪亮的项链，则已成为人类（也许尤其是女性）虚荣心的象征符号。小说总是会进行具体、戏剧性的叙述，在某种层面上讲，作者必须利用一些象征符号，而不是"直陈"意图。② 菲氏在《书店》中运用了丰富的象征符号，十分细腻、深刻地表达出了孤独这一主题及意境。

一　"前景化"与《书店》抉择的孤独

格林渴望为自己的生存状态画上积极的一笔，她开了一家书店，但最终还是遭遇了挫败，这也是一种孤独。倘若开书店的过程中没有抗争，便没有孤独。正是在和反对力量的抗争中，格林的孤独凸显出来。《书店》紧紧围绕着格林开书店之初内心的纠结和开书店前后她与外部环境的矛盾展开。菲氏以"前景化"的手法，多次重现了格林在开书店之前的犹豫不决。此处所用"前景化"概念，偏重于语言和语义的层面。"前景化"相对于普通语言或文本中的语言常规，表现为对语言、语法、语义规则的违

---

① René Wellek and Austin Warren, *Theory of Literature*, New York: Harcourt, Brace & World, 1956, p. 210.
② [美]布鲁克斯、沃伦编著：《小说鉴赏（双语修订第3版）》，主万等译，世界图书出版公司2008年版，第642页。

背或偏离，也可表现为语言成分超过常量的重复或排比。语音、词汇、句型、比喻等各种语言成分的"前景化"，对文体学来说十分重要。叙事学的"前景化"主要指相对事件的自然形态而言的"错序"，特指对事件之间的自然顺序（而非对语法规则）的背离。①

下文暗示了格林内心的挣扎以及她将要面临的挑战。

　　1959 年，弗洛伦斯·格林偶然度过了这样一个夜晚，由于一些让人发愁的事，她不确定自己到底睡没睡着。她拿不准是否应该买下老屋那一小块地产（老屋在前滩还有自己的仓库），然后在哈德堡开一家书店，唯一的一家。正是这份犹豫让她无眠。她曾看到一只苍鹭飞过河口，飞翔时努力想吞下它抓住的一条鳗鱼。鳗鱼挣扎着想从苍鹭嘴里逃脱，出来了四分之一、二分之一、四分之三。②

《书店》第一章第一段关于苍鹭和鳗鱼搏斗的梦境描述，正是格林内心矛盾的鲜明写照。她靠着已故丈夫留下的一小笔钱在哈德堡过了八年多，现在开始考虑凭自己的本事吃饭。她想贷款购买"老屋"，在那儿开一家书店，以自己的劳动养活自己，同时丰富小镇人的生活。但是，以她的年龄和拮据的经济条件，这件事的可行性有多少，她心里并没有把握。

第二段第一句话将这种矛盾扩大化了，"她很善良，只不过

---

① 申丹：《叙述学与小说文体学研究（第三版）》，北京大学出版社 2004 年版，第 190 页。

② [英] 佩内洛普·菲茨杰拉德：《书店》，张菊译，中信出版集团 2019 年版，第 1 页。注：本节所引《书店》原文，均引自该书，余不赘述，只加注引文页码。

第三章　积极的孤独

在自我保护这件事上，善良没什么用"（第1页）。"善良"和"自我保护"的矛盾在此也明确表达了出来。格林想自立并同时造福于小镇居民的善良，和"自我保护"并不是统一的。这两个词在同一句话中的对比提出，也是一种预示，预示着格林的"善良"在哈德堡冷酷环境中的不合时宜，暗示着她采取决定后可能遇到的困境。同时，这句话与第一段的梦境也形成一种阐释的关系，动物界的弱肉强食是不争的事实，所以才有苍鹭和鳗鱼的较量，"善良"并不能保证鳗鱼不被吞食，这种弱肉强食的关系也映射了人类社会中的人际关系，这更进一步暗示了格林最终从哈德堡"被流放"的结局。第二段的最后一句话，将这种矛盾白热化了，完全上升到了"生"与"死"的地步。"本地人的想法是：生或死，要么寿终正寝，要么立刻埋到教堂的咸草皮里去。"（第2页）

　　如果说这种内心的挣扎，是格林自发地出于对自己经济能力和创业能力的疑问，那么参加完加马特夫人的酒会，面对加马特夫人的"提议"，她的内心又多了一层外部压力带来的两难抉择。在酒会上，加马特夫人十分"婉转"地告诉格林，她想把"老屋"变成一个"艺术中心"，夏天可以在那儿举办室内音乐会，冬天可以在那儿演讲。格林在加马特夫人酒会的人群中，感受到的是更远的距离和更深的孤独。因为格林不属于那个"部分"，也不属于那个"人群"。那个下午，当她应邀到布朗迪希先生寓所喝茶时，虽然只有他们俩，虽然他们不得不找话头使谈话进行下去，但这是"孤独和孤独"的对话，是格林最不孤独的时刻。因为一份孤独，正被另一份孤独理解和欣赏。格林的心灵得到了布朗迪希先生的理解。

　　因此，如果格林用"老屋"开书店，她就响应了自己内心"to be"的号召，但这会导致她和小镇有权有势的加马特夫人的直接对立；如果她放弃"老屋"，不开书店，也就是说如果她选择"not to be"，那么她也许就不会面对"离开此区"的危险——这是狡猾的鲜鱼店老板迪本给她的巧妙暗示，她本应该对这个暗示心存感激。加马特夫人运用自己的影响力和社会地位，影响了米罗，影响了鲜鱼店的老板迪本，影响了格林的律师桑顿，他们都暗示格林，如果不放弃老屋，她可能将不得不去别的地方谋生存。他们"好意"劝告格林放弃书店计划，遵从加马特夫人的安排，将老屋变成艺术中心。在格林"从众"与"从己"的选择中，个体作为独特的、"孤独的自我"呈现出来了。

她一度被这种哈姆莱特式的两难境地困住了，优柔寡断，不知如何决策。她试图以自己纯真的世界观蒙蔽并安慰自己，假装人类并非分为"灭绝者和被灭绝者"（第34页），但仍不能从容做出决策。有一段时间，她的意志力失去了方向，不能为她的生存提供指导。不难看出，此处再次出现的两个关键词"意志力"和"生存"，将格林的两难境地再次凸显出来。最终，超自然力量的出现和挑战激起了格林的斗志，她毅然宣告："无论是看不见的东西，还是看得见的东西，都无法阻止我开一家书店。"（第35页）格林做出了自己的选择，她选择了"to be"。这个选择，为她带来的，是和加马特夫人决裂的境地，这种境地更加深了她的孤独。

她的纠结及矛盾带有非常明显的哈姆莱特式"to be or not to be"的两难境地。下面，将以哲学中的相关概念来挖掘这种状态的含义。海德格尔的三个核心概念是"存在""此在""世界"。按照一种简化的理解，海德格尔的"此在"和人具体的境况直接相关：

> 此在的本质在于它的生存。所以，在这个实体上所有展现出来的各种性质，都不是某个实体现成在手的"属性"。

第三章　积极的孤独

这一实体"看起来"如此这般，它本身就是现成在手；这些性质在各种情况下总是去存在的种种可能，仅此而已……因此我们用"此在"来指这个实体的时候，并不在表达它是"什么"（如桌子、椅子、树），而是在表达其存在。①

"此在"（dasein）是决定"存在"（being）与否的实体。但这并不是说，人仅仅是能决定自身存在与否的某物。人在任何情况下都不可能拥有决定是否存在的无限能力。他可以选择死亡，但不能选择出生，也不能选择在某一情形而非其他情形下出生。海德格尔说，人是被"抛到"这个世界上的。"此在"一旦被抛，若它对自身不满，那么除了选择自杀之外，它还有对自身存在的其他控制能力。② 但这种自身控制能力，需要的是决心，收获的可能是孤独。格林的孤独，其实也是每一个生存者的孤独，是大写的人在宇宙间挣扎的孤独。

格林的选择，在某种程度上，也是菲氏人生选择的一种表达方式。菲氏出身书香门第，"创作之家"③，写作在她小时候看来，是非常自然的事情。但这件自然的事情，等到她60岁高龄，才真正得以专职进行。之前的岁月，她结婚生子，做过几份不同的工作，抚养自己的三个孩子。对自己的丈夫，菲氏一直讳莫如深。《离岸》中有她当年的船居生活经历，其贫困可见一斑。儿女成年之后，她又照顾年迈的父亲，为他养老送终。接着是生病的丈夫，她的第一部小说《金孩》正是为了让病榻上的丈夫有所

---

① ［德］海德格尔：《存在与时间》，陈嘉映、王庆节合译，生活·读书·新知三联书店1999年版，第42页。

② ［英］迈克尔·英伍德：《海德格尔》，刘华文译，译林出版社2009年版，第25页。

③ Penelope Fitzgerald, "Curriculum Vitae", in Terence Dooley ed., *The Afterlife: Essays and Criticism*, New York: Counterpoint, 2003, p. 338.

娱乐而创作。1976年丈夫去世后,她正式进军文坛。至2000年她去世时,有9本小说、3本传记问世,还有众多的文学评论文章散见于各文学评论报纸杂志。她进入了英国皇家文学协会,两度担任布克奖评委。以"影响的焦虑"来说,她以高龄进军高手如林的英国文坛,应该有足够多的焦虑,应该退缩,做一个像她那个年纪的大部分女人该做的事:颐养天年。但她选择了"to be"。不过,她比格林幸运,她成功了。但成功的喜悦和果实姗姗来迟,她并不是在1979年获布克奖时就享受到成功的喜悦、丰收的感觉。那年出席庆祝会的记者走到她面前,告诉她他们的祝贺词是写给奈保尔的。虽然1978年《书店》就已经荣登布克奖短名单,1979年《离岸》获奖,但菲氏真正被认可、被称颂是在差不多十年后的1997年,当《蓝花》在大洋彼岸的美国获奖后,她才真正收获作为一个优秀作家的声誉。

　　菲氏的孤独书写,没有怀疑主义与虚无主义成分。一个看似否定的命题,她所做的是积极、肯定的书写。即便在《书店》结尾处,格林被迫离开她已居住十年的小镇时,孤独也仍驻留在一种画面似的、深刻而凄凉的美中,叙述者没有激烈地谴责加马特夫人和她的同伙,只是一如既往,默默地观察、叙述,平静地看着格林关掉书店,典当掉自己原本就单薄的财产,还掉贷款,离开哈德堡。与那种对冷酷世界横眉冷对的评论相比,这种低调的讲述似乎过于平淡,不够直接,但它的力量,却好似从哈德堡的海边吹向内陆的风,把读者吹透,逼迫读者检视周围的世界和自己的内心。正如罗杰·加洛蒂所说:"艺术特有的道德不在于训诫人,而在于提醒人。"① 也许,在菲氏的潜意识里,每个人最终都是将要独自奔赴死亡的孤独客,在这样一种大背景下,个体孤

---

① [法]罗杰·加洛蒂:《论无边的现实主义》,吴岳添译,上海文艺出版社1986年版,第169页。

第三章　积极的孤独

独的"流放"又算得了什么呢？更何况世间不仅仅只有人会遭遇孤独，人所创造出来的物品，也会遭遇孤独。就像哈德堡的"老屋"，七年来一直无人问津、无人打理，鼠患成灾。又如格林书店里的那些书，有些是热销的，但有些，虽有价值，却被冷落，无人问津。所以，热销书和畅销书"占据了前窗的显耀位置"（第41页），而哲学与诗歌类的滞销书，则处于"后面不显眼"（第42页）的位置。无论境遇如何，人的孤独可以使人更清楚地直面自己，思考人生的价值和意义。

二　描写停顿与《书店》收篇的孤独意境

热奈特在《叙事话语》第二章探讨了叙事中的"时距"，即事件实际延续的时间与叙述它们的文本的长度之间的关系。时距按由慢到快的叙述运动，涉及四种不同的叙述方式：描写停顿、场景叙述、概略叙述和省略。①

描写停顿（又译"停顿"，pause）即在故事时间以外对人物的外貌或景物等进行描写，故事的时距为零，而叙述话语的长度为若干，叙述时间可以无穷大。热奈特认为，第一人称作品中的描写并不构成描述停顿，因为描写被吸收进了叙事，并不存在真正的故事时间的停顿。在第三人称叙述中，描写停顿较为常见。比如《书店》第一章里关于哈德堡的描写：

> 小镇本身是一个介于海洋和河流之间的小岛，一旦感到寒冷，就会咕哝着将自己圈守起来。好像是出于无心又好像是出于大意，大约每隔50年，小镇就会失去和外界的又一种联系。到1850年的时候，雷兹河已无法通航，码头和渡

---

① Gérard Genette, *Narrative Discourse*, trans. Jane E. Lewin, Ithaca: Cornell University Press, 1980, pp. 94–95.

口都朽坏了。1910年，平转桥塌了，从那以后，所有的车都得绕到10英里外的萨克斯福德才能过河。1920年，老旧的铁路也停运了。哈德堡的孩子，要么能蹚水，要么会潜水，大多数都没坐过火车，他们带着盲目的敬意，看着被遗弃的伦敦与东北火车公司的站台，生锈的锡条挂在风中，上面是弗莱的可可和铁剂广告。（第8—9页）

与"描写停顿"相对照的叙述方式为"省略"（ellipsis），即将事件略去不提，故事的时距为若干，而叙述话语的长度为零；或者换句话说，叙述时间为零，故事时间无穷大。比如《书店》第十章中，有一个明确限定为"一个月"的省略：

大约一个月后，老屋在新的《议会法案》下被征用了。（第144页）

场景叙述（又译"场景"，scene）和概略叙述（又译"概述"，summary）处于描写停顿和省略之间。直接引语叙述出来的人物对话为典型的场景叙述，它被认为是叙述时间等于故事时间的一种叙述方式。概略叙述被认为是叙述时间短于故事时间的一种叙述方式。

申丹认为，表面上看叙述运动涉及的是文字上的繁简，是文字上的选择；实质上，叙述方式的选择并非对语言本身的选择，叙述速度是由故事时间与文本长度之间的关系决定的。若要了解作者是"如何"艺术性地表达故事的，就必须考察文本叙事特征和文体特征之间的交互作用。[1]

---

[1] 申丹：《叙述学与小说文体学研究（第三版）》，北京大学出版社2004年版，第184页。

第三章 积极的孤独

下文将具体分析《书店》结尾段的文体特点及叙述运动特点，以此揭示菲氏在《书店》收篇时所展现的高超的艺术性以及对孤独主题的含蓄但深刻的揭示。

（1）In the winter of 1960, therefore, having sent her heavy luggage on ahead, Florence Green took the bus into Flintmarket via Saxford Tye and Kingsgrave. （2）Wally carried her suitcases to the bus stop. （3）Once again the floods were out, and the fields stood all the way, on both sides of the road, under shining water. （4）At Flintmarket she took the 10：46 to Liverpool Street. （5）As the train drew out of the station she sat with her head bowed in shame, because the town in which she had lived for nearly ten years had not wanted a bookshop.①

（1）1960年冬天，弗洛伦斯先送走沉重的行李，搭乘汽车经由萨克斯福德·泰伊和国王墓地，前往火石集市。（2）沃利替她把手提箱送到了汽车站。（3）洪水再次泛滥，路两边的田野都浸在闪闪发亮的水面下。（4）她在火石集市搭乘10点46分的火车去利物浦街站。（5）火车开出站时，她坐在那里，羞愧地低着头，因为她生活了将近十年之久的小镇，并不需要一家书店。（第149页）

首先，这一段通过一些表示状态的词/结构，使故事叙述者冷静客观的观察角度得到具体体现，同时，叙述所产生的静态的画面感也得以体现。

从英文原文可以看出，菲氏在这一段中，用了一些表示状态

---

① Penelope Fitzgerald, *The Bookshop*, London: Harper Perennial, 2006, pp. 155 – 156.

的词/结构，如"were out""stood""under shining water"（试比较：covered by shining water）和"with her head bowed in shame"（试比较：she sat and bowed her head in shame.）。《书店》之前的两位中译者在翻译这一段时，都犯了一个共同的逻辑错误。他们将"Once again the floods were out"译成"洪水再度退去了"① 或"洪水再一次退去了"②。如果是这样，那下一句"the fields stood all the way... under shining water"逻辑上就说不过去了。既然洪水已经退去，那田野就不应该在水面之下（under water），地表就应该露出来。因此笔者认为该句正确的中文意思是"洪水再次泛滥"。"stood"在这儿应该理解为系动词，表示田野"所处"的状态。陈苍多译本将"under shining water"译为"浸在闪闪发亮的水面下"③ 比尹晓冬译本"淹没在闪亮的水面下"④ 处理得更准确些，"浸"表示一种状态及延续性，而"淹没"动作性更强。表示状态的介词短语"with her head bowed in shame"，尹晓冬译本译为"羞愧地低下了头"⑤，没有陈苍多译本"羞愧地低着头"⑥ 准确。前者是一个动作，后者是一种状态，且暗含动作的持续性。从对两位译者的译文的分析中，也可以看出描写停顿的句型特点：以表示状态的系动词或介词短语句居多。

---

① ［英］蓓纳萝·费滋吉罗：《书店》，陈苍多译，新雨出版社2001年版，第204页。

② ［英］佩内洛普·菲兹杰拉德：《书店》，尹晓冬译，新星出版社2006年版，第144页。

③ ［英］蓓纳萝·费滋吉罗：《书店》，陈苍多译，新雨出版社2001年版，第204页。

④ ［英］佩内洛普·菲兹杰拉德：《书店》，尹晓冬译，新星出版社2006年版，第144页。

⑤ ［英］佩内洛普·菲兹杰拉德：《书店》，尹晓冬译，新星出版社2006年版，第144页。

⑥ ［英］蓓纳萝·费滋吉罗：《书店》，陈苍多译，新雨出版社2001年版，第204页。

第三章　积极的孤独

本结尾段共五句，第一句、第二句和第四句为概略叙述，第三句和第五句为描写停顿，是景物描写和人物心理描写，这种描写占据文本篇幅，而不占故事时间，被视为故事时间的"停顿"。上文关于"时距"的分析讨论中，已经知道描写停顿是叙述运动最慢的一种叙述方式，概略叙述是仅次于省略的较快的叙述方式，这五句话总体构成一种由略快至最慢的叙述方式，好似电影中的镜头，由正常速度变成了慢镜头，概略叙述与描写停顿的效果相互加强，最终停止在描写停顿，也就是说慢镜头上。与概略叙述到描写停顿的由略快至最慢的叙述速度相呼应，整个画面范围也呈现出一种慢慢缩小的过程，首先是几处大的地点的转移变化：萨克斯福德·泰伊→国王墓地→火石集市，然后镜头稍微拉近，范围慢慢缩小，变成了路、路两边的田野、田野上水茫茫的一片，然后画面转移到火车，最后画面定格到羞愧地低着头的"她"。

再看看这一段中所出现的意象：行李、手提箱、茫茫大水、汽车站、火车站、低着头的"她"，离别的气息扑面而来，但和一般意义上的离别不同，画面最后没有送行人，这更显出即将出行者的形单影只。通过对众多意象客观的描写，直白的心理透视，平静的不带任何评论和渲染的陈述，孤单凄凉之景显现了出来。火车驶离车站，本是一个缓缓的动态过程，但镜头却聚焦在"她坐在那里，羞愧地低着头"（第149页）这一静态的画面上，配上第一句所提的季节背景（冬天），从感觉和视觉上充分艺术性地再现了"夕阳西下，断肠人在天涯"的意境，其审美效果和主题意义不言而明。

在书店开张那一天，格林"因为不确定应该邀请谁，并没想举办任何形式的庆祝。毕竟，心态是最重要的。如此想来，自己一个人也可以有一场满意的庆祝会"（第44页）。这正是李白

《月下独酌》的那种孤独和孤独之外的洒脱："花间一壶酒，独酌无相亲。举杯邀明月，对影成三人。"这是一种自豪的孤独，一个人完全可以单独拥有一场满意的庆祝会；此时此刻，遭遇挫折和失败的格林，同样也不需要挤挤攘攘但心灵却没有靠近的人群，书店的开张和关闭，她始终孤独一人。她曾经努力过，成就了过程中内心的圆满。

三 《书店》之岛与《贝恩斯》之岛

柯莫德在评价《书店》时，也明确指出了它的孤独主题。并指出了该主题与《书店》中自然环境的契合。① 菲氏另一个短篇小说《贝恩斯》中，有一个与格林在年龄和所处环境上均类似的人物，该短篇以故事主要人物的名字命名。② 贝恩斯 90 多岁，孤单一人住在苏格兰岛中岛瑞利格。他是一个早已退出艺坛，隐居多年的指挥家。米德兰艺术节的副艺术指导霍普金斯想请他重新出山，指挥该音乐节的压轴曲目。希望在众人以为他已经作古的情况下，他却出人意料地出现，以此成为艺术节的一个亮点和卖点。为此，霍普金斯决定亲自拜访老人一趟，把音乐会合同和老人打算指挥的具体曲目敲定。霍普金斯带着两位年轻的助手玛丽和弗雷泽同往。他们费尽周折终于到达贝恩斯简陋的小屋。霍普金斯预料中的老人激动地欢迎他们的场面并没有出现。老人不在屋子里，从某种意义上讲，他们仨吃了"闭门羹"。贝恩斯终于回来了，但他立刻就以要歇一会儿为名，嫌访客太多，将两位年轻的助手赶走了。无奈的霍普金斯只好出去安抚了一下两位年轻

---

① Frank Kermode, "Booker Books", *London Review of Books*, Vol. 1, No. 3, Nov. 22, 1979, p. 13.

② Penelope Fitzgerald, "Beehernz", *The Means of Escape*, London: Flamingo, 2001, pp. 55 – 69.

第三章　积极的孤独

人,返回时,发现贝恩斯正"有条不紊地嚼着"(第213页)①他们买去的冷熏肉。贝恩斯带霍普金斯看了看他的土豆地,冷不防地问霍普金斯为什么在他不在家时试他的钢琴。终于到了和贝恩斯谈正事的时候,霍普金斯却发现贝恩斯对合同内容和条款根本不感兴趣,甚至对音乐会指挥马勒曲目这一话题都不感兴趣。因为瑞利格是岛中岛,霍普金斯无法立即告辞,只能等第二天来给贝恩斯送生活必需品的人带他们离岛。无奈的霍普金斯在单人沙发上睡了很不舒服的一觉,清晨醒来,失望地准备坐船离开,却发现贝恩斯"穿着破旧的雨衣,戴着宽边帽。他不仅准备好要出门,而且是要出远门"(第217页)。贝恩斯说他很久没听音乐了,想再听听那个年轻姑娘玛丽唱歌,因此愿意接受邀请和霍普金斯一起走。

从这个小故事可以看出,虽然《贝恩斯》和《书店》一样,都是发生在"岛上的故事",而且贝恩斯还独居该岛,几乎与世隔绝,但在他身上没有孤独和无助。下文将对比分析两个文本中的时空以及物品的象征意义,解读这两个故事潜文本的差异以及差异的原因。

第一,地理环境同中有异。岛指四周被水包围的陆地,半岛是指伸入海洋或湖泊,一面同大陆相连,其余三面被水包围的陆地。由岛的地形特点可以看出它与陆地的隔离状态。因此,这种地理特点,在某种程度上象征了人与外界的隔离。格林和贝恩斯都住在岛上。格林所住的哈德堡是一个位于大海和河流之间的岛屿。与外界联通非常不便,1850年雷兹河停止通航,1910年平转桥倒塌,从此就得绕行十英里过河。1920年,老铁路又关闭了。故事发生的20世纪60年代初,哈德堡几乎没有什么新的营

---

① [英]佩·菲茨杰拉德:《贝恩斯》,张菊译,《世界文学》2014年第1期。注:本节中所引《贝恩斯》原文,均引自该出处,余不赘述,只加注引文页码。

运，开一家店铺的想法，就像吹到内陆深处的一丝海风，微弱地搅动着迟滞的空气。这些特点都暗示着哈德堡的保守自封，暗示着格林在开书店的过程中将要遇到的阻力和障碍。

贝恩斯所住苏格兰岛中岛，瑞利格。得先经由奥本抵穆尔岛，由穆尔岛抵爱奥那岛，再由爱奥那岛抵瑞利格。去爱奥那岛没有定期起航的轮渡，并且爱奥那岛只有 3 英里长 1 英里宽，瑞利格则更小。瑞利格在盖尔语中是"墓地"的意思。因为小，且有爱奥那岛的陪衬，这个岛并没有给贝恩斯一种压迫感，相反，贝恩斯似乎是小岛真正的主人。

第二，从描述的时间来看，《贝恩斯》的故事发生时间不到一天，从霍普金斯乘船去贝恩斯住所开始，到第二天清晨离开结束。故事中有一个细节可以证明他们大约是中午抵达他的住处，因为他嚼着冷熏肉时说他一天只吃一顿，一般在傍晚，如果碰巧是中午，那就中午吃。故事发生的大时间背景可能是夏季，这从故事中关于贝恩斯晾衣绳上的背心以及他第二天清晨的装束（宽边帽）可以推测出来。故事时间都是围绕着贝恩斯的生活习惯进行的，而炎热、火力十足的夏季，则暗示着这位老人巨大的影响力和给他人的压力。

《书店》秉承了菲氏长篇小说故事时间跨度一般在一年左右的特点，从 1959 年上半年至 1960 年冬天，故事以格林开书店的"老屋"被征用结局，格林仅留下两本书，带着行李离开了哈德堡。故事在万物萧条的冬季结尾，象征格林"被打败"。

第三，在主要人物和其他人物的关系层面上，贝恩斯和霍普金斯、玛丽以及弗雷泽是主客关系，因此贝恩斯有主动权、主导权，并且霍普金斯去请他出山，这里面也含有主动和被动的关系，主动权仍然在贝恩斯手中，他可以答应，也可以拒绝。

在哈德堡，格林并非完全孤身一人，她有自己的支持者：布

第三章　积极的孤独

朗迪希先生、小姑娘克里斯蒂娜、拉文、海上童子军沃利。但年老体衰的布朗迪希先生在帮格林和加马特夫人较量的过程中，耗尽了生命最后的气力，归家途中倒地而亡。小姑娘克里斯蒂娜小学毕业，得去别的地方继续学习，不得不离开书店。拉文要带着童子军去伦敦长见识，只有沃利最后为格林托运了行李。格林终不敌她的反对者加马特夫人，以及加马特夫人背后更大的隐形势力。哈德堡上的其他人也并非善者。米罗和鲜鱼店的迪本俨然是加马特夫人的帮凶和说客，裁缝店的杰茜欺骗她，格林的律师和会计，这些人都没有真正帮她。因此，菲氏将这个小镇命名为"Hardborough"颇有寓意。在小说世界中，虚构世界的环境既是必需的，同时又具有一定的象征意义。① 据《牛津高阶英汉双解词典（第四版增补本）》，"borough"本身是一个单词，在英式英语中是"（享有特权的）自治城镇，自治市"的意思，或指"（大伦敦的）行政区（之一）"。"hard"一词则有如下含义："（esp. of a person）unfeeling, sympathetic; harsh（尤指人）硬心肠的，冷酷无情的，严厉的。"这个镇名因此可以意译为"无情镇"或者"冷酷镇"，以镇上大部分居民的心和他们对待格林的方式来看，名副其实。格林对这样一个冷酷的大环境没有掌控力，而支持她的一方由于这样或那样的原因，纷纷离开了。

相比之下，贝恩斯对他自己的环境有着完全的掌控力：他的房子虽小，但那是他一个人的居所，事实上，整个瑞利格岛都是他一个人的领地。他的母鸡在日光下冲来撞去，虽然一年多没下蛋，但他并没有对它们失去信心。他的又老又旧的钢琴庄严地摆在那儿，占据了房间一半的空间，彰显着主人和音乐的亲密关系。霍普金斯趁他还没回家那会儿，偷偷试弹了一下钢琴，结果

---

① 申丹、王丽亚：《西方叙事学：经典与后经典》，北京大学出版社2010年版，第64页。

发现这架钢琴根本没有声音。虽然贝恩斯没有亲眼看到霍普金斯那么做,他却心知肚明,所以,在看土豆地时,贝恩斯不经意地责问霍普金斯,为何试弹他的钢琴——老人和自己的钢琴似乎是连通的、有感应的。贝恩斯的土豆地,虽然没长出一草一叶,但他却自豪于自己"传统西高地"(第214页)种植法。连他房子里唯一的沙发椅,都只"臣服"于他,"坚决地拒绝再让任何别的人感觉舒适"(第216页)。甚至对于房子里没有的东西(水壶),贝恩斯也理直气壮。最重要的是,他有绝对的主权,他可以把两个年轻人一句话就打发走,可以满不在乎地大嚼客人带来的冷熏肉,他可以按自己低效迟钝的思维方式来阅读并理解音乐会的合同,可以按自己的意志拒绝或接受邀请。贝恩斯这位老人是他自己和自己领地上真正的主人,因此,他虽独居,但不孤独。这里,福柯的"权力"一词得以体现,虽然在《贝恩斯》这个故事里,没有一字一句提到老人对该岛司法层面的领地权,但毫无疑问,老人的"权力"实实在在地存在于他和岛屿上一切物品的关系中,当然也存在于他和来岛上拜访他的访客关系中。在哈德堡,"权力"则更多地掌握在了加马特夫人手里,格林的被动强化了她的孤独。

　　为什么两个主要人物和故事空间相似的作品,会有如此大的差异呢?如果这两部作品主题一致,也许可以说孤独是年老体衰者的必然生存状态。如果考察这两部作品各自的创作年代,结合菲氏在这两个创作阶段的文坛地位,两部作品的主题差别将得到一定的解释。

　　《书店》创作于1978年,是菲氏的第二部小说,彼时菲氏已近62岁,专职作家生涯刚刚起步不久,尚未在文坛站稳脚跟。《贝恩斯》创作于1996年,此时的她,已经历了文坛的考验,到了文学的春天。她已完成9部长篇小说并多次与布克奖结缘,已

第三章 积极的孤独

是颇有影响力的文坛评论家。两部作品的隐含作者分别反映了作者在创作的最初阶段和最后阶段所处的状态。隐含作者在同一个作家的作品中并不一定保持相同的立场、态度、价值取向和人生观。同样是写住在岛上的人,隐含作者对岛的象征意义的表述不一定一致,对已至暮年人的生活状态的表述也不必相同。凯特·肖邦是同一个作者集 N 个隐含作者于一体的典型代表。《觉醒》有清楚的女性主义立场,但《塞勒斯坦夫人》《懊悔》《贝游圣约翰的女士》和《一小时的故事》并没有反男权压迫的女性主义立场。[①] 同样地,菲氏孤独书写,并不能单纯以地理位置的形式暗喻来想当然地推测。应该和作品的题旨、隐含作者的意图联系起来理解,1996 年的菲氏作品中的隐含作者,正如贝恩斯一样,已是一个颇有威望的"专家",对自己的领地拥有相当的自信心和自主权。

《书店》是一个故事和象征并举,由故事本身生出多重象征意义和意蕴的小说。它看似平淡地在讲一个简单的故事:格林是如何犹豫,最终下决心开了一家书店,书店如何在格林的努力下、在小镇人或支持或反对的力量中运营,最后被迫关店。作家似乎没有花心思建构情节,故事时间和话语时间几乎是一致的、重合的,没有预叙,没有倒叙。但故事结束的时候,读者会发现,主要人物已经冲出了故事,跑到了小说应该到的位置,那就是孤独和坚忍。善与恶的较量像绳索的两股,互相拧着向前推进,就在善似乎要战胜恶的时候,善倒下了。故事走远了,结束了,故事的影子在读者心中却越来越大,越来越沉重。这越来越大的影子,正是小说超越故事之外的意蕴,也是它的目的。

---

① 申丹:《叙事、文体与潜文本——重读英美经典短篇小说》,北京大学出版社 2009 年版,第 221 页。

第二节　泰晤士河与母亲原型：
《离岸》的群体孤独

一　群体孤独的背后：原型与集体无意识

"群体"和"孤独"在一起，似乎是矛盾而无法成立的。因为如果是一个"群体"，那么必是多个人在一起的组合，这和孤独的本意是相违的，但正如本章第一节所指出的，孤独和孤独者所处的社会环境没有必然联系。孤独主要在于一种内心感受，这种感受和人的意识有关，是"人类自我意识的具体形态之一"①，意识的深层和背后，是个人无意识和集体无意识，其中集体无意识在人的孤独感中起着至关重要的作用。个人无意识和集体无意识这两个概念来自瑞士哲学家荣格（Carl Gustav Jung）。为了论证群体孤独和集体无意识的关系，下文将辨析"意识""无意识""个人无意识"和"集体无意识"这几个概念的含义和联系。

意识的本质是辨别。"我今天身体不舒服"，这是个体对自身身体健康状况的一种否定的认识，意识的最主要作用就是通过辨别，区分自我和非我、主体和客体、肯定和否定等。意识的区分作用将事物分离成对立的双方：好坏、大小、多少、高矮等。意识认识到适当的东西，并使之与不适当的和无价值的区别开来。人的个体化成长进程正是意识的发展过程，随着更多的未知之物被意识发现、掌握，人便变得越来越独立和完善。"无意识"即"没有意识到或者没有进入意识层面的"，比如，在死亡之前，人并不会时时刻刻意识到"我活着，我正在呼吸"。"生"这个概念在人的一生中，绝大部分时候是处于无意识状态的，只有当生命

---

① 田晓明：《孤独：人类自我意识的暗点——孤独意识的哲学理解及其成因、功能分析》，《江海学刊》2005年第4期。

第三章 积极的孤独

受到威胁或临近死亡时,人才会强烈地感觉到"生"。"无意识"这个概念来自弗洛伊德,最初仅限于表示受压抑或者被遗忘的内容的状态。荣格将之借用,把它和"个人无意识"联系起来,"无意识的表层或多或少是个人性的;我称之为个人无意识"①。个人无意识的内容主要是人们所谓的带感情色彩的情结(feeling-toned complexes),② 比如恋父/母情结。那些受到压抑或者遭到忽视,或者被遗忘的内容,在需要时,通常会很容易达到意识层面。荣格认为,个人无意识有赖于更深的一个层次;这个层次既非源自个人经验,也非个人后天习得,而是与生俱来的。他把这个更深的层次称为集体无意识。之所以选择"集体"这一术语,是因为这部分无意识并非个人的,而是普世性的;不同于个人心理的是,其内容与行为模式在所有地方与所有个体身上大体相同。换言之,它在所有人身上别无二致,并因此构成具有超越个人和个性的共同心理基础。③ 从荣格的解释可以看出,集体无意识是超越个人、种族、性别、年龄的普遍存在于人身上的共同的心理基础。集体无意识体现为人的本能和直觉,原型是集体无意识的反映。原型概念是集体无意识概念的一个不可或缺的关联物,它表示似乎无时不在、无处不在的种种确定形式在精神中的存在。④ 从本质上讲,原型是一种经由成为意识以及被感知而被改变的无意识内容,从显形于其间的个人

---

① [瑞士] 卡尔·古斯塔夫·荣格:《原型与集体无意识》,徐德林译,国际文化出版公司2011年版,第5页。
② [瑞士] 卡尔·古斯塔夫·荣格:《原型与集体无意识》,徐德林译,国际文化出版公司2011年版,第6页。
③ [瑞士] 卡尔·古斯塔夫·荣格:《原型与集体无意识》,徐德林译,国际文化出版公司2011年版,第5页。
④ [瑞士] 卡尔·古斯塔夫·荣格:《原型与集体无意识》,徐德林译,国际文化出版公司2011年版,第36页。

意识中获取其特质。① 荣格认为文学创作的过程就是从无意识中激活原型意象并对其进行加工的过程，作品的思想或主题是深寓其中的一个梦，是愿望和现实之间冲突的表现。下文将从泰晤士河作为母亲原型的分析入手，探讨船居者的生活愿景与现实之间的矛盾，以及由这种矛盾而生发的船居者共有的孤独。

二　泰晤士河与母亲原型

《离岸》的自然环境背景是英国伦敦的泰晤士河，故事主要集中在泰晤士河的巴特希河段上。泰晤士河全长约338千米，是英国第二长的河流（仅次于塞文河）。关于作品标题"Offshore"与河流和河岸的关系，菲氏在《简历》中，做了如下阐释：

> 很遗憾，这个标题翻译成几种欧洲语言时，都带有了"远离"或"离岸很远"的意思，刚好和我想要表达的意思相反。用"Offshore"这个词，我的意思是指停泊着的船，跟陆地仍相连；同时该词也指向书中人物的焦虑感，他们一方面需要安全感，另一方面却又被危险吸引。他们的犹豫不决仿如潮涨潮落，驳船也须得跟随。②

菲氏对她作品标题在欧洲的翻译和接受有一点无奈，可能源于"offshore"这个词本身确实容易引起误解。2009年新星出版社的中译本对该标题也是按该词的字面意思来处理的："off"表示"离（开）"，"shore"意为"岸"，合起来即为"离岸"。按

---

① ［瑞士］卡尔·古斯塔夫·荣格：《原型与集体无意识》，徐德林译，国际文化出版公司2011年版，第7页。

② Penelope Fitzgerald, "Curriculum Vitae", in Terence Dooley ed., *The Afterlife: Essays and Criticism*, New York: Counterpoint, 2003, p.345.

第三章 积极的孤独

照菲氏的本意,也许译成"靠岸"更准确些。但无论是"离岸"还是"靠岸",都和河直接相关,船以及生活在船上的人仍是在泰晤士河上。菲氏用一个词很好地暗示了河、船、住在船上的人这三者之间的紧密联系。

河流和人类文明有着密不可分的关系。人类社会文明源起于河流,河流推动了人类社会的发展。中华文明发源于黄河流域,古埃及文明发源于尼罗河流域,古印度文明发源于恒河流域,古巴比伦文明发源于两河流域。河流之于地球犹如血液之于人类,它流向人类赖以生存的这颗蓝色星球的每一个角落,给每一片土地带来生机,它不仅孕育了最初的生命,也为人类孕育了最灿烂的文明。古今中外的众多文学作品,和河流以及河流的最终归宿地——海洋,结下了不解之缘。荷马史诗《伊利亚特》和《奥德赛》,斯威夫特的《格列夫游记》,笛福的《鲁滨逊漂流记》;中国文学中,楚霸王项羽临终前,在河边唱起了《垓下歌》,屈原郁郁不得志而终于汨罗江;等等。所有这些,江河湖海,作为故事发起地或主要人物归宿地而出现。河流在经典文学中的重要地位由此可见一斑。

为什么河流与文学的关系如此紧密呢?这和上文提到的集体无意识有关——河流是母亲原型的一种,表现在个体身上便是母亲情结,《离岸》中的船居者群体具有这种情结。但同时,他们的生活方式和社会主体人群的生活方式不同,因此受到他们的否定和排挤,在某种意义上,这造成了船居者群体的孤独。下面先简要对"母亲原型"这个概念进行阐释,然后再结合作品进行具体分析。

荣格认为,母亲原型显现在几乎无限多样的层面之下。首先最为重要的是生身母亲、祖母、继母及岳母;其次是与之相关的任何女人——比如护士或者保姆,或者一位远房女长辈。然后是可以在象征意义上被称为母亲的形象，属于这一范畴的有女神等。神话还提供了母亲原型的诸多变体，比如作为一位少女再现于德墨忒耳（Demeter）与柯尔（Kore）神话中的母亲，又如库柏勒-阿提斯（Cybele-Attis）神话中同时是爱人的母亲。象征意义上的其他母亲显现在代表着人渴望救赎的目标的事物之中，比如伊甸园、天国、圣城耶路撒冷。很多激发虔诚或者敬畏感的东西都可以成为母亲象征。所有这些象征都有积极的意义，和肥沃、富饶、安全、关心、同情、亲切、超越理性的智慧与精神等联系在一起。母亲象征也有消极的意义，和秘密、阴暗、诱惑、激情、邪恶与死亡联系在一起。既可爱又可怕的"母亲原型"总结了母亲的双重性。① 这种双重性在英国的母亲河泰晤士河上也得到了体现。《离岸》中，泰晤士河的母亲原型得到了充分的描述和暗示。它富饶丰足让人感觉亲切。6岁的蒂尔达"展现出一种与生俱来的与河流融为一体的气质"②，她像是泰晤士河天生的女儿，也正是她，在姐姐的带领和陪伴下，在河滩的淤泥处找到了两片威廉·德·摩根的瓷砖，去古董店换得了三英镑的收入。泰晤士河在尼娜和两个女儿最困顿的时候，解救了她们，"母亲"的慷慨在此巧妙展现了出来。同时，泰晤士河让人不安。巴特希河段潮涨和潮落分别要持续五个半小时和六个半小时。潮落的六个半小时里，船居者感受到的是母亲平稳的呼吸和呵护；潮涨的五个半小时里，船居者不得不暂时脱离平静的港湾，漂浮在潮水上，母亲作为女性的周期性情绪躁动的品质显现了出来，在她怀抱里的船居者也随之躁动不安。这些船居者们在潮位低时，会望

---

① ［瑞士］卡尔·古斯塔夫·荣格：《原型与集体无意识》，徐德林译，国际文化出版公司2011年版，第68—69页。
② ［英］佩内洛普·菲兹杰拉德：《离岸》，周昊俊译，新星出版社2009年版，第80页。注：本节中所引《离岸》原文，均引自该书，余不赘述，只加注引文页码。

第三章　积极的孤独

向前滩上发出的微光；潮位上升到一半时，他们便会听见水流发出的低吟声，好像正等待着船随时被托起来；等待潮位完全上涨的时候，他们仿佛看到河流变成了强大的河神，弥漫在如洗涤液产生的白色泡沫中。河流是危险的，即便是在离岸边很近的地方，人也可能丧命（第32页）。叙述者以蒂尔达的视角回忆了一年春天，从荷兰鹿特丹起航来到此处的"威尔哈文"号所遭到的厄运：三个穿着防水靴，划着小划船准备去岸上开庆贺晚会的船员，没来得及靠岸，就遭到灭顶之灾，顷刻间人仰船翻，葬身河底。

泰晤士河的母亲形象，具有另一个缺点：落伍于时代。20世纪60年代的伦敦大都市，一片欣欣向荣的景象。泰晤士河和伦敦大都市，在距离上是亲近的，在发展上是疏远的。"在一百码远的地方，一座截然不同的繁华城市正在蓬勃发展，蒂尔达……对此却几乎毫不知晓。"（第30页）不仅如此，泰晤士河这位母亲，有些被冷落、被忽略、被隔离。泰晤士河的脏，通过泊在她怀抱里的船只的脏体现了出来："……船只，它们到处都充斥着海里的微生物，要想把船身清理干净，简直是太困难了。船上堆着厚厚的绿草和藤壶，即便是庞大的鲸鱼路过此地，可能也会驻足片刻，向船只表示敬意。"（第30—31页）巴特希河段是泰晤士河流经伦敦市中心的一段，因此作品中，尼娜想象的法庭上，法官指责她故意把切尔西这个地址和她实际所居住的河段混淆，提供虚假地址给她的丈夫爱德华，造成她们住在经济繁华地段的假象。泰晤士河在20世纪60年代污染十分严重，《离岸》的时间背景为1961年秋冬时节，小说中关于河岸边污泥的描写暗示了这一地区并不宜居。

伴随着渐逝的夜幕，河流不停地叹息着，好似在召唤伦敦港市二十七条迷失方向的河流回归家园（第53页）。泰晤士河，在此又显出了一位慈母的权威和温柔的形象,故事中的男女主人公在她的怀抱中重拾生活的勇气。当尼娜终于决定面对她的丈夫爱德华时,爱德华并不理解她的心思和处境。身心俱疲的尼娜回到河岸,碰上同样被妻子遗弃的理查德,这两个在家庭中受到深深伤害的人,在泰晤士河静谧温柔的水流上感受到了母亲般的安慰和呵护。

> 理查德面对生活是一个拿得起放得下的人,人生的某一段路一旦走完,他总能释然地把它当成过往的回忆,并且对所有的事情,他都善于作出合理的解释。然而,唯独对"吉姆王"号,他却有一种超越言语的依恋和不舍之情。(第4—5页)

叙述者如此评论理查德对"吉姆王"号的依恋之情:"或许是顽固不化的执拗性格在作祟,这种性格诱使他即使在婚姻濒临危机时仍坚持住在离岸处。"(第67页)"吉姆王"号只是理查德船居生活的一个载体,与其说理查德恋"船"不如说他恋"河"。母亲原型在理查德这个个体上,具体体现为恋母情结,理查德主动选择的这种生活方式,正是其恋母情结在发生作用。理查德和其他船居者最大的不同处在于:其他船居者或多或少出于经济原因,不得不选择住在船上,但理查德有稳定可观的收入,事实上,他用来维修和改造"吉姆王"号的钱,可以在陆地上买一栋漂亮的大房子。因此,他选择船居生活,确实带有某种命定的神秘色彩,隐含作者没有讲述他的身世,但通过以上分析可以看出,理查德的"恋河"之举实际是集体无意识中的恋母情结在起作用。

第三章　积极的孤独

三　弃船登陆——愿望与现实矛盾冲突下的孤独

《离岸》开篇便点明了船居者生存和精神世界的双重困境：

> 对这些船居者而言，他们既不属于陆地，也不属于河流，但他们本该比现在更加得到别人的尊重。他们曾经鼓起勇气打算移居到切尔西的岸边，一九六〇年代早期，切尔西区居住着许多人口，个个工作体面，收入颇丰。他们试图模仿岸上人的生活方式，但却始终不能心随人愿，无法适应，这使他们大受打击，于是他们不得不撤回泥泞不堪，潮水涌动的船港。随之而流逝的还有更多其他东西，全都被潮水无情地冲走了。（第2—3页）

对于商业及现代化已经极为发达的英国及其大都市，船居者的生存状态从一定程度上消解了伦敦的繁华与进步。他们是20世纪60年代伦敦大都市的落伍者、落魄者。成千上万的伦敦居民过着稳定富足的陆居生活，而这群人由于生活中的不如意或某个失败，不得不选择了一种"非此非彼"的生活方式。他们栖息的驳船（barge）是非机动船，自身没有动力装置，由拖轮带动，不具备自航能力。在被船居者当作"房子"之前，在被废弃之前，这些驳船也只是被用来将小批量（几吨到几十吨不等）的货物，从泰晤士河驳运到深水港，在货物被转移至干线船、货柜轮船等远洋船后，驳船的工作任务即结束。基于驳船的这个特点，叙述者将这些船居者定义为"既不属于陆地，也不属于河流"（第2页），没有归属感的船居者群体孤独凸显而出。困顿的经济、家庭及社会关系中的不合，将他们推向孤独的境地。泰晤士河是这群失落者、孤独者的避风港。

正如人终究要脱离母体独自生存一样,无论和河流如何亲近,人的潜意识里仍有一种登陆情结。诺亚方舟保存了人类和其他物种,但洪水之后,人类重新栖居于坚实的陆地;《奥德赛》也是一个英雄回家和登陆的故事。无意识是内在冲突中的表演和受苦主体。[①] 两个原因造成船居者群体的矛盾心理,首先是由于泰晤士河这位母亲的两面性或曰双重性,其次,船居者群体的生活方式得不到社会主体人群(尤其是他们家庭的其他成员)的认可。这两个原因导致他们表现出矛盾心理,对船居生活既爱又恨,每个人似乎都有或多或少的登陆情结。陆地生活结实稳固,但比起泰晤士河上的生活少了一分危险和刺激,因而显得缺乏变化,有些单调。

登陆情结体现的是人对归属地的追寻。就归属感而言,儿童比成人更容易获得归属感,他们随遇而安的能力更强。蒂尔达和玛莎习惯并真正喜欢船居生活后,她们甚至同情那些在陆地上生活的人。反而是她们陆地上的学校,让她们没有归属感。因为她俩特殊的生活环境,她们得到了同学和老师过多的同情,全校为她们幸福、平安生活的每日祷告更是让她们难堪,如此特殊照顾伤害了两个孩子的自尊心,蒂尔达和玛莎因此经常逃学。为此,沃森神父专程来到她们的船居地了解情况,神父还在船上摔了一跤。神父的摔跤有象征意味,这是神父在船居者"他者"世界中不合时宜的表现——他不属于这个群体。短暂的探访,让神父"有点迷失方向了","我想向您请教一下去陆地的路怎么走"(第21页)。他在短暂探访后提出了这个问题。他也没有弄清楚蒂尔达和玛莎不愿上学的真正原因,因为两个女孩的母亲无法告诉他事实真相,神父的"救赎"以失败告终。这是无效沟通造成

---

① [瑞士]卡尔·古斯塔夫·荣格:《原型与集体无意识》,徐德林译,国际文化出版公司2011年版,第8页。

第三章　积极的孤独

的船居者和陆居者的隔离和孤独。当一方不能理解另一方时，不是无能，而是孤独。姐妹俩作为河的女儿，不孤独；可一旦她们离开河，进入学校，她们在某种意义上便因与众不同而变得孤独。修女和同学对她们的特殊关照，将她们隔离开来，造成她们的异化感、疏离感，因此，她们自愿脱离本应该属于她们的校园而更愿意亲近河流。对她们来说，泰晤士河是令她们感觉放松的一位母亲。而她们的生身母亲尼娜对河流的亲近，一半源自她儿时记忆中对故乡布拉多尔湖的依恋，另一半是迫于经济压力——丈夫去巴拿马工作后，她无依无靠，只能用所剩不多的钱买下"格蕾丝"号，作为她和两个女儿的住所。但她选择的船居生活，被她的丈夫和姐姐所否定，由此造成她深切的孤独感，作为一种深度的心理体验，其重要表征便是主体与对象相疏离而导致的一种刻骨铭心的精神空落感。尼娜从丈夫租住处回到巴特希河段后，和理查德的对话充分显示出了这种"精神空落感"。

"那你现在如何形容你对你丈夫的感觉？"理查德问道。
"哦，我感觉像是被主人抛弃了。这世上没有什么事比被人抛弃还要让人感觉孤独了，即使是和一千个人挤在一个队伍里，你还是会很孤单。如果我以后不再整天为他担心，那我就不知道自己该去想些什么了。我不知道我的大脑还有什么用，我该做些什么呢？"一种无形的悲哀压在了她的心上，"而且，我也不太清楚我的身体还有什么用了。"（第142页）

爱德华对尼娜及其生活方式的否定并非没有根据。人类的生活经验告诉这些巴特希河段的船居者们，他们并非水栖动物，他们应该在陆地上过稳定的生活，现实矛盾是他们中的大部分是因为没有足够多的钱而被动选择这种生活，选择之后，又慢慢爱上了这种生活——因为集体无意识的母亲原型及个体母亲情结的作用，他们对河流产生了难以割舍、无法言说的情感。

　　因此，《离岸》中的众多人物可以根据他们对泰晤士河，以及船居生活的态度分成两派：亲河派和离河派。船主几乎无一例外属于亲河派，但他们中有些人的潜意识里，一直有一种弃船登陆的想法，比如花甲之年的威利斯已经决定卖船登岸，和他的妹妹共度晚年；莫里斯总拿陆地上的某份好工作的幻影来安慰自己；伍迪则过着半年船居，半年和妻子在一起的陆居生活。尼娜和理查德是船居者群体中最热爱这种生活的，遗憾的是，他们的配偶并不欣赏这种生活。"驳船上的居民，既非坚实陆地上的生物也非水生物。他们本来希望比他们现在的状态更受人尊敬。"（第2页）船居者所在的巴特希河段，虽在地理位置上仍属于伦敦市中心，但实际与城市生活隔绝。在离河派（比如尼娜的丈夫爱德华，以及她的姐姐露易丝）看来，船居生活飘摇不定，缺乏安全（露易丝远在加拿大，也读到了威利斯的"大无畏"号沉没的新闻）。事实上，尼娜的"格蕾丝"号不仅潮湿，而且需要大规模整修。送奶工和邮递员都不再继续为他们服务了，因为船不仅不适合居住，而且事实上很危险——曾多次发生邮递员与信件一起落水的事故。船居者和河的关系，船居者的生活方式，因为得不到另一派（往往是他们最亲的人，如配偶、兄弟姐妹等）的认可，显得孤独。即使是船居者本人，偶尔也会流露出对陆地生活的向往，如莫里斯说"是的！我马上就能去陆地上居住了"（第51页）。

　　如果船居者群体要亲近自己的同胞，得到他们的认可，那么他们就必须放弃船居生活，而放弃船居生活，就意味着要远离他们精神的家园——河流。这种矛盾，造成了他们的孤独。同时，

第三章　积极的孤独

他们的孤独还在于，即使对于他们的船居生活来说，由于他们不属于二元对立中的任何一元——既非陆地又非河流，他们只是在陆地与河流之间生存着，这种看似折中的生活方式，实际更让他们缺乏归属感。

巴特希河段船居者的孤独，是一个群体的孤独。实际上，文学中一直不乏群体孤独的书写，如移民在宗主国所遭受的种族歧视，由于贫富差距导致的阶级之别等，总之，由于差异而导致的群体化，以及由之造成的不能有效沟通，最终都会指向某一群体（通常情况下是弱势群体）的孤独感。

第三节　孤独的文化渊源及言语体现

一　孤独的文化渊源与格林的孤独

众多的文学大师都有孤独的人生经历，众多的文学作品也都蕴含着这个主题。比如美国女诗人狄金森，她孤独一生，没有为自己的爱情和诗才找到归宿。在世时，她仅发表了 8 首诗作；死后，却得到越来越多读者和评论家的关注和赞美。生前没有被理解、被欣赏，死后，她真正被理解、被欣赏了吗？也许，她的一首诗的标题是这个问题的答案——"灵魂选择自己的伴侣"，这是孤独响亮的宣言。另一个和狄金森有着类似遭遇的是卡夫卡，他的文学天才在他去世后才被世人发现。同在 1922 年出版的《尤利西斯》和《荒原》，不都有一个很大的"孤独"蕴藏其中吗？1967 年，魔幻现实主义的《百年孤独》将"孤独"文学由"隐性""显性"化，并推向了一个高峰。诺贝尔文学奖得主海明威的自杀，是他作为人与现实世界孤独的决裂，而海上的圣地亚哥，则是海明威作为作家永恒、定格的孤独书写。

文学如此与孤独结缘，因为孤独实在是人生存的必然状态，其渊源可以追溯到《旧约·创世纪》。上帝用地上的尘土造了人类的始祖亚当，看到他很孤独，便让他沉睡，从他身上取下一根肋骨，造了夏娃，让他们互相做伴。人的孤独是上帝也不忍心看到的，是极大且不能忍受的痛苦，有时比饥饿和压迫更甚。另一个关于孤独的人的古希腊神话，常被用来证明爱情和两性结合的必要性。古希腊神话中的泰坦族是巨人族，他们雌雄同体，长着四条腿、四双手臂，眼观六路，耳听八方，为了削弱他们的力量，神把他们劈成两半，所以他们会在茫茫人海中寻找另一半的身体，并渴望与之结合为一体。换一种角度理解这个神话，也说明孤独乃人与生俱来。还有一个是巴别塔①的故事，它常被用来解释为什么世界上会有不同的语言和种族，也常被用来说明人类的狂妄自大往往会带来混乱局面。但从另一个方面讲，这又何尝不是造成人与人之间理解障碍并最终酿成孤独的一个根本原因呢？"语言"在此是隐喻性的，不仅仅指人们实际交流时的表达工具和媒介，也指人们心灵的相通和感应。这是造成孤独的另一个文化渊源。再有就是生死孤独。蒋勋说："死亡是生命本质的孤独，无法克服的宿命。"②

  以上形成了人类整体关于孤独的创伤记忆。寂寞和孤独成了

---

  ① 那时，天下人的口音、言语，都是一样的。他们往东边迁移的时候，在示拿地遇见一片平原，就住在那里。他们彼此商量说："来吧！我们要作砖，把砖烧透了。"他们就拿砖当石头，又拿石漆当灰泥。他们说："来吧！我们要建造一座城和一座塔，塔顶通天，为要传扬我们的名，免得我们分散在全地上。"耶和华降临，要看看世人所建造的城和塔。耶和华说："看哪！他们成为一样的人民，都是一样的言语，如今既作起这事来，以后他们所要作的事，就没有不成就的了。我们下去，在那里变乱他们的口音，使他们的言语彼此不通。"于是，耶和华使他们从那里分散在全地上；他们就停工不造那城了。因为耶和华在那里变乱天下人的言语，使众人分散在全地上，所以那城名叫巴别（即"变乱"的意思）（参见《圣经·创世纪》11：1 - 11：9）。

  ② 蒋勋：《孤独六讲》，广西师范大学出版社2009年版，第39页。

第三章 积极的孤独

人的生存本身或影子,人无法像脱掉衣服一样脱掉它,它穿透人的肌肤,浸入人的血和肉,并深深嵌在 DNA 中。所以,文学的潜意识里,都有关于孤独的创伤叙事。"我写一个人经历生老病死,孤独,也是写整个人类的状况。人类艺术的基本核心是一致的:就是孤独、爱、希望和欲望。"① 创伤理论认为,梦境是创伤的一种表现形式。格林关于苍鹭和鳗鱼的梦境,就是她的孤独伤痕下的"创伤叙事"。格林的孤独首先是一种亚当式的孤独,她的丈夫已经去世。爱情于她而言,已经成了过去时。如今的她,已至中年,走在人群中,都不会有人注意到她,"她从前面看起来有点儿不显眼,从后面看更是完全如此"②。她曾经很想要孩子,但"命运在这方面也并未对她有所眷顾"③,没有丈夫,没有孩子,没有恋人,爱情和亲情都不再有,只有为数不多的两三个支持她的朋友,她几乎是哈德堡最孤独的人。比她年长的布朗迪希先生虽然是个鳏夫,但他"有兄弟,还有一个妹妹。仍然有亲戚和直系子孙,尽管他们散了开来,遍布世界各地",所以,布朗迪希先生在和格林一起喝下午茶时,说"我并不孤独"。④ 同时,格林的孤独也是一种隐喻式的语言的孤独。她的"语言"——她的善良和纯真,在"Hardborough"这样的地方,"善良的心并没有多大的用处"⑤。事实上,冷酷卑鄙的加马特夫人

---

① 参见阿摩司·奥兹(Amos Oz,1939—2018)采访语录。奥兹曾获西语世界最有影响的"阿斯图里亚斯亲王奖"以及诺贝尔文学奖提名。
② [英]佩内洛普·菲兹杰拉德:《书店》,尹晓冬译,新星出版社 2006 年版,第 2 页。
③ [英]佩内洛普·菲兹杰拉德:《书店》,尹晓冬译,新星出版社 2006 年版,第 58 页。
④ [英]佩内洛普·菲兹杰拉德:《书店》,尹晓冬译,新星出版社 2006 年版,第 91 页。
⑤ [英]佩内洛普·菲兹杰拉德:《书店》,尹晓冬译,新星出版社 2006 年版,第 1 页。

用一个小小的谎言就击碎了格林心中那一小块不那么孤独的空间，扯断了格林内心最后的一根温情之线。布朗迪希先生，是格林孤独心灵的一个小小的同行者。他健康状况不佳，极少出门，在加马特夫人搬到哈德堡的15年里，他拒绝跟她和她的丈夫有任何来往，但为了他的朋友格林，他亲自去找加马特夫人，义正词严地说："我要你放过弗洛伦斯·格林。"① "不是愚蠢，就是恶毒"的加马特夫人并没有答应。布朗迪希先生在回他寓所的途中倒地而亡。但是，加马特夫人却利用了布朗迪希先生的死，造谎声称布朗迪希先生去拜访她，是向她表明他支持加马特夫人把老屋变成艺术中心的计划。这个谎言，比收购老屋的通告，更让格林觉得痛苦。这就是格林的"语言"和哈德堡的"语言"交流的结果，一方是善良、纯真，另一方是阴险、狡诈。哈德堡是一个微缩的宇宙地球，格林活了大半辈子，才下定决心要做一件自己想做的事。她虽渺如尘土，但她意识到自己是可以凭自己的本事吃饭的，这是孤独的一大好处，让自己可以思考自己、直面自己。但是，孤独的坏处是，她单枪匹马、无依无靠，最终被迫"流亡"他乡。格林的"流亡"也是一种隐喻式的"死亡"书写。本来以为可以获得补偿金来偿还贷款的她，并没有获得任何补偿，她不得不卖掉存货和车。没有存货，"希望重新开始"的她就没有了希望。最后的境况是：她所住的"老屋"被无偿收购，她没有了住的地方，没有了书，没有了车，只有两本滞销的旧书陪伴，她在冬日"风萧萧兮易水寒"的大背景下离开哈德堡，离极致的孤独已经不远了。

---

① ［英］佩内洛普·菲兹杰拉德：《书店》，尹晓冬译，新星出版社2006年版，第132页。

第三章 积极的孤独

二 阅读的孤独：菲氏编织的拉丁文之谜

"这可怜虫真滑稽。他一点都不了解你啊！"

"当一个人无法了解另一个人时并不可笑，而是孤独不幸或疏离。"①

正是因为真正的读者在阅读作品时，不能完全正确地理解作者的意图，叙事学中才有"隐含读者"或"理想的读者"这样的名词。现实中的读者在阅读时，常常会因为"无法了解"作者意旨而造成"阅读的孤独"。笔者的"巴别塔"也有无法直达菲氏作品的时候，菲氏作品中事实的语言和隐喻的语言，都可以构成阅读时的障碍，从而造成阅读的孤独。笔者的阅读孤独突出体现在一个关于拉丁文的谜语上。第一次碰到这个谜语，是在菲氏短篇《德西德拉图斯》中，出身贫困的小男孩杰克·迪格，从来没有属于自己的礼物，直到 11 岁生日那天，他的教母送了他一枚镀金的纪念章，他十分喜欢，总是放在随身的衣服口袋里，但有一天跑短差回来，他发现纪念章不见了。为了找回它，他鼓起勇气走进山谷里那座唯一的、陌生而且神秘的大宅子。宅子里的教书先生问他，"你学过拉丁文吗？"② 杰克回答说他认识他纪念章上的那个拉丁词"Desideratus"，是"非常渴望"的意思。第一次看到这个细节，笔者并没有过多思考或深究，仅仅理解为这是教书先生在炫耀自己的高深学问。

但不久后，在阅读菲氏另一个短篇时，又碰到类似的细节，这次是和她的小说集同名的短篇《逃之夭夭》。教区长的女儿爱

---

① 卡夫卡：《卡夫卡寓言与格言》，张伯权译，黑龙江人民出版社 1987 年版，第 88 页。

② Penelope Fitzgerald, *The Means of Escape*, London: Flamingo, 2001, p. 153.

丽斯去教堂练习赛若芬时碰上了从监狱逃出来、躲在教堂里的逃犯萨维奇,他主动对爱丽斯说:"我们应该对彼此多点了解,我是个受过教育的人,你要愿意,可以用拉丁文和希腊语考考我。"① 这一次,笔者不禁有了一丝疑虑,为何菲氏要在作品中一再提及这个细节?难道拉丁文和作品主题有某种联系吗?

阅读长篇小说《天使之门》时,笔者第三次碰到这个细节。女主人公黛西参加护士学校的招生面试,护士长问她"……你学过拉丁语吗?你知道'enemata'这个词的意思吗?"② 这次,笔者似乎可以确信,有关"拉丁文"这一细节,一定有某种深层含义。作为一种在日常交流中几乎废弃不用,主要用于文献记录和教堂布道的语言,它究竟能表达什么深层含义呢?或者象征着什么?菲氏的书信和杂文集中都没有提到这一点。终于,这个问题在阅读菲氏的《无辜》时得到了解释。男主人公萨尔瓦托10岁时,父亲带他去见自己的偶像葛兰西。父亲向这位德高望重的学者咨询他独子的教育问题,这位父亲说,进中学后,他要跟校方交涉,不要让他儿子学拉丁文,因为拉丁文仍然是一个阶级震慑另一个阶级,让另一个阶级蒙羞的工具和手段。这位父亲期待着葛兰西认可他的观点,但葛兰西说:"让他学拉丁文。我学了。教育从不应该轻轻松松地获得。想要从一项事业中获得某种技能,没有艰辛的劳动是不可能的。毕竟,学习对于孩子来说,就是一项事业。"③ 这便是作为作者的菲氏,在她的作品中编织的谜语,不理解这个谜语的读者,无疑,在这一点上会觉得茫然,而茫然会带来疏离,疏离会带来孤独。当然,若是根本意识不到这个细节的作用和用处,那就感觉不到这样的孤独。所以,本章开

---

① Penelope Fitzgerald, *The Means of Escape*, London: Flamingo, 2001, p. 5.
② [英]佩内洛普·菲兹杰拉德:《天使之门》,周昊俊译,新星出版社2009年版,第96页。
③ Penelope Fitzgerald, *Innocence*, London: Harper Perennial, 2004, p. 56.

第三章　积极的孤独

篇定义孤独时，就说过孤独是深层的，孤单、孤寂和寂寞相对浅层一些。在《无辜》中找到谜语的答案后，再来理解这个细节在另外三个文本中的含义，文本所呈现的意义也随之更丰富了。《德西德拉图斯》中的小男孩和《天使之门》中的黛西，确实处于被"震慑"的地位，他俩出身贫寒，所受的教育受到质疑和拷问，同时，问这个问题的人是在有意拉开社会身份和地位的距离，标明自己的权威地位。《逃之夭夭》中的逃犯，则是想借这样一个主动的表白或"炫耀"，尽快缩小他和教区长女儿在社会地位上的差距，达到他的多重目的。

　　这个谜语的编织，也证明菲氏特别擅长利用细节，看似不经意的对话，实则暗藏玄机。她对细节的运用和驾驭需要读者细心发现，跨越文本和语境，认真思考。这个谜语的编织，还说明了另一个和孤独相关的重要问题：如何消解孤独——如果孤独需要消解的话。孤独的消解不是靠孤独者的大喊大叫，也不是凭着混迹喧哗热闹的人群，而是静下心来，去理解孤独。孤独，只有在和孤独的对话中，才会被消解。这看似悖论的命题，强调的是"理解"或者说"了解"。这也是为什么当孤独的格林和孤独的布朗迪希先生在一起时，她不再感到孤独。因为一份孤独正在同另一份孤独对话，它们彼此理解。卡夫卡的《变形记》，作为现代主义的开山之作和经典之作，也可以解读为孤独的宿命，格力高变成了甲虫，但很不幸"它"仍然有人的意识和思考能力，家人却无法理解"它"的语言和思维，它带着负罪感，看着家人受苦，同时也看着家人一天天离"它"远去，不是物理距离的远去，而是心理距离的远去，当家人最终决定抛弃"它"时，"它"主动向极致的孤独——死亡走去。

　　有学者用"女性的空间诉求"来解读格林的困境，但要注意的是，菲氏在这里有意安排了另一个女性（加马特夫人），而不是男性，来做格林的对立面、格林的孤独的强化者。菲氏有意不用女性主义的思想和精神来阐释格林的孤独。加马特夫人在自己的小家庭内，也是"独裁者"——"很久以来养成的习惯，加马特夫人拒不接受有什么事情可能需要她丈夫来处理的想法"①。

菲氏写世事孤寒，所用的笔调是宽容大度、平静温和的。这是《孤独散步者的遐思》中所体现出的作家的孤独境界。菲氏在自己真实的孤独中，悟出了孤独的积极意义——体味生命，参透人生。

菲氏的孤独主题，是对这个哲学概念的文学表达。菲氏把深沉的精神诉求蕴含在平平常常的叙述中。菲氏的孤独书写，是海德格尔的"存在""此在""世界"这三个深奥难懂的哲学概念的文学化。有三个要素促成了这种哲学的文学化：写作技巧、生活经验及思想资源。菲氏孤独主题的写作技巧在本章第一节已经深入探讨，她通过多重象征，细腻深刻地表达了这个哲学命题，显示出扎实的写作功底。菲氏专职文学创作前的人生经历和经验，为孤独主题的书写提供了丰厚的素材，最重要的是，她穿透个人经验，使其深化和升华。思想，是作家的灵魂，它支撑着作家和作品。有时，那些所谓的技巧实际上是为了掩饰思想的苍白。尼采说孤独者有三种：神灵、野兽和哲学家。神灵孤独，因为它充实自立；野兽孤独，因为它桀骜不驯；而哲学家既充实自立又桀骜不驯。② 菲氏文本让读者看到了第四种孤独者——普通人，他茕茕孑立但并不顾影自怜，而是上下求索，寻找生活的意义和生命的价值。

---

① ［英］佩内洛普·菲兹杰拉德：《书店》，尹晓冬译，新星出版社 2006 年版，第 131 页。

② ［德］尼采：《查拉图斯特拉如是说（详注本）》，钱春绮译，生活·读书·新知三联书店 2007 年版，第 286 页。

第四章　凡者的勇气

在菲氏作品中，一以贯之的另一个重要主题是勇气，其对应的英文词为"courage"。在《书店》这部作品中，菲氏借布朗迪希先生之口，对"勇气"进行了评论："我最赞赏人类的一种美德，是他们与神祇和动物共有的一种美德，既然与神祇和动物共有，就不必称之为美德。我是指勇气……"① 菲氏还进一步限定了作品主要人物弗洛伦斯·格林的"勇气"："倘使说弗洛伦斯极富勇气，那也是十分独特的……她的勇气终究只是一种生存下去的决心。"② 菲氏采用她一贯的"低调陈述"表达法，对格林的勇气进行了一句话的总结，这句话和阿尔菲爱利"勇气观"的实质不谋而合——勇气的考验通常不是去死而是活下来。为了个人、集体、民族的理想而顽强拼搏甚至毅然赴死固然需要勇气，但更多时候，平凡人在逆境中所表现出的"生存下去的决心"同样需要勇气，因为直面逆境比逃避退缩要困难得多，或者说得更激进一些，很多时候，死，确实比生要容易得多。

汉语词典有如下对"勇气"的释义：（1）勇往直前的气魄；

---

① ［英］佩内洛普·菲兹杰拉德：《书店》，尹晓冬译，新星出版社2006年版，第92页。
② ［英］佩内洛普·菲兹杰拉德：《书店》，尹晓冬译，新星出版社2006年版，第100页。

(2) 敢想敢干毫不畏惧的气概。这两个解释从抽象的层面说明了"勇气"的含义。维基百科对"courage"这一英文词有如下解释：勇气是直面恐惧、痛苦、危险、未知或者恐吓的能力。血气之勇指的是面对身体疼痛、困苦、死亡威胁或死亡时的勇气；道义之勇指的是面对反对、耻辱、丑闻或者挫折时所表现出的正确行动的能力。"勇气"的两个近义词是"勇敢"（bravery）和"坚毅"（fortitude）。它被包含在古希腊人道德哲学的四项"自然美德"之中：公正、审慎、节制与坚毅（justice, prudence, temperance and fortitude）。亚里士多德在《尼各马可伦理学》一书中对这一难能可贵的品质进行了广泛讨论，并指出它的反面是"懦弱"（cowardice），而它走向极端，就会变成"鲁莽"（recklessness）。① 托马斯·阿奎那（Thomas Aquinas）认为德性分为基本德性和神学德性。基本德性是以理性为标准的意志的习惯，有谨慎、正义、节制和坚韧四种；神学德性是意志遵循上帝启示和使徒教导而培养出的好习惯，包括信、望和爱。② 海明威对"勇气"的著名定义是"勇气是重压下的优雅"（Courage is grace under pressure）③。英国人崇尚勇气，英谚曰：失去勇气的人，生命已死了一半。

菲氏写作被赞为极富英国特色，她的作品充满英国文学的众多特点，其对勇气的书写就是英国传统价值观的很好体现。勇气主题在本书所讨论的菲氏四个主题中，仿如一抹阳光，将其他三个主题可能带来的灰暗驱散，照亮一片天空。纯真之昧和纯真之

---

① ［古希腊］亚里士多德：《尼各马可伦理学》，王旭凤、陈晓旭译，中国社会科学出版社2007年版。
② ［意］托马斯·阿奎那：《神学大全（第一集论上帝）》，段德智译，商务印书馆2013年版。
③ "勇气是重压下的优雅"并非出自海明威的作品，而是1929年海明威接受多萝西·帕克（Dorothy Parker）采访时所说的一句话，他用这句话来描述勇气的本质。

第四章 凡者的勇气

殇，提醒读者纯真善良这些美好品德，仍然可能给自己和他人带来伤害，而婚姻中的灰爱有时更令人看不见希望，由此可能给夫妻双方带来孤独感，个体生命在一生中也常会感觉孤独，所有这些，不免让人有些沮丧、低落，但是勇气可以撑起一片晴朗的天空，在直面这些消极因素时，有可能把消极转为积极，给人以希望以及坚持下去的力量。正如前文中已经提到的，不是因为有希望才坚持，而是因为坚持了才有希望。勇气是希望的源泉。

第一节 三重困境之下的勇气

如果命运眷顾每一个个体，人人都过得和顺，那么勇气就没有必要了。事实是生活中的每个人，都会在不同的时候面对这样或那样的困境，有时甚至同时面临多重困境，如中国古语云：福不双降，祸不单行。菲氏作品中的主人公，尤其是女主人公，总是处于"祸不单行"的困境中，但她们在困境中所展示的"重压之下的优雅"令人敬佩。《书店》中的格林、《离岸》中的尼娜和《天使之门》中的黛西是菲氏勇气主题的三位代表性人物，鉴于本章第二节将重点讨论格林之勇，因此本节将重点讨论尼娜和黛西的"勇气"。

一 《离岸》中的三重困境及勇气

尼娜和黛西的三重困境从抽象层面来说，具有一定的共性，分别来自经济、情感和个人名誉三个方面。但因两人的年龄、所处时代环境、人生阶段不同，两人应对困境的勇气也体现出了不同的特点。

尼娜是一位已婚母亲，有两个未成年的女儿，6岁的蒂尔达和11岁的玛莎。结婚前，她是音乐学院的学生；婚后，由于丈夫爱德华不善营生，日子越过越困窘。后来丈夫为挣钱远走巴拿马，但回到英国后却独自租居他处，不愿和妻女一起过船居生活。尼娜在丈夫远赴巴拿马后，用仅剩的两千英镑，买下"格蕾丝"号，这是她能保证自己和女儿们有稳定住所的唯一选择。菲氏叙述的特点在于低调含蓄，文中没有明说尼娜和女儿们的生活有多么窘迫，但细心的读者能读出其中的辛酸和艰难。菲氏用了很多非常有说服力的细节，比如，叙述者两次提到母女三人的饮食，第一次是玛莎准备的晚餐，"我们今天吃烘豆子"①；另一次提到两个女孩的午餐时，是这样描写的：

  两个女孩坐在旧巴特希教堂墓地的墙上，边说边吃着各自手里的三明治。面包片里面夹着一种涂面包的酱料，不过，对她们来说，最多也就只能加这个了。（第81—82页）

  稍微熟悉西方饮食的读者都知道，三明治的两片面包之间，一般都会夹点火腿片，放点奶酪，再夹点酸黄瓜片或生菜叶之类的蔬菜，但这两个女孩的面包片里只夹着并且最多只能加点"面包酱"，她们生活之清贫可见一斑。

  当尼娜决定听从姐姐的安排，带着女儿从英国返回故乡加拿大生活时，伍迪太太过来帮她们收拾"格蕾丝"号上的物品。

  至于打包整理，伍迪太太是最热衷于帮忙了，但她发现只有很少的东西要收拾，不免感到失望。詹姆斯一家子好像没什么财产，如果可以的话，伍迪太太倒愿意借给她一些，

---

① ［英］佩内洛普·菲兹杰拉德：《离岸》，周昊俊译，新星出版社2009年版，第22页。

第四章　凡者的勇气

这样就能有更多东西可以整理打包了。①

这个心酸的幽默，再次巧妙地暗示了尼娜和女儿们的生活之简单，物资之匮乏。

尼娜的情感困境来自她的婚姻，来自她和丈夫爱德华·詹姆斯的"灰爱"。爱德华在15个月巴拿马的工作之后返回伦敦，但并没有和妻女团聚，从表层来看，是因为他对船居生活的否定和不满，但在深层上，实则仍是婚姻到达灰爱状态之后的情感危机，以及他对为人夫、为人父责任的背弃。爱德华的这一举动给尼娜带来的痛苦是双重的。一方面是上文已经提到并分析过的经济上的痛苦，她不得不一个人照顾两个年幼的女儿，因此也不能工作挣钱缓解拮据窘况。另外一方面，丈夫的"不归"带给她极大的精神压力。她无法直言告诉前来了解情况的沃森神父，两个女儿实际是由于她们父亲的缘故，因为学校特意的"照顾"——为两个女孩向上帝祷告，让父亲早日回到她们身边——而不愿意上学，不愿意接受老师和同学特别的怜悯。她也难以面对姐姐的诘问，尼娜的姐姐露易丝关心她，但她无法向姐姐解释或说明自己目前的婚姻状况。来自经济、情感和精神的三重困境交织在一起，让尼娜真切地感受到了"生活阴暗惨淡的本质"②。虽然其中的任何一种都足以将她击倒，但她并没有因此而一蹶不振或者消沉。她选择坦荡地直面。

尼娜在船会后，被邀请和理查德夫妇一起喝一杯。碰巧劳拉和尼娜穿了相似的毛衣，劳拉声称尼娜的毛衣没有她的厚，尼娜

---

① [英]佩内洛普·菲兹杰拉德：《离岸》，周昊俊译，新星出版社2009年版，第81—82页。
② [英]佩内洛普·菲兹杰拉德：《离岸》，周昊俊译，新星出版社2009年版，第52页。

并不辩解，告诉劳拉她的毛衣"是在皇后镇路路口削价时买的"①。从尼娜的这个回答里，可以见出她的坦诚，她毫不掩饰自己生活困窘，因而节俭。劳拉毫不留情，毫不体恤地问她："没有丈夫陪伴的生活，你觉得过得如何?"② 尼娜没有生气，她只是平静地回答，她会做女人的分内事，能把孩子照料好，还会做其他许多更有意义的事，但诸如把地图折得工整规范，拔软木塞，去酒吧喝一杯，面朝自己划火柴之类男人会做的事儿，她做不好。③ 这个回答还显出尼娜的幽默和机智，那些所谓的男人活，都是鸡毛蒜皮的小事，"养家糊口"才是一般认为的为人夫、为人父的责任，这才是真正的"男人的活"。尼娜并没有在劳拉面前指责自己的老公，或者像一般女人那样埋怨或者痛哭流涕，或者怀着恨意和嫉妒回答劳拉的问题。劳拉的冷酷、自私、自以为是，尼娜的坦荡、大度、淡定从容，通过对比，也清晰地显露了出来。尼娜在面对别人揭自己的伤疤、自己的痛处时，用坦荡和真诚，巧妙地应对，她不是一个轻易就被打败的女人。

尼娜在处理和丈夫的关系时，一度也曾选择"躲避"，他们都有彼此居住地的具体地址，但爱德华没有主动去看一下她们母女三人，尼娜也一直没有主动去找他，一方面是因为如果出门时间太长，两个女儿就没人照顾，另一方面，她一直用"希望"来安慰或者说"麻痹"自己：

　　这个机会还在我手里的时候，我就能拿出来时不时看

---

　　① ［英］佩内洛普·菲兹杰拉德：《离岸》，周昊俊译，新星出版社2009年版，第14页。
　　② ［英］佩内洛普·菲兹杰拉德：《离岸》，周昊俊译，新星出版社2009年版，第12页。
　　③ ［英］佩内洛普·菲兹杰拉德：《离岸》，周昊俊译，新星出版社2009年版，第13页。

第四章 凡者的勇气

看，知道自己还把握着这个机会。但如果连它都失去了，那我就一无所有，无能为力了。①

这个心理的原因，才是真正的原因，她手里一直握着最后一张"希望的牌"，以此安慰自己，一旦这个希望破灭，她将面对更严酷的现实。但最终，她还是鼓起了勇气，去面对婚姻中的不可承受之轻，把两个女儿委托给朋友照顾后，她费尽周折地去寻找她的丈夫，"大老远跑到米尔凡街42号b楼"②。面对现实的结果是失望和伤心，爱德华否定了她的生活，甚至彻底否定了她："你没有资格做女人！"③

面对这样的打击，尼娜仿如遭到王子否定的人鱼公主，忍着痛——双脚带来的身体之痛和难以言说的心灵之痛——回到巴特希河段。自始至终，她从未埋怨过自己的丈夫爱德华（不负责任），不仅如此，她真正地了解他、尊重他——如果爱德华从巴拿马带了大笔的钱回来，他就不是那个她深爱着的他了。她没有很多已婚女人在困境中特别钟情的，"悔不当初嫁错郎"的懊恼和遗憾；也没有怨天尤人，指责命运和生活的不公，对自己"相貌富贵充满福气"④的姐姐露易丝没有丝毫嫉妒。她从未想过放弃生活，放弃为人母的责任。在姐姐的提议下，她选择了重回故里，开始新生活。这就是尼娜这个普通女人的勇气，它在生活灰暗的大背景下闪耀着并不炫目，但实实在在的光彩。

---

① ［英］佩内洛普·菲兹杰拉德：《离岸》，周昊俊译，新星出版社2009年版，第111页。
② ［英］佩内洛普·菲兹杰拉德：《离岸》，周昊俊译，新星出版社2009年版，第113页。
③ ［英］佩内洛普·菲兹杰拉德：《离岸》，周昊俊译，新星出版社2009年版，第126页。
④ ［英］佩内洛普·菲兹杰拉德：《离岸》，周昊俊译，新星出版社2009年版，第179页。

二 《天使之门》中的三重困境及勇气

黛西的三重困境，第一重也是经济上的。经济基础决定上层建筑，在某种意义上说，经济上的贫困会带来很多其他的问题和困难。黛西从小和母亲相依为命，"住在伦敦南部斯托克维尔市和布里克斯顿市的交界处"① 类似贫民窟的地方。黛西曾经有个父亲，但现在父亲在哪儿、做什么，母女俩"已经都对这个失去了兴趣"②。15 岁时，黛西就找了一份文职工作，每周挣 12 先令，工作不到一年，黛西换了另一份文职工作，但同样没有持续上一年，她就主动辞职了。凭着神父的推荐信，她才得到了第三份"工作"——洗涤餐具，每周 7 先令，其中还扣掉 3 便士作为预防摔破餐盘的补偿费，这是在 1909 年的伦敦。母亲去世后，黛西应聘上了黑衣修士医院的见习护士一职，但因为关心 23 号病人，无意泄露了病人的隐私，违反了医院规定，被医院开除。这之后，她去萨杰医生在乡村开的私人医院工作，因为"前科"不能做护士工作，只能当个熨衣工，其收入可想而知。故事结束时，黛西因为名誉受到伤害，不能再待在那个地方，辞职了。以上是黛西经济方面的状况，这个柔弱但坚强的女孩，几乎一直与贫穷为伴。

经济的困窘给人的生活带来不便和麻烦，但人似乎更容易为情所困，女人更是如此，黛西的第二重困境也来自爱情。黛西的爱情来得很特别。因为交通事故，因为她无名指上经常戴着的"结婚戒指"——借以躲避猥琐男士揩油的"武器"，她和同在事

---

① [英] 佩内洛普·菲兹杰拉德：《天使之门》，周昊俊译，新星出版社 2009 年版，第 81 页。
② [英] 佩内洛普·菲兹杰拉德：《天使之门》，周昊俊译，新星出版社 2009 年版，第 83 页。

第四章 凡者的勇气

故中受伤的弗雷德被误认为夫妻,阴差阳错地"被"放到了同一张床上。她和弗雷德因此相识,弗雷德对她一见钟情,矢志娶她。第二次见面,弗雷德便求婚了。黛西的房东瑞伯恩先生知道弗雷德在追求黛西之后,拿出《茶花女》的故事来"点拨"黛西,"提醒"她,暗示她不要耽误了弗雷德的前途——因为剑桥大学安吉尔斯学院的教员是不允许结婚的,也就是说弗雷德在事业前程和黛西之间只能二者选其一。

> 她直截了当地质问了弗雷德关于瑞伯恩先生和她说的话,但是她并没有提到《茶花女》的故事,他告诉她这都是真的。等他们结婚后,他就不能留在学院继续以前的那种生活了。但另一方面,如果她抛弃他的话,他觉得自己同样也根本不可能继续那里的生活了。①

弗雷德的真情厚爱,是确凿无疑的了,"信仰和爱情需要勇气和胆量"②,黛西接受了弗雷德的真爱,接受了他的求婚,前方似乎一片光明。但命运并没有真正眷顾她,她差点与这份真爱失之交臂。法庭审理事故一案时,阴险卑鄙的凯利突然到场,说出了事故发生前的事实真相:肇事马车突然冲出来时,他正和黛西一前一后地骑自行车准备去一家廉价旅馆过夜(弗雷德当时也骑着自行车,在黛西的后面)。这次庭审,由对事故的审判实际变成了对黛西的审判,她被出席听证的人判为一个"堕落的女人",弗雷德的朋友霍尔库姆写信给他,明确称黛西为"不适合结婚的

---

① [英]佩内洛普·菲兹杰拉德:《天使之门》,周昊俊译,新星出版社2009年版,第168—169页。
② [美]哈罗德·布鲁姆:《西方正典:伟大作家和不朽作品》,江宁康译,译林出版社2011年版,第273页。

女士"。黛西自己也痛苦不已,不仅因为她知道自己将不得不失去这份爱情,更因为她知道自己深深伤害了弗雷德。

　　黛西的第三重困境,来自当时社会对经济地位低下的年轻女士的轻慢。上文在介绍黛西的经济困境时,说到她两份文职工作都没做满一年,这并不是因为黛西本人有问题,而是因为,她的第一个雇主,年迈的兰伯特先生"手脚不干净",第二个雇主,年轻的塞德利先生"更糟糕,他巧言诱骗"①。凯利更是黛西的大劫。第一次在报馆办公室相遇,凯利就看出她虽然年轻漂亮,"但还称不上是女士"②,既不起身也不停止抽烟。在知道黛西的来意后,凯利明知她那么做会丢了工作,还是在自己的报纸上添油加醋地进行了报道,最终导致黛西护士生涯终结。不仅如此,他还让医院的线人打探黛西的行踪,跟踪她。觊觎她的年轻美貌,利用她的孤苦无依,引她"堕落"。庭审之后,黛西再次从萨杰医生的医院辞职,跟瑞伯恩太太告别时,她把姨妈留给她的金戒指送给了瑞伯恩太太,此时的黛西,陷入经济、爱情和个人名誉最低谷的三重困境之中。

　　这样的三重困境,对于任何一个势单力薄、举目无亲的年轻女子来说,几乎都是生存或毁灭的问题,因此,轻生的念头也曾在黛西脑海中闪现。但"就像一个正要把小猫带去淹死"的人一样,黛西"在最后一刻改变了主意"③。事实上,在最低谷之前的黛西就已经充分利用自己的勇气克服了生活中众多的困难,她经受了一次次的考验,把自己从困境中解救了出来;这最大的一

---

①　[英]佩内洛普·菲兹杰拉德:《天使之门》,周昊俊译,新星出版社2009年版,第87页。
②　[英]佩内洛普·菲兹杰拉德:《天使之门》,周昊俊译,新星出版社2009年版,第125页。
③　[英]佩内洛普·菲兹杰拉德:《天使之门》,周昊俊译,新星出版社2009年版,第231页。

第四章 凡者的勇气

次,也没有真正击倒她。黛西的勇气,不是年轻人莽撞无知的勇气,有十分丰富的内涵,具体表现在以下几个方面。

第一,黛西从容且自信。15岁的她,为了减轻母亲的负担,投入劳动大军的行列,"她把头发梳得高高的,并用坚固的钢制饰针牢牢定住"①,这一形象干脆利落,象征着15岁女孩少有的从容、自信、成熟和稳重。黛西应聘黑衣修士医院见习护士一职时,她的从容自信得到了更好的体现。医院内门的公告板上写着:"本医院每年都要拒绝一千多名前来应聘想要接受护士培训的人员。一年中,我们只接受四至五名护士。"② 这些极富挑战性的话,对黛西来说特别有吸引力。她最后一个被叫进去面试,她高挑健康的形象、冷静沉着的应答赢得了护士长的青睐,黛西"体内的自尊心正在不断地延伸扩展,就像是一只在阳光底下舒展四肢的小猫"③。多数人并非没有梦想,而是缺少面对梦想的勇气。黛西凭着自己的勇气和信心,实现了她一直想成为一名护士的梦想,④ 在某种程度上,改变了自己的社会地位和经济状况,前途显得光明而稳定。

第二,黛西果断且刚毅。从黛西两次换工作,可以看出她的果断。不论是年迈的老板兰伯特先生,还是年轻的老板塞德利,似乎都要从这个年轻美貌的女孩那儿"揩油"才高兴。虽然生活困苦,但黛西并不是那种为了饭碗而委曲求全的人,面对这样的两位老板,她工作了都不满一年,就主动辞掉,不拖泥带水。对

---

① [英] 佩内洛普·菲兹杰拉德:《天使之门》,周昊俊译,新星出版社2009年版,第84页。
② [英] 佩内洛普·菲兹杰拉德:《天使之门》,周昊俊译,新星出版社2009年版,第94页。
③ [英] 佩内洛普·菲兹杰拉德:《天使之门》,周昊俊译,新星出版社2009年版,第97页。
④ [英] 佩内洛普·菲兹杰拉德:《天使之门》,周昊俊译,新星出版社2009年版,第93页。

自己有不轨企图的人，黛西选择主动地果断离开。当黑衣修士医院需要她补交两份推荐信时，她不得不回到先前的雇主那儿，

> 塞德利认出了她，并问她是不是改变主意了。她说她没有，但是她想请他写封推荐信。塞德利说，他是不会给她写的，要写可以，把它贴到吉波尔龙身上去吧。然后他就跳上汽车，把车门砰地关上了，当他重重地把身子扔到坐椅上时，她注意到坐垫上的弹簧因为这突如其来的重力而拼命上下弹动并且左右摇晃着。她并没有在塞德利这里浪费过多时间，转而去了兰伯特玻璃装配厂……①

黛西不会为了一封推荐信而央求，也不因为无耻之徒的拒绝，感到受挫而改变自己的决心和计划，她果断行动，立刻去了兰伯特老先生那儿，并采取了另一种策略。她"命令"以前的老板："我想请您明确写下：黛西小姐在这里工作表现令人满意，并于两个星期前离职。"② 就这样，加上神父给她写的推荐信，她最终成功地拿到了两封推荐信。

第三，黛西聪明且直率。从黛西获取不仁不义老板之推荐信一事中，也可以看出黛西的聪明灵活。她和瑞伯恩先生的"周旋"，则更见出她的机智。如上文所说，瑞伯恩先生出于对弗雷德的爱护之心，希望通过《茶花女》的故事，让黛西选择主动离开弗雷德。聪明的黛西从《茶花女》话题一开始，就明白了瑞伯恩先生话里的意思，但是她故意表现出"对一个精彩的故事欲罢

---

① ［英］佩内洛普·菲兹杰拉德：《天使之门》，周昊俊译，新星出版社2009年版，第104页。
② ［英］佩内洛普·菲兹杰拉德：《天使之门》，周昊俊译，新星出版社2009年版，第104页。

第四章 凡者的勇气

不能"① 的兴趣，引导瑞伯恩先生从头到尾把故事讲了一遍，讲到《茶花女》结尾时，黛西镇定地说："你是想告诉我，我并不适合弗雷德，但是我很健康，我从未听说过我家里人得过类似的病。"② 黛西的聪明、幽默和直率袒露无遗。面对这样的回应，瑞伯恩先生还有什么话说呢？直率的黛西还直接问了弗雷德对这件事的看法，弗雷德向她坦诚安吉尔斯学院的规定，但同时也告诉她，如果不能和她一起生活，那么他的职位对他而言也没有什么意义了。黛西以自己的聪明和直率，面对"她不应该耽误弗雷德前途"的挑战，成功地守护住了自己的爱情。

第四，黛西能吃苦耐劳。黛西的第一份工作，虽然每周才12先令，但她每天要渡两次河，和十五万其他伦敦南部人一起挤船，还要挤电车，上班时间是早上八点到晚上八点。丢了黑衣修士医院见习护士一职后，黛西在萨杰医生的私人精神病院找了一份工作，一般人以为她在那儿一定是继续护士一职，但其实，因为先前的过度善良，导致她失去了护士资格，在那儿她只是做一些熨烫衣物的工作。这是黛西和一般的年轻貌美的女孩不一样的地方。黛西不是没有这个资本，但她没有"利用"这一资本，以嫁个好人家为目标来改善自己的境遇，她更看重自己的人格，相信自己的双手和大脑，靠着吃苦耐劳养活自己。

第五，黛西纯真、善良。黛西的这一品质，在第一章的第二节已有详细论述，此处不再赘述。虽然黛西一直十分清贫，且势单力薄，但她仍非常同情并经常帮助那些需要帮助的人。她慷慨大方，乐善好施。母亲去世后，家里的日常用具她分给了邻居；

---

① ［英］佩内洛普·菲兹杰拉德：《天使之门》，周昊俊译，新星出版社2009年版，第166页。
② ［英］佩内洛普·菲兹杰拉德：《天使之门》，周昊俊译，新星出版社2009年版，第167页。

马丁内斯太太向她借钱,她毫不犹豫地倾囊相助;自己坚固的雨伞借给医院的厨工后,就从未想过要回来;向弗雷德考证瑞伯恩先生所说的话的真实性时,黛西并没有提瑞伯恩先生所讲的"茶花女"故事,这说明黛西心胸宽广,并没有因为这样毫无道理的类比而生气;同时,她也不希望弗雷德因此对瑞伯恩先生产生任何成见。但正如前文分析纯真时提到的,她的纯真善良,有时显得过于"博爱",没有防范,没有考虑到对自己可能的伤害。对23号病人的过分帮助,导致她丢了好工作;法庭上为免让凯利卷入该事故调查,声称不认识他,对他避而不提,结果被人认为撒谎不诚实;即便在凯利阴险地反咬一口,将她暗示为一个即将堕落的女人之后,她也仍不乏同情,告诉弗雷德凯利年纪很大,不能对他打击报复,由此导致弗雷德的伤心绝望和两人感情的裂痕。

第六,黛西坚强、独立。勇气的考验通常不是去死而是活下来。黛西默默忍受了命运对她的考验,在"三无"境况下的她,最终还是放弃了轻生的念头,决定实现童年的另一个梦想——去旅游。① 但还没走出剑桥镇,她就在无意中挽救了安吉尔斯学院院长的性命,并因此再次偶遇弗雷德。德谟克利特(Democritus)说:"勇气减轻命运的打击。"黛西的坚强似乎让桀骜不驯的命运也低下了头,还给了她本属于她的真爱。

菲氏在自己的分析文章《黛西的面试》中,称她为"无所畏惧的幸存者"②,这个"勇者",在菲氏冷静低调的讲述下,柔中带刚,从中透出的勇气,恰似吹散乌云的风,让太阳露出了它的

---

① [英]佩内洛普·菲兹杰拉德:《天使之门》,周昊俊译,新星出版社2009年版,第232页。
② Penelope Fitzgerald, "How I Write: Daisy's Interview", in Terence Dooley ed., *The Afterlife: Essays and Criticism*, New York: Counterpoint, 2003, p. 371.

第四章 凡者的勇气

光彩。

三 勇气：美德及菲氏创作信仰

"人如果对于内在某种不可毁灭的东西失去了永恒的信仰，人便无法生存。"① 勇气就是这种内在的、不可毁灭的"东西"。菲氏勇气主题，与七大基本美德中的两项美德有对应处。七大基本美德包含"神学三德"——信、望和善（即爱）[Faith, Hope and Charity (that is, Love)]，以及源自古希腊人道德哲学的"自然美德"：公正、审慎、节制与坚毅（justice, prudence, temperance and fortitude）。勇气对应了"信"（faith）和"坚毅"（fortitude）。② 评论家布鲁姆（Harold Bloom）反对将文学的价值和经典性与七种根本美德联系起来。

> 捍卫西方经典最蠢的方法是坚称经典体现了所有七种根本的美德，这些美德形成了我们标准的价值观和民主原则。这显然是不真实的，《伊利亚特》讲述的是战功的无上荣耀，但丁热衷于让私敌受永恒的折磨……莎士比亚的政治观似乎与他笔下的科里奥兰没有太大的差异，弥尔顿关于言论和新闻自由的观念并不能防止强加各种方式的社会限制。斯宾塞为屠杀爱尔兰起义感到欢欣，华兹华斯的自大狂只赞赏自己的诗才而罔顾别人的任何成就。

> ……获得审美力量能让我们知道如何对自己说话和怎样承受自己。莎士比亚或塞万提斯，荷马或但丁，乔叟或拉伯

---

① 卡夫卡：《卡夫卡寓言与格言》，张伯权译，黑龙江人民出版社1987年版，第ii页。

② [美] M. H. 艾布拉姆斯：《文学术语词典（第7版）》，吴松江等编译，北京大学出版社2009年版，第571页。

雷，阅读他们作品的真正作用是增进内在自我的成长。……心灵的自我对话本质上不是一种社会现实。西方经典的全部意义在于使人善用自己的孤独，这一孤独的最终形式是一个人和自己的死亡的相遇。①

这两段话从反面表达了布鲁姆对经典文学意义所在的认识和看法：文学的最大价值不在于确立标准的价值观和民主原则。如果承认文学的价值在于帮助人认识自我，促进内在自我的成长，那么菲氏的"勇气"，能让人在困境中学会坚守、学会承受命运的考验。勇气不一定能改变失败的结果或扭转不幸的局面，但它能帮助认清他人和自我，在被外界压力压迫或因自身性格缺陷犯错陷入困境时，不至于只听到内心脆弱叹息的声音，还能听到并认清人的性格中顽强坚韧、不可毁灭的一面。关于勇气的书写和分析研究，也许拯救不了任何人，也无法改善任何社会，但可以提醒人们如何在困境中听到另一种有力的呼吸，接着坦然接受并积极应对自我及境遇的变化，也许包括变化的最终形式。

对于作家菲氏而言，勇气的书写，源于她内心对勇气崇高价值坚定不移的信仰，这种信仰指引着她作品中人物的命运以及故事的走向和结局。对于作品中的人物以及现实生活中的人来说，勇气是美德，是应对人生中的打击和不幸的极其可贵的美德。

第二节　勇气与英雄叙事：《书店》和《老人与海》的互文阅读

柯莫德在1979年的评论文章中曾直言："《离岸》是非常优

---

① ［美］哈罗德·布鲁姆：《西方正典：伟大作家和不朽作品》，江宁康译，译林出版社2011年版，第23页。

第四章　凡者的勇气

秀的作品，但无论从哪方面看，我都感觉它比《书店》还略逊一筹。"① 柯莫德比较菲氏这两部作品的一个主要原因，是 1978 年发表的《书店》和 1979 年发表的《离岸》均与布克奖结缘，但前者只进入短名单，而后者最终拿下了该奖，但在柯莫德看来，前者实际优于后者，抛开评论家个人喜好不说，《书店》确实在很多方面优于《离岸》。本书将从互文的视角，探讨《书店》中主人公的勇气，并比较该文本与海明威的《老人与海》之间的承继与疏离关系。从内容上讲，《书店》是勇气主题的英雄主义赞歌；从结构上讲，《书店》是菲氏无意间"陌生化"的《老人与海》。

一　"女性空间诉求""阶级斗争"：《书店》表层结构分析

《书店》初版于 1978 年，虽然这之前，菲氏曾于 1977 年发表《金孩》，但在她眼中，《书店》才是她创作生涯中第一部"正统"小说。② 发表后不久，出版商就电话通知她，《书店》入围了布克奖短名单。菲氏将《书店》的故事背景设置于 1959 年的一个极富英国特色的小镇——哈德堡。寡居多年的弗洛伦斯·格林计划贷款购买镇上一直废弃的"老屋"，开一家书店。小镇有钱有势的加马特夫人横加阻拦，欲将"老屋"变成艺术中心。书店在格林的努力和坚持下开业了，小镇德高望重的布朗迪希先生特意致信予以鼓励，在布朗迪希先生的启发下，书店还增加了租书业务。十岁的小姑娘克里斯蒂娜是格林请来的助手，她以自

---

① Frank Kermode, "Booker Books", *The London Review of Books*, Vol. 1, No. 3, Nov. 22, 1979, p. 13.

② Penelope Fitzgerald, "Curriculum Vitae", in Terence Dooley ed., *The Afterlife: Essays and Criticism*, New York: Counterpoint, 2003, p. 344. 菲氏在写给好友 Chris 的信中也表示《书店》是她的第一本正统小说。参见 Terence Dooley ed., *So I Have Thought of You: The Letters of Penelope Fitzgerald*, London: Fourth Estate, 2009, p. 501.

己的理解整理书目,以她固执的原则,维持并坚守租书秩序。格林对于书店是否该引进纳博科夫的《洛丽塔》犹豫不决,为此,她咨询了布朗迪希先生,获他首肯,书店遂大量采购该小说出售,并因此获得首笔盈利。好景不长,加马特夫人利用自己的关系网,一直暗中作梗,她的侄子使一项征用"老屋"的议案通过。几十年大门不出的布朗迪希先生亲临加马特夫人住所,希望她"放过"格林,但未果,布朗迪希先生在归途中倒地而亡。"老屋"被无偿收回,书店关闭。

目前关于《书店》的评论分析,以"女性空间诉求"和"阶级说"为主,认为该小说在简略展示书店业务的同时,更多反映出诸多台前幕后的权力运作,涉及了权力和话语空间的争夺。作家通过对"老屋"书店这个特殊空间的关注,从空间的层面揭示了女性的生存困境。[1] 坎宁安(Valentine Cunningham)的评论文章《无产阶级和上层阶级》认为,该小说"充满阶级意味",加马特夫人对格林书店业务的种种干涉和阻挠,是上层阶级在哈德堡的"霸权政治"的表现。[2] 这两种评论观点在本质上有共通之处,是在对该文本表层结构理解基础上较有说服力的见解。但同时,这种意识形态的文本解读,驻足于表层结构,掩盖了该作品更为深刻的人文主义主题和可以被经典化的文学性。下文将通过文本细读,运用互文性相关理论,揭示《书店》和《老人与海》的极其相似的深层结构。

二 《老人与海》的吸收和转化:《书店》深层结构分析

法国结构主义叙述学家格雷马斯(A. J. Greimas)认为,二

---

[1] 李道全:《女性的空间诉求:评佩内洛普·菲茨杰拉德的〈书店〉》,《外国文学动态》2009 年第 1 期。

[2] Valentine Cunningham, "Among the Proles and the Posh", *The New York Times*, Sep. 7, 1997, p. 11.

第四章 凡者的勇气

元对立是产生意义的最基本的结构,也是叙事作品最根本的深层结构。① 运用他的对句子进行语义分析的方法来分析这部小说,可以看出,尽管《书店》的人物、故事发生的年代、背景以及故事主线和《老人与海》完全不同,但深层结构的"语法"却十分相似。这两部作品中人物/角色的功能可以抽象为六种行动者或"行动素",且它们可以构成相似的三组对立(见表4-1)。

表4-1　《书店》和《老人与海》的人物/角色功能

行动者＼作品	《书店》	《老人与海》
1. 主体/客体	格林/书店	圣地亚哥/大马林鱼
2. 发送者/接受者	勇气和决心/格林	硬汉精神/圣地亚哥
3. 帮助者/反对者	克里斯蒂娜/加马特夫人	马诺林/鲨鱼

从表4-1的三组二元对立来看这两部作品的故事主线:弗洛伦斯·格林(圣地亚哥)寡居多年(接连84天没有捕到鱼),决心启用哈德堡废弃的"老屋"(决心出远海)开一家书店(捕一条大鱼),以此证明,同时"也让别人看看,她可以靠她自己过活"②[以此证明自己——同时也让别人明白——(他)是老当益壮,仍能捕到鱼的]。经过格林的细心准备及辛勤劳动(经过老人在远海上三天两夜的"搏斗"),书店开业了(大马林鱼被成功俘获),但好景不长,加马特夫人多方运作(大海里的鲨鱼

---

① [法] A. J. 格雷马斯:《行动元、角色和形象》,载张寅德编选《叙述学研究》,中国社会科学出版社1989年版,第119—136页;申丹:《叙述学与小说文体学研究(第三版)》,北京大学出版社2004年版,第40—41页。

② Penelope Fitzgerald, *The Bookshop*, London: Harper Perennial, 2006, p. 2.

闻腥而动），使《征用具有教育价值以及利益的住宅议案》获得通过（鲨鱼群起而攻之），"老屋"被无偿收回（大马林鱼被吞食殆尽），书店关闭（大马林鱼得而复失）。

　　顺着该"语法结构"来分析两部作品中的次要人物和故事次线，也能看出两部作品的互文关系。《书店》中十岁的小姑娘克里斯蒂娜帮助格林打理书店，尤其在书店租书业务上，她起到了建立秩序、维护秩序的作用；也正是她对居高自傲的加马特夫人给予了"致命一击"（《老人与海》中的小男孩马诺林照顾老人的生活起居，在航海捕鱼时更是得力助手）；加马特夫人致信当局，揭发格林雇佣未成年人，企图将克里斯蒂娜从格林身边赶走，此举虽失败，但因克里斯蒂娜小学毕业，需去另外一地上中学，最终不得不离开格林（在老人连续 84 天出海捕鱼一无所获的情况下，小男孩马诺林迫于父母压力，离开老人上了另外一条"交了好运的"渔船）。克里斯蒂娜虽离开，但仍有一次返回书店，并批评书店的新帮手米罗对书店照看不力，没有尽责（马诺林虽不能做老人海上的帮手，但仍时常去老人住所，照顾老人饮食起居）。两部作品中的一老一小都互懂互通，惺惺相惜。《书店》中，敲门鬼捣乱时，格林和克里斯蒂娜互相安慰，紧紧抱作一团；《老人与海》中，周围的渔民有的嘲笑老人的坏运气，有的同情他，为他"感到难受"[1]，只有小男孩真正理解他，对他有信心，对老人捕鱼的力量和技能深信不疑。

　　朱丽娅·克里斯蒂娃（Julia Kristeva）于 20 世纪 60 年代提出"互文性"这一术语，认为"任何文本都是其他文本的吸收和转化"[2]。在这一概念的指导下分析《书店》和《老人与海》的客

---

① ［美］海明威：《老人与海》，吴劳译，上海译文出版社 1999 年版，第 3 页。
② Julia Kristeva, *The Kristeva Reader*, ed. Toril Moi, New York: Columbia University Press, 1986, p. 37.

第四章 凡者的勇气

体对象、"反对者"以及正反主要人物（力量）之间的较量，会发现《书店》实为《老人与海》的吸收和转化。

两部作品中作为客体对象的"书店"和"大马林鱼"不仅仅是主人公经营（征服）的对象，更是主体在逆境中的精神依托，是"勇气"的物化。大马林鱼最初只是老人捕获的猎物，但在与大马林鱼周旋的三天两夜里，老人渐渐懂得了这条生命，并认识到了每个生命体自身的顽强和优秀，老人与鱼儿对话，进而与之认同，与它称兄道弟起来；当鲨鱼群袭击大马林鱼时，老人更是恍若自己被吞食瓦解一般失落。"鱼挨到袭击的时候，他感到就像自己挨到袭击一样。"① 开书店的初衷只是因为格林想证明自己仍可自食其力，但随着加马特夫人的介入和百般刁难，"书店"成了格林"决心和勇气"的"物化"。

《书店》中的加马特夫人和《老人与海》中的鲨鱼从表面上看毫无共同点，将二者均归为"反对者"似乎并不合理，但自然界中弱肉强食的鲨鱼和人类社会中倚权仗势的加马特夫人，行为风格如出一辙。巧合的是，海明威和菲氏对二者外征均有反讽的正面描写。海明威这样描写鲨鱼的健硕："它是条很大的灰鲭鲨，生就一副好体格……周身的一切都很美……鱼皮光滑而漂亮"②；菲氏在小说中也"赞美"加马特夫人总是"微笑待人，举止端方"③。

老人与鲨鱼搏斗的第一个回合，手起叉落，"猛地扎进鲨鱼（登多索鲨）的脑袋，正扎在它两眼之间的那条线和从鼻子笔直通到脑后的那条线的交叉点上"④，鲨鱼与老人战斗的鱼叉一同沉

---

① ［美］海明威：《老人与海》，吴劳译，上海译文出版社1999年版，第84页。
② ［美］海明威：《老人与海》，吴劳译，上海译文出版社1999年版，第81页。
③ ［英］佩内洛普·菲兹杰拉德：《书店》，尹晓冬译，新星出版社2006年版，第81页。
④ ［美］海明威：《老人与海》，吴劳译，上海译文出版社1999年版，第83页。

入海底。不久，又来了一条鲨鱼，这第二个回合，老人虽然没了鱼叉，但仍然用绑在桨上的刀子结束了一条加拉诺鲨的性命；第三个回合，老人稍微费了点周折，用刀和桨片结果了第三条鲨鱼。接下来的第四个回合，铲鼻鲨被老人打败，但同时鲨鱼也把老人绑在桨上的刀刃给弄断了。老人就此失掉了所有锋利的武器，只剩"桨和短棍和舵把"①来和其他的鲨鱼较量了。第五个回合，老人抡起棍子与前来偷食的两条鲨鱼进行搏斗，仍然成功将它们赶跑。但到了午夜，鲨鱼成群袭来。第六个回合的较量，老人终于不敌黑暗掩护下鲨鱼群体的袭击，大马林鱼被吞食殆尽。

《书店》中，格林和加马特夫人的较量也经历了几个回合。第一个回合，加马特夫人邀请格林参加她的酒会，有着一颗"善良的心"的格林并不明白她为何被邀，因为她俩也就"点头之交"②。为了赴加马特夫人这样的上层名流之约，格林还特意赶制了一件红礼服。在格林看来，她被邀请，也许是因为她要开书店，这份邀请是"对书籍本身蕴含的力量的赞美"③；哪知，这是加马特夫人摆的"鸿门宴"，加马特夫人希望格林立刻搬出"老屋"，因为她自己正计划把"老屋"变成一家艺术中心。格林默然离去，表现得"尽管足够谦虚，却并没有当场应允每一桩事情"④。和老人一样，格林出师不利。第二个回合，鲜鱼店的迪本企图说服格林，希望她用鲜鱼店开书店。小说虽未明提，但

---

① ［美］海明威：《老人与海》，吴劳译，上海译文出版社 1999 年版，第 92 页。
② ［英］佩内洛普·菲兹杰拉德：《书店》，尹晓冬译，新星出版社 2006 年版，第 14 页。
③ ［英］佩内洛普·菲兹杰拉德：《书店》，尹晓冬译，新星出版社 2006 年版，第 15 页。
④ ［英］佩内洛普·菲兹杰拉德：《书店》，尹晓冬译，新星出版社 2006 年版，第 27 页。

第四章 凡者的勇气

读者能明白迪本一定是受人之托来进行游说的。格林只是很有风度地回击道,还有什么比一间空着的鲜鱼店更合适开一家艺术中心呢?书店如期开张,这个回合中,格林充分运用了自己的策略和决心。她的策略便是"假装人并非仅仅以灭绝者和被灭绝者两种身份来划分"①,她的决心则是看得见的和看不见的力量都无法阻挡她开一家书店。书店开张了,格林还收到当地德高望重的布朗迪希先生的鼓励信,但她和加马特夫人的较量远没有结束。

第三个回合的较量,是故事的高潮。加马特夫人终于光临了书店,那是租书业务重又开张的第二个星期。傲慢无礼的她不遵从小姑娘克里斯蒂娜制定的租书规则:"不肯排队,还拿起别人的书翻看……弄乱了粉红色标签",小姑娘因此"狠狠敲了她的指关节"。② 这个回合的较量,颇似老人与最厉害的第一条巨鲨的较量,老人手起叉落,正中鲨鱼要害,鲨鱼死了,但同时也带走了老人最得力的武器——鱼叉。正是这次在书店的"正面交锋",这份"侮辱"使加马特夫人开始了她的多次反击。她让自己的律师朱莉致函格林的律师桑顿,指责书店在销售《洛丽塔》的过程中,致小镇交通拥塞并给小镇带来不良社会影响,格林回函进行了干净利落的反击。

加马特夫人接着"揭发"格林雇用童工,在她的干预和指使下,检察官到克里斯蒂娜的学校调查。事实证明,这种事在当地司空见惯,克里斯蒂娜只是课余打打零工,并不违法。这几个回合的较量,虽然格林没有被打败,但"老屋书店就像一个病人,

---

① [英]佩内洛普·菲兹杰拉德:《书店》,尹晓冬译,新星出版社2006年版,第34页。
② [英]佩内洛普·菲兹杰拉德:《书店》,尹晓冬译,新星出版社2006年版,第83页。

度过了危险期,却不能恢复元气,不再那么令人鼓舞振作"①。这正如老人与鲨鱼前四个回合的较量一样,虽打败了鲨鱼,但因此丢了鱼叉,断了刀刃,只剩"桨和短棍和舵把",再加上力量不如年轻时,老人内心明白,大势去矣。格林此时也明白,书店难有回天之术。

两部作品的结尾,也有相似处。"书店"关闭,格林一无所有;"老屋"被无偿收回,所剩书籍抵押了贷款。她仅仅保留了两本人人文库的书:拉斯金的《直到最后》和班扬的《罪人受恩记》。这两本书正如大马林鱼的残骸,是格林所经历过的这一切的见证。菲氏很巧妙地"替"格林选择并保留了这两本书,因为它们正是格林的"勇气"的最好见证。格林尽了自己的力,她一直坚持到最后,仿如坚持战斗到最后的英雄。早在《书店》出版当年的1978年,坎宁安就简明地指出该小说是关于"一个女人重压下的百折不挠"②,这一说法与海明威作品主题之"重压下的勇气"何其相似。以上从两部作品内部深层结构(而非外部创作语境的考查)的分析,并不说明《书店》是受《老人与海》直接影响的创作结果,但可以清楚地识别出《书店》和《老人与海》的"交织关系"③,《老人与海》的这部经典文本的主题,因此成为《书店》的主题思想得以自然产生的话语空间。

三 英雄叙事与后现代英雄叙事:《书店》的主题蕴意

从以上的深层结构分析和对比中,可以看出《书店》女主人

---

① [英]佩内洛普·菲兹杰拉德:《书店》,尹晓冬译,新星出版社2006年版,第113页。

② Valentine Cunningham, "Suffocating Suffolk", Review of *The Bookshop*, by Penelope Fitzgerald, *The Times Literary Supplement*, Nov. 17, 1978, p. 1333; Reprinted in *Contemporary Literary Criticism*, Vol. 19, ed. Sharon R. Gunton, Detroit: Gale, 1981, p. 172.

③ 陈永国:《理论的逃逸》,北京大学出版社2008年版,第30页。

第四章 凡者的勇气

公格林不屈不挠的坚韧和勇气。赫敏·李曾在一次访谈中让菲氏讨论她自己的女性主义或政治信仰，但菲氏希望读者更多关注她文本所体现的精神信仰。① 本节将以互文性理论观照故事深层结构所揭示出的文本主题，揭示菲氏所说的"精神信仰"。菲氏创作不趋同于女性的个人化写作。虽然同其他作家一样，她创作时也会以自己的经验世界为原型（菲氏本人曾在书店工作），但她从一开始就把自我情感与社会大众的情感融为一体，以参与者和体验者的姿态潜入生活，摹写出普通大众的生存状态与喜怒哀乐，并给以理解与体恤，或赞美与颂扬。《老人与海》颂扬的是"人可以被毁灭，但不能给打败"② 的"硬汉精神"，《书店》反映的是那些身处逆境却顽强不屈实现自我价值的小人物的勇气。

"勇气"一词的内涵，菲氏在小说中巧妙地利用布朗迪希先生的话做了界定："让我告诉你，对于人类我所推崇的是什么。我最看重的美德是他们与神祇以及动物所共有的，因此也不必称之为美德。我是指勇气。而你，格林夫人，就十分具备这种品性。"③ 对于格林的勇气，菲氏还进一步地做了限定："倘使说弗洛伦斯极富勇气，那也是十分独特的……她的勇气终究只是一种生存下去的决心"④。她执着于此，试图实现人日常存在中的积极意义。"我一定不让自己忧心，只要有生命，就有希望。"⑤ 格林如此对布朗迪

---

① A. S. Byatt, "Preface by A. S. Byatt", in Terence Dooley ed., *So I Have Thought of You: The Letters of Penelope Fitzgerald*, Boston: Houghton Mifflin, 2009, p. xi.
② [美]海明威：《老人与海》，吴劳译，上海译文出版社1999年版，第84页。
③ [英]佩内洛普·菲兹杰拉德：《书店》，尹晓冬译，新星出版社2006年版，第94页。
④ [英]佩内洛普·菲兹杰拉德：《书店》，尹晓冬译，新星出版社2006年版，第100页。
⑤ [英]佩内洛普·菲兹杰拉德：《书店》，尹晓冬译，新星出版社2006年版，第94页。

希先生说。奈特（Christopher J. Knight）结合《书店》中出现的鹭鸟和鳗鱼意象将该作品理解为对"生存"的探讨，尤其是对那些不合时宜者及不自信者的生存问题的探讨，因为此种情境下，生存问题对他们来说，更具挑战性。① 菲氏小说中的人物并不拥有那种作为宏大舞台的主宰者辐射全局的光彩，她们只是人类浩大群体里一群无能为力的承受者；虽为承受者，但她们并不是彻底被动的，她们有自己的精神信仰，有自觉、自发的抗争。这种勇气，已经脱去早期带有神话色彩的英雄主义，也没有纵然被毁灭但依然不能被击败的"准则英雄"的决绝。英雄模式是人生追求成就的目标活动投射到心灵中的情结反应。按照马斯洛人生追求的心理五目标分析，最高愿望的层次是人生价值的实现，人生价值的实现通常表现为事业获得巨大成功或是受到他人的尊重，这些都可以归结为英雄情结。因此，关于格林的"勇气和决心"的书写仍然是英雄叙事的传承和延续。

英雄叙事的发展可以大致分为以下阶段。第一阶段为史诗英雄叙事，以荷马的《伊利亚特》和《奥德赛》、维吉尔的《埃涅阿斯纪》为代表，英雄主体为神，或者半神半人，还可能是民族或国家的创立者，具有极强的凝聚力和号召力。第二阶段的英雄叙事以《被缚的普罗米修斯》为代表，普罗米修斯为人类盗取火种，是人类文明的使者，在人文主义精神的启蒙和熏陶下，英雄走向与宗教、与神对抗的一面。这一阶段的另一突出代表是弥尔顿《失乐园》中的撒旦。弥尔顿将其成功塑造成一个反抗上帝、具有浓厚基督教人文主义气质、体现"意志的自由"的英雄。②

---

① Christopher J. Knight, "The Second Saddest Story: Despair, Belief, and Moral Perseverance in Penelope Fitzgerald's *The Bookshop*", *Journal of Narrative Theory*, Vol. 42, No. 1, Winter 2012, p. 71.

② 肖明翰:《〈失乐园〉中的自由意志与人的堕落和再生》,《外国文学评论》1999 年第 1 期。

第四章 凡者的勇气

第三阶段为第二阶段的继承和发展，突出代表为19世纪欧洲浪漫主义文学中的"拜伦式的英雄"，他们有强大的人格，以及由此爆发出来的独立、自由和反抗精神。从以上发展历程来看，英雄叙事渐渐脱去神话的外衣，褪下宗教的色彩。在海明威的《老人与海》中，"英雄"一词转换成了更具平民个性的"硬汉"。老人圣地亚哥体现出的英雄气概则被称为"硬汉精神"，当然，仍有学者沿用"英雄"一词，将圣地亚哥称为"准则英雄"。圣地亚哥在两个方面与古典英雄人物的形象一致。首先，在解释天地万物时，他表现出一种定数观。他认为大海是美丽的、仁慈的，但同时也是狂暴的，那些依赖大海的丰富赐予而生存的鸟类便不敢接近狂暴的大海。其次，老人有一个悲剧性弱点，自负。该弱点在某种意义上导致了他的"毁灭"，这种自负并非隐喻的而是字面的，自负促使他去更远的、别人不敢去的海域，接受大海最为严峻的挑战，"准则英雄"由此发出了他的宣言——人可以被毁灭但不可以被打败。

菲氏的书写可谓英雄叙事的传承和发扬，"故事是关于一场战争的报告"[1]，从某种意义上来说，格林也是哈德堡的文明使者，这个闭塞的小镇，每隔50年便会失去一种与外界联通的工具，已经很多年没有一家书店了。格林启用废弃的"老屋"，让人们在闲暇之余，在里面翻翻书，是一件非常有意义的事情。书店被关闭，象征着这个小镇回归闭塞，格林"文明使者"的形象因此破碎。《书店》的英雄叙事被菲氏巧妙地"陌生化"了，体现出后现代英雄叙事的特征。这表现为，首先，菲氏对人性高度重视，对英雄的缺点有更深刻的认识。比如，格林善恶不分，她

---

[1] Penelope Fitzgerald, "Curriculum Vitae", in Terence Dooley ed., *The Afterlife: Essays and Criticism*, New York: Counterpoint, 2003, p. 344.

不明白"彬彬有礼并不等于仁慈"①，最初和加马特夫人打交道时，将加马特夫人的一般意义上的礼貌理解为一片好心，无法正确判断自己为何被邀请参加酒会，后在酒会上受到冷遇和挑战；她听信谣言，对不遗余力支持并保护她的布朗迪希先生做出了错误判断，从而使她的处境和内心更为孤独。其次，英雄逾越了性别界限，一直由男性担当的角色在《书店》中变成了女性——弗洛伦斯·格林，她不仅是女性，而且是经济窘迫、中年寡居的妇人，但她的坚韧不因性别和年龄而受到影响。这和菲氏对男女常规形象的逆塑造有关，在菲氏作品中"坚强的男人"和"脆弱的女人"置换成了"强势的女人"和"软弱的男人"。加马特夫人是家里说了算的人，而加马特将军在家庭中的作用，只不过相当于开瓶器（《书店》开篇的酒会和布朗迪希先生去世时，庄园里举行的冷餐会，均提到加马特将军必须在场、不可或缺的"开瓶器"功能）。同时，《书店》也暗示是在加马特夫人的指使下，将军去了书店一次。在另外两部作品——《弗雷迪戏剧学校》和短篇《藏踪匿迹》中，菲氏也成功塑造了强势的硬派女性形象。弗雷迪校长和人打交道时，有一种不容置疑的绝对权威；而《藏踪匿迹》中的霍若宾夫人（Mrs. Horrabin），由该姓氏"Horrabin"和"horrible"一词的同源关系，暗示和预示出故事中男主人公所遭受的胁迫。②再次，反派中性化，"坏人"不再一望而知，不再是面目狰狞、威风凛凛、不可一世的样子，不再具有绝对的权威和权势。菲氏对人物外貌的描写是非常吝啬的，但在《书店》中她两次写到加马特夫人的微笑。第一次是她邀请格林参加酒会，

---

① ［英］佩内洛普·菲兹杰拉德：《书店》，尹晓冬译，新星出版社2006年版，第20页。

② Penelope Fitzgerald, "Not Shown", *The Means of Escape*, London: Flamingo, 2001, pp. 97–105.

第四章 凡者的勇气

向她道出自己的计划后:"她给了格林夫人一个微笑,笑容中带着明白无误的意味以及光彩,那令人迷惑的亲昵又来了。"① 第二次是拒绝布朗迪希先生让她"放过格林"的要求后:"她突然对他露出讨人喜欢的笑容,笑容使她那双明亮的黑眼睛显得十分诚挚。"② 加马特夫人的"微笑"是麦克白夫人似的微笑,不同的是,麦克白夫人还需要有意识地"用最美妙的外表把人们的耳目欺骗……罩上虚伪的笑脸"③,而加马特夫人已经将它内化成她自然而然的反应。"微笑"使她看上去几乎不再是英雄的对手,而是仅仅有自己想法的无辜者。对反派人物负面形象的弱化,其实便是对英雄形象的淡化,由此,后现代英雄叙事呈现出一种消解英雄的倾向。最后,后现代英雄叙事中的反派,从传统英雄叙事反派力量中单个的具有无上权威和力量的"神"变成了某一团体或体制下的力量。《书店》中,最终给格林致命一击,并直接导致书店关闭的,并不是加马特夫人本人的阻挠和干涉,而是由她侄子起草并在议会通过的收购令。

《书店》中后现代英雄叙事仍保持了传统英雄叙事的失败结局及其悲剧传统,但格林的失败结局,菲氏是轻描淡写地叙述出来的第一个原因是,她认可并实践了恩格斯的创作观点:作家如果过分地欣赏自己的人物,总是不好的。菲氏以冷静的笔触,和格林保持了适当的距离。轻描淡写的第二个原因,是在菲氏看来,生活具有一种毁灭性的力量,对有些人来说,它甚至是不折不扣的灾难,她之所以用看似轻松的笔调来描绘那些悲剧性的场

---

① [英]佩内洛普·菲兹杰拉德:《书店》,尹晓冬译,新星出版社2006年版,第26页。
② [英]佩内洛普·菲兹杰拉德:《书店》,尹晓冬译,新星出版社2006年版,第135页。
③ [英]莎士比亚:《莎士比亚四大悲剧》,朱生豪译,人民文学出版社2012年版,第20页。

景或结局,就是要给人以勇气和慰藉,"不然,我们该如何去承受呢?"① 人在追求和实现自身价值的过程中,勇气和信心起着动力作用。"人的存在包括他与意义的联系。只是根据意义和价值来对实在(包括人的世界和人自身)加以理解和改造,人才成其为人。……因此,对人精神存在的威胁也就是对他整个存在的威胁。"② 对自身价值的坚守与追求,是人生命意志的鲜明体现。格林面对加马特夫人步步紧逼的生存困境,面对周围异己的力量,难免感到孤立无助,在这种情况下,勇气给予了她精神上的力量、承受挫折和打击的力量。

什可洛夫斯基(Viktor Shklovsky)指出,文学的功能在于产生"陌生化"的效果,③ 布鲁姆进而强调说,"一部文学作品能够赢得经典地位的原创性标志是某种陌生性"④。《书店》英雄主义的"陌生化",通过对故事时间和空间背景的精心设置体现出来,通过对情节的巧妙把握而臻于完美。菲氏在该作品中对众多次要人物的刻画,更是有意淡化了作品的英雄主义主题,但通过《书店》的深层结构分析,通过其与《老人与海》的互文解读,英雄主义主题赫然纸上。按照博尔的说法,此书是关于那些并不完美之人的典型的英式英雄主义的赞歌。⑤ 这种"陌生化"的英雄叙事显示了佩内洛普·菲茨杰拉德高超的创作技巧

---

① Penelope Fitzgerald, "Curriculum Vitae", in Terence Dooley ed., *The Afterlife: Essays and Criticism*, New York: Counterpoint, 2003, New York: Counterpoint, 2003, p. 347.

② [美] P. 蒂利希:《存在的勇气》,成穷、王作虹译,贵州人民出版社1998年版,第46页。

③ Viktor Shklovsky, "Art as Technigue", Literary Theory: An Antology, 1917, 3, pp. 8–14.

④ [美] 哈罗德·布鲁姆:《西方正典:伟大作家和不朽作品》,江宁康译,译林出版社2011年版。

⑤ Bruce Bawer, "A Still, Small Voice: The Novels of Penelope Fitzgerald", *New Criterion*, Vol. 10, No. 7, 1992, pp. 33–42; Reprinted in Jeffrey W. Hunter ed., *Contemporary Literary Criticism*, Vol. 143, Detroit: Gale, 2001, p. 238.

与艺术,柯莫德也许正是从这个意义上,将《书店》置于《离岸》之上。

第三节 "菲茨杰拉德的孩子":
睿智之勇的代言人

研读菲氏作品,如果不关注她作品中的孩童角色,那么她作品三分之一的魅力就失掉了。研究菲氏作品的"勇气"主题,如果不将菲氏作品中孩童人物的"勇气"纳入分析,那么,菲氏的"勇气"就失掉了二分之一。"勇气和胆量属于史诗的美德"①,这美德在"菲氏的孩子们"身上也得到了完美的结合和体现。

从20世纪末期开始,"勇气"这一概念在心理学领域激起广泛的研究兴趣。克里斯托夫·彼得森和马丁·塞利格曼在其著作《性格优点与长处》一书中归纳了能提升人的品性的积极性格,并将之分为六大类:智慧和知识、勇气、慈爱、正义、节制以及超越,每一类又进一步细分,其中,勇气可进一步分为勇敢、坚强、正直和热忱。② 华兹华斯说:儿童是成人之父。③ 确实,单就勇气这一美德来说,儿童身上所体现的丝毫不逊色于成人。下文将运用彼得森和塞利格曼勇气四分法,结合菲氏作品中典型的孩童角色进行具体分析。

---

① [美]哈罗德·布鲁姆:《西方正典:伟大作家和不朽作品》,江宁康译,译林出版社2011年版,第273页。
② Christopher Peterson, Martin E. P. Seligman, *Character Strengths and Virtues: A Handbook and Classification*, New York: Oxford University Press, 2004, pp. 197–289.
③ William Wordsworth, *William Wordsworth Favorite Poems*, ed. Stanley Appelbaum, Toronto: General Publishing Company Ltd., 1992, p. 34.

一 克里斯蒂娜之勇:"说大人则藐之"

小姑娘克里斯蒂娜是哈德堡吉平家五个孩子中的老三。她在一天喝下午茶的时候去"老屋"书店毛遂自荐。"我要到明年四月才十一岁。"① 她十分坦诚地告诉她未来的雇主。格林非常希望是她的两个姐姐中的一个来帮忙,但又不便直言伤她的自尊心,因此很委婉地说:

> "请不要以为我不想考虑你做这份工作。只是你看起来实在年纪不够大,也不够强壮。"小姑娘回答说:"你不能以貌取人。你看起来年纪大,但你看起来并不强壮。只要你用了我们家里的人,不会有很大的区别的。我们全都很能干。"(第57页)

确实如此,这个小姑娘非常有主见,非常有自信。第一次会面,她便知道要给未来的雇主一个好印象,穿上了自己最好看的粉红色羊毛衫。格林觉得她年龄太小,"身体纤弱",因此有了上面一番对话。克里斯蒂娜的"回击"合情合理,击中格林的要害,又把握了分寸,观察颇为准确,言辞不乏犀利。格林只得以退为进,拿出女孩的母亲当挡箭牌:"我明天会去看望你的母亲,仔细地合计合计。"没想到这一招同样不管用,克里斯蒂娜早已把工作时间和"工作待遇"想得清清楚楚:"如果你想要的话。她会说,我每天放学后过来,礼拜六一整天,你每个礼拜给我不能少于十二先令六便士。"格林拿出她的学业来"警醒"她:"那你的家庭作业怎么办呢?""我回家后,会设法在喝完傍晚茶后的

---

① [英]佩内洛普·菲兹杰拉德:《书店》,尹晓冬译,新星出版社2006年版,第56页。注:本节中所引《书店》原文,均引自该书,余不赘述,只加注引文页码。

第四章 凡者的勇气

时间做。"(第58页)很明显，小姑娘自己已经把一切都"合计"好了。

她对格林这番问话和担忧"露出不耐烦的样子，显然决定马上开始工作。她把粉红色的羊毛衫搁在后面的小屋里。……并没有等待解释，就在店里忙开了，打开抽屉，找寻排列上的不妥当之处，她细柔的头发飞扬着"（第58页）。这次"面试"以两人角色的置换结束，克里斯蒂娜由被面试者变成了面试者，她不仅自作主张地开始了自己的工作，甚至已经开始"指责"格林的工作不到位——还有很多很多的卡片，甚至都没有打开，大包大包的样品也仍未拆开包装。不知不觉中，这个小姑娘已胜券在握地拿到了这份"工作"，并俨然已是"老屋"书店的一个小主人了。也正是这个小主人，给了书店的反对者——加马特夫人，最大的也是最直接的"打击"。

从书店计划之初，加马特夫人就横加阻拦，企图让格林的计划泡汤，欲将"老屋"改造成一家艺术中心。格林势单力薄，默默忍让，但凭着自己的决心和勇气，还是将书店开了起来，并且，在克里斯蒂娜的帮助下，租书业务也顺利开展，有条不紊。作为一种无声的抗议，加马特夫人在书店开张后的半年多里，一直没有踏进书店，这种对峙在十月末的一个下午终结，加马特夫人终于大驾光临，在某种意义上，这算一种妥协。格林"承认，这个时刻是她命运的一个转折点"（第81页）。毫无疑问，格林希望抓住这个机会，向加马特夫人示好。但就在此时，一位二流水彩画家西奥多·吉尔运来自己的画作，欲在书店办一个画展，书店狭小的空间变得更为逼仄，格林不得不去应付这位自作主张的画家。

就在这时，在她能够直接注意到的范围以外，一声不满的喃喃声，甚至像是某种喊叫声，从后面的小屋里传了出来。就在她不顾体面地拉拉扯扯，尽力阻止吉尔先生把他的落日画作钉起来的时候，她第一次意识到人群散开了，向前涌来。加马特夫人的脸通红，一只手奇怪地紧紧握住另一只手，情绪失控，迅速地穿过书店，一言不发地离开了。（第83页）

叙述声音与叙述眼光在此分离开来，不再统一于第三人称叙述者，而是分别存在于故事外的叙述者与故事内的聚焦人物（格林）这两个不同实体之中。叙述者知道到底发生了什么事情，但通过切换叙述视角——由之前的第三人称叙述者视角切换成故事中人物格林的视角，故意延宕了事实真相。加马特夫人红着脸、捂着手、一言不发地离开书店后，读者看到克里斯蒂娜跟了出来，脸涨得更红，两颊红得像火，泪水涟涟。原来，克里斯蒂娜和加马特夫人产生了直接的身体冲突，"加马特夫人遭受到实际上的身体暴力"（第84页）原因是：

> 斯达德庄园的加马特夫人，她不肯排队，还拿起别人的书翻看。就算是她的书，也不准她那么做，并且她弄乱了我的粉红色标签。……您让我维持秩序！我狠狠敲了她的指关节。（第83页）

这是哈德堡不可一世的女保护人遇到的一次最严重的"打击"，并且是在其他租书人都在场的众目睽睽之下，因此分外具有挑战性。加马特夫人本性不改，对别人的事总是横加干涉，遭此"报应"，可谓罪有应得。如果说克里斯蒂娜是格林"同一个女人生命中的两个阶段"（第71页），那么，克里斯蒂娜此举可

第四章 凡者的勇气

谓"小格林"替中年的格林伸张了正义。当然,中年的格林知道此举有欠妥之处,"要是她立刻赶到宏街去道个歉,情况或许可以得到挽回"(第84页)。但格林断定,最重要的事情是安慰克里斯蒂娜。格林在这一突发事件后的反应,是她对恃强凌弱的加马特夫人的无声谴责。克里斯蒂娜给加马特夫人的一"击",大快人心,仿如武松打虎一样干脆利落、实实在在,同时又颇有象征意味。

米罗是克里斯蒂娜因为升学离开书店后,第二个主动要求去书店帮忙的成年人,这个在伦敦英国广播公司工作的小伙子懒散,没有责任心,他看店时,只要格林一出门,他就立刻关起店门,坐在舒适的椅子里享受午后的阳光。克里斯蒂娜仍然关心、惦记着老屋书店,偶尔回去看看,当她看到米罗慵懒的样子,不禁指责说她在店里当助手时,从来没有时间坐着没事干。米罗不以为然,克里斯蒂娜更加义正词严地说"你小心一点"(第128页)。米罗这个助手,不仅懒散,而且卑鄙,他居然签署了一份对格林产业收购补偿十分不利的证词,说老屋的潮湿状况影响了他的身体健康,使他不适合从事日常工作。而当初,是他自己主动要求去老屋工作的。由此推测,他很可能是加马特夫人派去老屋书店的卧底。同为书店帮手,米罗这个成年男子是克里斯蒂娜这个未成年女孩勇气形象的反衬。

可以说,克里斯蒂娜是《书店》中格林形象的一个完美补充。格林的勇气是成年人内敛、坚韧的勇气,克里斯蒂娜的勇气则是孩童质朴、率真、无畏的勇气,包含着勇敢、坦诚和正直的丰富内涵。

二 蒂尔达和玛莎之勇:坚强、热忱

儿童视角,尤其是蒂尔达视角下的船居生活,是对成人眼中

船居生活的改写和补充，对船居生活的复调书写。

《离岸》中的船居者，对泰晤士河畔的船居生活持有一种非肯定亦非积极的态度。理查德可谓船居社区的中坚力量，他也是唯一一位富有但主动选择船居生活的、有稳定事业的中年男士；即便如此，他的生活观，他的选择和取向仍受到妻子的否定，并最终导致妻子离"船"出走。其他的船居者或多或少都是由于客观原因，比如经济条件的窘迫而选择了这种生活，他们的船居生活蕴含着这样或那样的无奈。对那些扎根大地，有结实稳固房子的陆居者（沃森神父、露易丝、房地产经纪人等）以及向往陆居者的人（劳拉）来说，他们无法理解船居生活，更无法欣赏。但对6岁的蒂尔达和11岁的玛莎来说，她们对这样的生活有十分的热忱和全身心的投入。

蒂尔达对未来毫不在乎，因此，她也特别容易感到幸福和满足。坐在"格蕾丝"号桅杆上的她，感到无比快乐。这是一个真正欣赏并享受着船居生活的小姑娘。这个小姑娘懂河，她对巴特希河段的潮涨潮落了如指掌，"展现出与生俱来的与河流融为一体的气质"[①]。但她从不滥用自己对河流的知识，十分小心，从不盲目冒险。"她对切尔西居民过分安宁的生活感到同情和难过。"[②]在她看来，陆地上那些安安稳稳的居住者所过的生活，单调乏味。她目睹船员落水丧生的悲惨事故，感到难过，但很快就会什么都不想。她给年迈的威利斯带去了很多的欢乐和慰藉，让他感受到了天伦之乐。蒂尔达凭直觉就能知道精明的理查德一直蒙在鼓里的事情：莫里斯的船是哈里这个小偷的窝赃处，在这么多成

---

① ［英］佩内洛普·菲兹杰拉德：《离岸》，周昊俊译，新星出版社2009年版，第80页。

② ［英］佩内洛普·菲兹杰拉德：《离岸》，周昊俊译，新星出版社2009年版，第31页。

第四章 凡者的勇气

人的世界里,只有她一人当面诘问过哈里,试图以激将法威胁哈里,为莫里斯的船清赃。她丝毫不把哈里的威胁恐吓放在眼里,身轻如燕地立刻就把自己转移到了安全地带,三蹦两跳地到了伍迪夫妇的"罗切斯特"号上,立刻忘掉和哈里对话引起的不快,被电视节目吸引,并给阴郁沮丧的威利斯带去欢乐。理查德遭哈里袭击后重伤住院,蒂尔达真诚的谎言使得她和姐姐获得了探视理查德的机会。她虽弱小,但对比她更弱小的花猫呵护有加。总之,蒂尔达这个6岁的小姑娘,对一切都那么举重若轻,对贫苦的船居生活有非常强的适应能力和快乐的能力,她像一个小精灵,体现的是生命的朝气和对生活百分之百的投入、热爱。

蒂尔达的姐姐,11岁的玛莎十分能干,她做饭,照顾母亲和妹妹。母女三人手头拮据、捉襟见肘之时,她带着妹妹去河边的淤泥里寻宝。接着以行家的眼光和智慧,和古董店的老板讨价还价,为自己寻得的宝贝卖了一个好价钱。她在古董店卖宝时体现的那份冷静、机智和对成年人心机的准确观察和应对,令成年人也自叹弗如。拿到3英镑的卖宝所得后,她做的第一件事不是给自己买东西,而是给妈妈买一件礼物,因为她明察秋毫,注意到爸爸从未给过妈妈任何礼物。她还有这个年龄的女孩罕见的成熟、洞察力和理解力。她对父母的状况了如指掌。她理解母亲,帮她收拾整理信件,一直默默关注着有没有父亲的来信,希望能有一天收到父亲的信,给母亲一个惊喜。虽然穷,她仍可以在欧洲贵族男孩海因里希面前,把自己打扮得落落大方。且在与海因里希的言谈之间,透出对生活和人生深刻的理解,体现出一般成年人都缺少的睿智。

"你学过的每一样东西都是有用的。难道你不知道吗?你学过的每一样东西,你遭受的每一次苦难,都会在你一生中的某个时候派上用场。"①

......

"我知道我内心的大部分都充满了黑暗,而不是光明。我希望我的父亲和母亲能住在一起,但那不是因为我在关心他们是否幸福。我爱我的妈妈,但她一定得经受不开心的事,因为她已经到了这个该受罪的年龄。……"②

玛莎心地善良,但言辞犀利。她就像海涅诗里的金发女主人,身体虽然瘦小,却富有朝气和活力,以及洞察力和领悟力,对她们母女三人的清贫生活,表现出不卑不亢的气概和逆来顺受的接纳。

三 小萨尔瓦多和多莉之勇:冷静、淡定

《无辜》中,10 岁的小萨尔瓦多,被父亲带着去见葛兰西——他父亲心目中的英雄和偶像。1936 年的葛兰西,已经被肺结核折磨得没了人形。"萨尔瓦多见过畸形的动物,见过人和动物的尸体,但从未见过任何跟葛兰西同志一样丑的东西。"③ 葛兰西的外貌,给这个 10 岁的孩子带来的是一种因极其丑陋而引起的近乎恐惧的感觉。尽管如此,小萨尔瓦多还是静静地待在一旁。过了一会,男孩意识到父亲和父亲偶像的话题转到了他自己的身上。很自然地,葛兰西问了他第一个问题"如果你父亲不让你学你想学的,你怎么办?"小萨尔瓦多答:"先生,我不知道。"④ 葛兰

---

① [英]佩内洛普·菲兹杰拉德:《离岸》,周昊俊译,新星出版社 2009 年版,第 157 页。
② [英]佩内洛普·菲兹杰拉德:《离岸》,周昊俊译,新星出版社 2009 年版,第 162—163 页。
③ Penelope Fitzgerald, *Innocence*, London: Harper Perennial, 2004, p. 52.
④ Penelope Fitzgerald, *Innocence*, London: Harper Perennial, 2004, p. 57.

第四章 凡者的勇气

西接着说起人在孩童时期的叛逆,讲了他哥哥和他小时候的故事。因为想着随时有可能离家出走,儿时的葛兰西衣服口袋里总装着老玉米、一支蜡烛和一盒火柴。接着葛兰西问:"你的口袋里有什么东西?"① 小萨尔瓦多思忖良久,没有回答,也没有像取悦其他人一样,把手伸进口袋,把口袋里朝外翻出来。大度的葛兰西说:"轮到你了,既然你没有回答我的问题,公平起见,你可以问我任何你想问的问题。"② 小萨尔瓦多知道这是另一个不让他父亲失望的机会。在学校,他经常被叫起来回答校督察的问题或者向校督察提问。因为他知道哪些话或哪些问题是别人想听到的。此时,他心里就十分清楚,如果问这个问题("葛兰西同志,时机成熟时,谁不想要自由?"③)就能给他父亲长脸,能给葛兰西留下深刻印象。但话到嘴边,他还是改了口。整个应对葛兰西的过程,小萨尔瓦多心明眼亮,他知道最佳表现应该是什么样的,但他很镇静而淡定,并不十分想取悦父亲的偶像。

道别时,葛兰西病情恶化,七窍流血,小萨尔瓦多的父亲伤心不已,返程的一路上痛哭流涕,小萨尔瓦多见到父亲如此反应,特别不齿。他不得不承认,那个时候,他觉得自己比父亲要年长,要成熟,他非常后悔没带一块手帕。终于,他们在一家小店面前停了下来,悲恸难抑的父亲让儿子一个人进店要一块手帕。柜台里的人告诉小男孩他必须买,而且必须一次买三块,因为只有三块手帕在一起的那种包装卖。小萨尔瓦多站在那儿,掷地有声地说:"我爸爸只需要一块。你得按顾客所需出售。"④ 店主把手放到耳边假装没听到,小萨尔瓦多用清楚的意大利语重复

---

① Penelope Fitzgerald, *Innocence*, London: Harper Perennial, 2004, p. 58.
② Penelope Fitzgerald, *Innocence*, London: Harper Perennial, 2004, p. 59.
③ Penelope Fitzgerald, *Innocence*, London: Harper Perennial, 2004, p. 60.
④ Penelope Fitzgerald, *Innocence*, London: Harper Perennial, 2004, p. 62.

了一遍，并加上一句："这是法律。"① 他带着能羞辱店主的细心在那儿数找回的零钱——他只付一块手帕的钱。通过此次会见，他的父亲确实达到了教育他的预期目标，因为等到小萨尔瓦多能将这次经历转变成对未来的规划时，他决定：（1）决不涉足政治；（2）决不因个人原则而冒被投进监狱的危险；（3）决不因个人信仰，放弃自己的健康乃至生命；（4）当医生；（5）就在那个下午，他还决定，以后尽自己可能不将感情依附于任何一个人。虽然小萨尔瓦多此次经历的所思所得和父亲所想并不一致，但他人小主意大的个性却充分体现出来。会见葛兰西，看到父亲返程路上不顾体面地伤心流泪，及至最后他进店给父亲买擦鼻涕眼泪的手帕，10 岁的萨尔瓦多已经完成了从儿童向成人的转变，他有了关于他未来职业、情感、人生观的冷静思考和毋庸置疑的清晰决策。

如果说萨尔瓦多和自己的父亲形成了鲜明的对比和反衬（以成人在公共场合不顾一切的情绪化反衬出 10 岁的小萨尔瓦多的冷静和淡定），那么，在《早春》中，弗兰克和他的女儿多莉的对比，更可以看出成人的一筹莫展和儿童的淡定自若。

带着三个孩子离家出走的内莉在中途改变了主意，火车把他们"像送包裹一样"又送回了莫斯科。当弗兰克去火车站接三个孩子时，三个孩子表现得非常平静；事实上，母亲出走后，这三个孩子始终表现得"和以往全无二致"，以致孩子们的父亲"本来会感到心碎——要是他们流露出丝毫不快乐的迹象的话——可他现在感到的却是不安，因为他们并没有那样"②。10 岁的多莉是弗兰克和内莉的大女儿，当父亲告诉她可以给母亲写信时，她

---

① Penelope Fitzgerald, *Innocence*, London: Harper Perennial, 2004, p. 62.
② [英] 佩内洛普·菲兹杰拉德：《早春》，周伟红译，新星出版社 2010 年版，第 90—91 页。

第四章 凡者的勇气

表现得异常冷淡和平静：

"如果你需要合适的信封和信纸，我桌子右手边抽屉里有。"他对多莉说。
"我知道它们在那儿。"
"抽屉是锁着的，你必须跟我拿才行。"
"我知道。"
"万一你想写信给妈妈。"
"你的意思是去问她为什么要离开，或者问她什么时候回来？"
"你什么都不用问。"
"我用不着那些纸，"多莉说，"因为我觉得我不应该写信。再说，我只会用俄语写。"
"为什么不写呢，多莉？难道你不觉得她做错了吗？"
"我不知道她做错了还是没做错。也许她当初就不应该结婚。"
"那就是你要写在信里的？"
"我说过什么都不写会更好。"①

从这段父亲和女儿的对话，可以看出以下几点：（1）父亲希望女儿能给母亲写信；（2）女儿知道父亲希望她给母亲写信；（3）父亲希望通过女儿弄清楚自己妻子心里的真实想法（她为什么要这么突然离开自己的家，她打算什么时候回来）；（4）女儿知道父亲希望通过她了解母亲心里的真实想法；（5）父亲希望女儿能在信中对母亲有所谴责，以期促成母亲的反省；（6）女儿知

---

① ［英］佩内洛普·菲兹杰拉德：《早春》，周伟红译，新星出版社 2010 年版，第 54 页。

道父亲希望通过她对母亲的谴责促成母亲反省，尽快回到家中；（7）父亲不知道女儿对母亲出走一事，有自己更深层的想法和理解；（8）父亲不知道女儿心里的真实想法，以及女儿对这件事的处理方法。菲氏孩童的神奇之处在于，他们往往比成年人有更深刻的洞察力和领悟力，能透过事情表象看本质。从上面的对话中可以看出，多莉对母亲离家出走一事，早已有自己的主见（她认为这是父母双方的婚姻出现的问题，而不是母亲单方负责不负责的问题）和处理意见，从某种意义上来说，她"顺其自然"的处理方法也许真的比父亲提出的方法更有效。如果说菲氏特别擅长使用反衬法的话，那么，《早春》里的这对父女和《无辜》中的父子一样，再次形成一种错位的成人和儿童的反衬。一边是一个成年的父亲面对家庭危机的束手无策和"求助于"大女儿，另一边是女儿的成熟、冷静，以及由此而表现出的"无动于衷"。这个"失去"母亲的女孩，没有茫然，没有悲伤，没有对母亲的责备和憎恨，有的是对母亲女性角色的清醒反思，以及对父母婚姻状况的清醒认识。

菲氏作品中的孩童如此与众不同，以至于 1996 年菲氏的老朋友休·李（Hugh Lee）写信给她，说她作品中的孩子未免"矫揉造作"。菲氏回信时委婉地说："我不认为我小说中的孩子'矫揉造作'。他们跟我自己的孩子一模一样，总是明察秋毫。"① 1968 年，菲氏写给她大女儿的信里这么说她的小女儿玛丽亚：

玛丽亚很是让我郁闷：（1）她看着爸爸和我说："你俩是多滑稽可笑的一对老夫妻啊！"（2）她告诉我文学和艺术研究纯属个人爱好，对人性没有一点帮助并且也不会有什

---

① Penelope Fitzgerald, *So I Have Thought of You: Letters of Penelope Fitzgerald*, ed. Terence Dooley, London: Fourth Estate, 2009, p. 30.

第四章 凡者的勇气

结果。我想，是的，她说得对，她说得好。我的人生似乎低到尘埃里去了。①

菲氏感觉她的"人生似乎低到尘埃里去了"，因为她15岁的女儿分明已把她的婚姻和事业全盘否定了：她和她的丈夫，只是一对滑稽可笑的老夫妻，而她一直钟情的文学②也没有任何用处。撇开"文学/艺术无用论"的观点到底正确与否不谈，不得不承认，玛丽亚的说法，还是颇有几分道理的。而这样的话，如此坦诚直接的语言，出自一个15岁的女孩之口，不能不说有些令人震惊，但这并不"矫揉造作"。菲氏儿女之聪明、之"勇敢"由此可见一斑。事实上，菲氏的一儿二女成年后，③ 像他们的母亲和祖母一样，都进入了牛津大学。菲氏从自己真实的生活经历出发，塑造了她作品中那些聪明、勇敢、智慧的孩子。事实上，《离岸》第一稿中，尼娜两个女儿的名字分别是蒂娜（Tina，是Christina的昵称）和玛丽亚，和她自己两个女儿的名字一样。

其实，读者还可以从另一个层面来分析和欣赏菲氏所描写的"孩子"所体现出的睿智和勇气，即客观地看待文学作者在创作时，对规约性认知方式的偏离。因为"这种独特的认知方式往往体现了创作过程中隐含作者丰富的文学想象力，也有可能是受到了生活中的作者独特个人经历的影响"，因此，"若要较好地阐释作品的主题意义，我们需要尽力排除规约性认知框架的干扰，充

---

① Penelope Fitzgerald, *So I Have Thought of You: Letters of Penelope Fitzgerald*, ed. Terence Dooley, London: Fourth Estate, 2009, p. 58.

② 菲氏那时虽然还未进入专职文学创作领域，但她一直做着和文学相关的事情——本科在牛津大学萨默维尔学院主修的是英国文学，之后，又在几个不同的学校教授文学课程，帮助自己的丈夫办《世界评论》杂志。

③ 大儿子爱德蒙·菲茨杰拉德（Edmund Valpy Knox Fitzgerald）1947年出生；二女儿蒂娜·菲茨杰拉德（Christina Rose Fitzgerald）1950年出生；三女儿玛丽亚·菲茨杰拉德（Maria Fitzgerald）1953年出生。

分尊重作者独特的认知方式"。① 一个非常有说服力的例子是关于《蝇王》②中儿童形象的分析和解读，隐含读者，或者说作者的读者，会把这部小说中儿童的邪恶理解为人性之恶，而不会去质疑现实生活中，有没有真正带有那些邪恶品行的儿童。事实上，大部分评论文章是从抽象的层面来分析讨论《蝇王》中的孩子的，并试图由那些孩子来佐证人"性本恶"这一观点。《蝇王》中的孩子因此已变成抽象的整个人类的代表。同样的道理，在理解和阐释菲氏作品中的"勇气"主题，尤其是体现在菲氏孩童身上的"勇气"时，不能拿日常生活中的规约性认知方式来看待，这样只会得出作品中的孩童不可信——因为他们表现出比成年人更优秀的睿智和勇气，接着就会像休·李那样认为那些孩童人物"矫揉造作"，不切实际。菲氏正是结合了自己生活中独特的个人经历，辅以艺术的加工和再创造，刻画出了众多充满智慧的"勇气"的孩童形象。

无论是邪恶的孩童形象，还是英勇智慧的孩童形象，都矛盾却富有哲理地融于华兹华斯那句："儿童是成人之父。"③ 菲氏孩童形象的勇气书写，是这句话的另一个证明，让读者看到人性中充满希望、温暖光明的一面。

勇气主题，是本书所概括的菲氏作品四大主题中最为积极和光明的，从某种程度上来说，消除了纯真、"灰爱"和孤独中的消极面，其对人的行为和信念价值的珍视，充分体现了菲氏作为一名作家对生活和生命的积极乐观的态度。

---

① 申丹：《文学与日常中的规约性认知与个体认知》，《外国语文》2012年第1期。
② 参见［英］戈尔丁《蝇王》，龚志成译，上海译文出版社2014年版。
③ 参见 Stanley Appelbaum ed., *William Wordsworth Favorite Poems*, Toronto: General Publishing Company Ltd., 1992, p. 34.

结　　语

　　从绪论中菲氏的生平及创作简图来看，菲氏创作可以分为两个阶段：前期（1975—1984年）包括三部传记和五部小说，其中的四部小说（《书店》《离岸》《人声鼎沸》《弗雷迪戏剧学校》）大量融入菲氏自己的生活经历。后期（1986—1995年）的四部小说（《无辜》《早春》《天使之门》《蓝花》）在时间和空间上有了很大跨越，故事空间分别为意大利、俄罗斯、英国和德国。时间上，《无辜》开篇上溯至16世纪，主体部分故事发生在20世纪60年代，《早春》和《天使之门》的故事时间为第一次世界大战爆发前夕，《蓝花》中的故事发生在18世纪。巴恩斯（Julian Barnes）认为菲氏后期创作的四部小说将让她名垂青史，① 拜厄特也认为菲氏后期作品"好得不同寻常"②。如果单从这两个阶段作品获奖比例3∶3来看，菲氏前期作品和后期作品一样优秀。前期五部小说和三部传记中，分别有一部获布克奖，一部入围布克奖短名单，一部传记获奖；后期四部小说中，两部入围布克奖短名单，一部获美国书评家协会小说奖。本书针对菲氏小说的主题研究，将菲氏整个创作生涯有机结合为一个整体，作家一以贯之的人文主义情怀得以彰显。在纯真主题之下，本书以《无辜》及《天使之门》两个文本为研究对象，挖掘了"纯真"的危险

---

① Julian Barnes, "How did She Do It?", *The Guardian*, Saturday, July 26, 2008.
② A. S. Byatt, "A Delicate Form of Genius", *The Threepenny Review*, Spring 1998, p.13.

性，无知前提下的纯真会使善恶倒置；而过度的纯真善良则容易给自身带来伤害。本书对菲氏其他小说中的"纯真者"也进行了概括，并探讨了菲氏在此主题下伦理叙事的实质和意义。"灰爱"主题之下，本书首次提出四色爱情说，并聚焦四色爱情中的"灰爱"，重点以《离岸》和《早春》中的两对夫妻为研究对象，详细论述了灰爱的具体表征，并说明了这一主题在当今社会的积极意义。"孤独"主题与前两个主题有某种程度的因果关系，因为纯真的负面性，会给自己和他人带来某种伤害，或使生存境况恶化，或造成爱侣间的误解，使红爱蒙上阴影或灰尘，变成灰爱，从而导致孤独感的生发。"孤独"主题之下，本书重点探讨了《书店》中的个体孤独和《离岸》中的群体孤独。"勇气"主题是统领菲氏作品最积极的一条主线，在探讨"勇气"主题时，本书选择了菲氏所有与布克奖结缘的作品。不论前三个主题对人生及人类境况带来多大的不良影响，勇气都给人以鼓舞，予人继续前行的力量。在此基础上，回到绪论部分关于菲氏作家身份定位的问题，从本书所概括的菲氏作品四大主题来看，现实生活是菲氏作品的题材，菲氏将现实生活场景中的一幕幕现实人生的悲喜剧纳入作品，创作出性格丰满、各具特色的人物形象，展示出人性、婚姻和爱情以及人的生存状态，颂扬人的力量，作品对人的关注、对人的尊重、对人的行为价值与尊严的肯定和颂扬，充分体现了菲氏的创作立场及观点，据此，本书将菲氏定位为具有浓厚的人文关怀及人文情结的作家；而英美学界赋予其"社会风俗小说家"（novelist of manners）的标签，从本书对其小说主题的解读和分析来看，有其道理。

评论界对菲氏小说的高度认可和评价，表面看主要是针对她的小说艺术形式，实际也是对小说主题的认可，因为形式和内容具有不可分离性：形式为内容服务，内容赋予形式以思想和深度。通过前面四章对菲氏作品主题的探讨，可以看出菲氏前期作

结 语

品和后期作品的主题深度一致且具有连贯性，后期作品之所以被评论家推崇是因为其在艺术表现手法上显得更为娴熟。菲氏的小说艺术表现手法体现为两大特点。

第一大特点，她充分利用了小说这种文类形式"神奇的混成力"[①]。菲氏曾赞叹司各特（Walter Scott）将历史人物和事件随心所欲揉入自己作品的本领，实际上，她本人在这方面的技巧也非常高超。她的小说中融进了大量史实。很多历史事件，她都信手拈来，服务于她的小说人物刻画及主题深化。《书店》通过描写格林对纳博科夫的小说《洛丽塔》的谨慎、客观、求实态度，表现了格林不畏世俗权威和敢于直面挑战的勇气。《离岸》中，一笔带过的有关查尔斯王子对某种咖啡的嗜好，以及蒂尔达和玛莎对猫王埃尔维斯·普雷斯利及另一个歌手的喜好，对作品孤独主题的暗色调，在某种程度上是一种调和。《无辜》中小萨尔瓦多在父亲引领下探访葛兰西一段，为主人公成年后的性格，奠定了坚实的基础。《早春》中关于莫斯科环境和生活的写实描写，为众多人物形象提供了大舞台，男主人公面对的家庭危机以及所处的灰爱状态，在动荡写实的历史背景下，更显无奈。《天使之门》中，妇女争取选举权的历史事件通过细节得到了幽默的展现，女主人公命运的转机在这个大历史背景的烘托下显得不那么突兀。《蓝花》是菲氏这种技巧娴熟运用的登峰造极之作。事实上，菲氏在这部作品中处理得如此巧妙，以至于有译者及评论家将该作品判定为传记。[②] 菲氏扬长避短，将各色历史事件和人物剪裁成

---

① [捷] 米兰·昆德拉：《小说的艺术》，唐晓渡译，作家出版社1992年版，第66页。
② 中国台湾的 The Blue Flower 译本在"推荐序"和"译序"中，把该书划为"传记"类。唐先凯在为陈苍多译本《忧伤蓝花》写的"推荐序"中说："本书，作者用小说书写的方式来写传记。"（参见 [英] 蓓纳萝·费兹吉罗《忧伤蓝花》，陈苍多译，新雨出版社2002年版，第3页）译者陈苍多本人也说："至于选《忧伤蓝花》，则是我在译序中经常提及的——我对以小说形式写成的名人传记实在太感兴趣了。"由此可见，唐先凯和陈苍多都不约而同地把该作品文类归为"小说形式的传记"，文类落脚点仍在"传记"上。

适合自己作品的式样，在作品中缝合得恰到好处，手法娴熟从容，因此材料不显赘余，不喧宾夺主，人物刻画简洁到位，作品主题也在此艺术手法下得以深化。

除巧妙利用历史人物和史实服务于人物刻画和作品主题外，菲氏小说艺术表现手法的第二大特点体现为她吸收了古典主义的一些文艺创作规律，比如戏剧中的"三一律"①，她从时间跨度（短）、有限场景（及变换）、尽可能少的主要人物及事件限制性选择四个方面浓缩作品，使之简朴精炼。她的小说篇幅平均为200多页。就笔者所搜集到的九部小说英文文本中，《无辜》（Innocence）篇幅最长，有340页。菲氏因此称自己的小说为"微芯小说"（microchip novels），这个说法很机智：芯片小，但容量大，往往是一部机器的关键所在；菲氏小说篇幅不长，但艺术价值高，有思想有深度，同时兼具诗歌、散文的雅致和丰富意蕴。

她九部小说的故事时间跨度一般不超过一年。《书店》虽然跨了两个年度，但实际时长不到一年；《离岸》故事时间从1961年秋天开始，跨度不到半年；小说《早春》如题所示，仅仅几周时间；被评论界认为较复杂的小说《无辜》，时间跨度也仅十二个月多。

在场景选择上，菲氏作品中的故事一般设置于有限的空间背景中，犹如舞台剧，一般不超过四次场景更换。《离岸》集中在尼娜的"格蕾丝"号和理查德的"吉姆王"号上；《人生鼎沸》则围绕着"二战"之初的英国广播公司电台办公楼展开；《弗雷

---

① 戏剧的"三一律"，也称为"三整一律"，这个概念最早可以追溯到古希腊哲学家亚里士多德在《诗学》中的相关表述，他认为在进行戏剧创作时，时间、地点和情节三者之间应保持一致性原则。具体而言，指一出戏所叙述的故事发生在一天（一昼夜）之内，地点在一个场景，情节服从于一个主题。

结　语

迪戏剧学校》的故事则以该学校为中心地点。

菲氏作品中的主要人物一般不超过六个。《早春》只有三个主要人物；《书店》以寡居的格林为中心；《离岸》的主要人物是尼娜和理查德，虽然尼娜的丈夫对揭示小说主题有重要作用，但他在作品中只是被动出场一次，文尾主动出场一次；《蓝花》主要人物为诺瓦利斯（Novalis）和索菲（Sophie）；《无辜》主要人物稍多，共六个。菲氏小说主要人物虽不多，但人物刻画非常成功，常常寥寥几笔，人物形象及特征便跃然纸上。菲氏在给她朋友金（Francis King）的信中这样称赞他："你有这样的本领：让我们在一两段文字内快速了解你的人物。"① 实际上，菲氏本人也有这种本领。小说家莱芙丽（Penelope Lively）称赞她："极少有作家能像菲茨杰拉德那样用几句话把一个人物交代得那么清楚。"② 葛兰丁泞（Victoria Glendinning）也大赞其"人物刻画"时那种"出类拔萃"的本领："一个简单的句子就将人物来龙去脉交代得清清楚楚；一句话就抵得上好几页纸的分析。"③ 拜厄特就菲氏"留白"艺术做了如下评价："碎片、无声和留白，既是该小说主题之基本部分，亦是小说表现手法。"④ 菲氏本人深悟语言的局限性和留白的魅力，1991 年她在写给友人的信中称赞石黑一雄（Kazuo Ishiguro）的《群山淡景》（*A Pale View of Hills*）：

---

① Penelope Fitzgerald, *So I Have Thought of You*: *The Letters of Penelope Fitzgerald*, Terence Dooley ed., Boston: Houghton Mifflin, 2009, p. 290.

② Penelope Lively, "Backwards & Forwards", *Encounter*, Vol. LVIII, No. 6 & Vol. LIX, No. 1, June-July 1982, pp. 86 – 91; Reprinted in Daniel G. Marowski & Roger Matuz eds., *Contemporary Literary Criticism*, Vol. 51, Detroit: Gale, 1989, p. 124.

③ Victoria Glendinning, "Between Land and Water", *The Times Literary Supplement*, No. 4001, November 23, 1979, p. 10; Reprinted in Sharon R. Gunton ed., *Contemporary Literary Criticism*, Vol. 19, Detroit: Gale, 1981, p. 173.

④ A. S. Byatt, "The Isle Full of Noises", *The Times Literary Supplement*, No. 4043, September 26, 1980, p. 1057; Reprinted in Sharon R. Gunton ed., *Contemporary Literary Criticism*, Vol. 19, Detroit: Gale, 1981, p. 174.

"无声胜有声，再也找不到比这部作品更好的例子了。"① 评论家柯莫德说："菲茨杰拉德有一种知晓一切的天赋，或者说至少看起来她对所写对象从内到外知无不尽，但她只选取其中一些微光或几个片段，让感兴趣的读者自己去弄清楚整个事件的来龙去脉。"② "包容现代世界的复杂性要求一种省略和凝聚的技巧。否则您将掉进一个无底的陷阱。"③ 菲氏省略和凝聚的技巧使她远离了这个陷阱。

奈保尔评价《包法利夫人》时，称这是一部充满了密集的鲜活细节的"散文体作品"，"语言平实、干净而又简洁。优雅和戏剧性存在于多出来的、出乎意料的细节中"，对这样的作品需要"读慢一点"。④ 这些观点同样也适用于评价菲氏作品。菲氏作品叙事风格也带有"散文化"的特点，文风简洁，语言干净优美，有大量值得细细品味的细节。菲氏如何在留白以达到浓缩简练的同时又不失作品的丰富呢？细节描写起了很大作用。不妨以《逃之夭夭》（以下简称"《逃》"）这个短篇中，关于一个微不足道物品的细节描写来看菲氏细节的丰富寓意及表达力。

《逃》叙述的是逃犯萨维奇和牧师之女爱丽斯似有若无的爱情故事，其中关于萨维奇头罩的细节描写极富深意。萨维奇教堂偶遇爱丽斯时套着头罩，这使他看上去"像要被拉去屠宰的牲

---

① Penelope Fitzgerald, *So I Have Thought of You: The Letters of Penelope Fitzgerald*, Terence Dooley ed., Boston: Houghton Mifflin, 2009, p. 317.

② Frank Kermode, "Dark Fates", *London Review of Books*, Vol. 17, No. 19, Oct. 5, 1995, pp. 7 – 8; Reprinted in Jeffrey W. Hunter ed., *Contemporary Literary Criticism*, Vol. 143, Detroit: Gale, 2001, p. 246.

③ [捷] 米兰·昆德拉：《小说的艺术》，唐晓渡译，作家出版社1992年版，第70页。

④ [英] V. S. 奈保尔：《作家看人》，孙仲旭译，南京大学出版社2009年版，第139、145页。

结 语

口，又像个将被绞死的死刑犯"①，这是爱丽斯视角下她对萨维奇的第一印象：陌生而危险。经过一番对话有所了解之后，萨维奇取下头罩，将头罩"拿在手里绞来绞去，好像在洗它一样"②，此时萨维奇和爱丽斯的心理感受已经调换了，萨维奇在这位好心的女士面前显得有些不知所措了，如果说之前他戴着头罩在明暗交汇的教堂突然出现，使他看起来更像动物的话，那么此时他无心的动作（把头罩拿在手里绞来绞去）已经显露出了成年男子在女性面前的羞涩，这是一种颇令女性心动的男人气质。听到教堂里的响声，萨维奇急忙躲回暗处，忙不迭中将头罩落在椅凳上，爱丽斯"捡了起来，放进她的乐谱盒，把盒口的带子拉紧"③。这三个动作（捡、放进、拉紧）的捕捉和描写，已经暗示出爱丽斯对萨维奇的爱护之心。为后文她的闺蜜爱姬的质问"你们之间是不是突然有一种触电的感觉"④ 做好了铺垫。另一个与"头罩"相关的对比也颇有意味，当爱丽斯到爱姬那儿商量帮助萨维奇的办法时，她拿出了头罩，爱姬对此很好奇"但并不想碰它"⑤；爱丽斯回家后，抛下餐厅等着她一起晚餐的父亲及客人，躲进自己的房间，将头罩上的虱子捉着烧了，然后将头罩套在自己头上。同一个物品，两个女孩，两种截然不同的反应，爱姬碰都不想碰它，而爱丽斯却将它套在了自己头上。爱丽斯业已点燃的爱情之

---

① Penelope Fitzgerald, "The Means of Escape", *The Means of Escape*, London: Flamingo, 2001, p. 5.
② Penelope Fitzgerald, "The Means of Escape", *The Means of Escape*, London: Flamingo, 2001, p. 7.
③ Penelope Fitzgerald, "The Means of Escape", *The Means of Escape*, London: Flamingo, 2001, p. 7.
④ Penelope Fitzgerald, "The Means of Escape", *The Means of Escape*, London: Flamingo, 2001, p. 8.
⑤ Penelope Fitzgerald, "The Means of Escape", *The Means of Escape*, London: Flamingo, 2001, p. 9.

火,通过一个散发着恶臭、爬着虱子的头罩,在菲氏笔下得到微妙、深刻的体现,无怪乎柯莫德说:"她对细节总是有独到的把握。"① 菲氏信奉言简意赅,比起《鸽翼》,她更喜欢《黛西·米勒》;比起《战争与和平》,她更喜欢《主仆》。② 菲氏的"言简"是一种非常有意蕴的话语,承载了丰富的意义,其中留给细心读者的阅读体验和收获,是双重的。菲氏的细节描写就是这种极富表现力的手法的一个体现。菲氏的细节描写摒弃了女性作家易犯的细碎之嫌,带着透亮和幽默,同时还有一语中的的简洁。作品中富有意蕴的潜台词,对读者而言构成一种强烈而深沉的阅读体验。有的作家倾诉欲望较强,不大注意深度的开掘和"话中有话"的张力,导致作品"言无不尽,让人感觉乏味"③。菲氏留白和细节描写的运用巧妙地避开了这个创作时的暗礁。

菲氏艺术表现手法独到、老练,但她并不迷恋叙事技巧,不刻意经营表现手法,更不追求波云诡谲、晦暗幽深的叙事效果,作品的人文主义精神和思想一直是她最为在意和关注的。"文学的书写不仅仅在于传达某种思想,文学的阅读也不仅仅是要读出某个文本的意义或主题,而是要看到在'传达思想'或'读出主题'的过程中,生成的文本是否超越或巩固、颠覆或强化了旧的文本,是否为未来的新文本铺垫了新的'逃逸路线'。无论如何,在作家与读者的相遇中产生的新文本必然会以某种方式不同程度地转化为知识功能,在宗教、社会、政治、意识形态等方面发挥

---

① Frank Kermode, "Dark Fates", *London Review of Books*, Vol. 17, No. 19, Oct. 5, 1995, pp. 7 – 8; Reprinted in Jeffrey W. Hunter ed., *Contemporary Literary Criticism*, Vol. 143, Detroit: Gale, 2001, p. 247.

② Penelope Fitzgerald, *So I Have Thought of You: The Letters of Penelope Fitzgerald*, Terence Dooley ed., London: Fourth Estate, 2009, p. 284.

③ Julian Barnes, "How did She Do It?", *The Guardian*, Saturday, July 26, 2008.

结　语

作用。"① 本书研究概括的菲氏文本四大主题，对已有文学文本来说并不陌生，但菲氏文本的四大主题是对已有文本相似主题的补充和超越，可以带给读者新的启发，对读者正确认识自己和他人，把握爱情和生活具有积极指导作用。具体来说，对有的作家而言的"无用的美德"② ——纯真，菲氏并不是消极的单纯批判，她客观地把它的负面展示给读者，她的态度是建设性的，她让读者意识到即便本应属于美德的品性，也有它的危险性。因此，仅有一颗纯真之心是不够的，健康开明的成长环境以及对人对事的准确判断至关重要。在书写文学中长盛不衰的爱情主题时，菲氏也另辟蹊径，促使读者关注被文学家和评论家忽略的"灰爱"。弗洛姆说："如果爱是一门艺术，那就要求人们有这方面的知识并付出相应的努力。"③ 历来爱情主题的文学作品不太有利于培养读者这方面的知识，不仅如此，还有一点"腐蚀力"，因为它们供给读者的多是关于爱情如何纯美、热烈、浪漫的"观点或是幻想"④。菲氏作品告诉读者爱情是一门艺术，经营爱情需要知识，并要付出相应努力；她还启迪读者把爱情看作一个有机生命体。爱情这个生命体和一般生命体由弱到盛至衰的规律有所不同的是，爱情初现时是最强壮、最旺盛的状态——热烈的红爱，随着时间的推移，它会慢慢发展变化，对此，要以发展的眼光来看待它，以包容的心态来面对它，因为红爱在时间的销蚀下会变为灰爱，而灰爱是爱情发展过程中一个重要且长久的阶段，认识到这

---

① 陈永国：《理论的逃逸》，北京大学出版社2008年版，第51—52页。
② David Mogen, "Agonies of Innocence: The Governess and Maggie Verver", *American Literary Realism*, *1870–1910*, Vol. 9, No. 3, Summer 1976, p. 234.
③ [美]弗洛姆：《爱的艺术》，赵正国译，国际文化出版公司2004年版，第4页。
④ [英]托·斯·艾略特：《传统与个人才能：艾略特文集·论文》，卞之琳、李赋宁等译，上海译文出版社2012年版，第26页。

一点，才能真正经营并管理好爱情，进而经营管理好生活。这是菲氏在关于爱情的书写中非常犀利精准的一笔，她让读者以更冷静、更科学的态度面对生活中可能出现的感情危机，对维护家庭和社会的稳定具有十分积极的意义。除了"灰爱"这一生活常态外，孤独是人存在的另一常态。菲氏"孤独"主题具有哲学的深度，而"勇气"是消解孤独，直面人生挫折和不幸的有效手段。菲氏小说的孤独和勇气主题暗暗契合了这样一种人文主义的观点，即人类的理想值得尊敬，在为理想奋斗时，必须认识到：在一个对这些理想抱着冷漠而且常常是敌意的世界中，完全要依靠自己。[①] 文学作品追求深刻和独特，菲氏以新的视角赋予经久不衰的文学主题以新意，辅之以她冷静、沉着、平静、简练的叙事文笔，阅读过程中的精神感动和心灵顿悟随之而来。作品关于人性、人的情感维度、人的生存状态和人类行为价值的探索，在浮躁、功利、容易迷茫的时代，具有积极的社会意义。

---

① ［英］阿伦·布洛克：《西方人文主义传统》，董乐山译，生活·读书·新知三联书店1997年版，第243页。

附　　录[*]

一　The Function of the Minor Character Christine Gipping in *The Bookshop*

Ju Zhang

Abstract: This study addresses the structural function and thematic significance of the character Christine Gipping in Penelope Fitzgerald's *The Bookshop*. An overview of Fitzgerald's literary career

---

[*] 此处收录笔者的两篇英文论文，第一篇于 2015 发表在日本学术期刊《社艺堂》（*Journal of Social Aesthetics*），第二篇于 2017 年发表在加拿大学术期刊《环境信息学》（*Journal of Environmental Informatics*）。两篇论文均属于"佩内洛普·菲茨杰拉德小说研究"的范畴，是笔者 2013 年完成菲氏研究的博士论文后所写。两篇论文在研究的具体方向、研究方法与研究结论方面，与本书内容形成很好的互补。第一篇论文《次要人物克里斯蒂娜·吉平在〈书店〉中的作用》探讨了克里斯蒂娜·吉平这个人物在《书店》中的结构功能和主题意义。她不仅是主要人物弗洛伦斯·格林和反派人物维奥莱特·加马特的陪衬，而且是推动叙事进程的驱动力。此外，她帮助形成了一个涵盖了两对冲突角色的封闭的互动圈。在主题意义层面，克里斯蒂娜这个孩童角色为主角格林夫人所处的冷酷社会环境增添了一点暖色调，其与加马特夫人的直接对抗突出了作品的勇气主题，有效丰富了主题意义。第二篇论文《现代小说中的环境信息与生态批评》从文学与环境研究的跨学科角度，分析了现代小说作品中的环境信息及所蕴含的生态哲理。文章围绕佩内洛普·菲茨杰拉德的两部代表作《书店》和《离岸》（兼带论及了其他当代作家颇具影响力的环境小说），详尽阐释了其中蕴含的三个主要概念"动物形态化""反人类中心主义""环境末世观"，并分析了这三个概念与"可持续发展""风险管理""生态环境优化"之间的关系。

strongly suggests that she is a prominent figure in contemporary British literature. A review of the literary term "character" reveals that characters first and foremost constitute the very life of fictional works as well as the substance of literary criticism. This essay demonstrates that the character Christine Gipping in *The Bookshop*, though a minor character, is not only a foil for the protagonist Florence Green and against the antagonist Violet Gamart, but also is the driving force behind the narrative progression. Christine serves as the catalyst for the conflict between the two main characters. In addition, she assists in creating an enclosed circle of interaction between two conflicting pairs of characters, namely, Florence and Mrs. Gamart, Christine and Milo North, another minor character. At the thematic level, this child character Christine adds vibrant color to the grim theme of unrelenting courage, thus enriching the thematic meaning.

Key Words: The Bookshop, Penelope Fitzgerald, Christine Gipping

Penelope Fitzgerald (1916 – 2000) is one of the most talented of contemporary British novelists. She graduated from Somerville College, Oxford with first honors in 1938. She did not embark on her professional literary career, however, until the age of sixty. Her works include three biographies, nine novels, a collection of short stories (*The Means of Escape*), a volume of essays and reviews (*A House of Air*) and a collection of letters (*So I Have Thought of You*). The latter three were published posthumously. Three of her nine novels, *The Bookshop*, *The Beginning of Spring* and *The Gate of Angels*, were shortlisted for the Booker Prize, while *The Gate of Angels* was also shortlisted for the 1990 Whitbread

Prize. She won the Booker Prize in 1979 for her work *Offshore*, and she herself served twice as the judge for the Booker Prize during the 1990s. One of her three biographies, *Charlotte Mew and Her Friends* won the 1985 Rose Mary Crawshay Prize. Her last novel *The Blue Flower* was the most admired novel of 1995. It was selected no fewer than nineteen times by the press as the "Book of the Year". The novel also won the National Book Critics Circle Award, which made her the first non-American citizen to win that prize, and her repute soared after this. Some critics began to call her "the finest British writer alive" (Eder 1997, 5). Penelope Fitzgerald was awarded two lifetime-achievement prizes, the Heywood Hill Literary Prize (1996) and the Golden PEN Award (1999). She was ranked 23rd among the 50 most distinguished post-war novelists in England by *The Times* (Jan. 4th, 2008).

In spite of Fitzgerald's achievements and widely acknowledged repute, not many critics have analyzed this novelist, though she has been acclaimed as "the nearest heir to Jane Austen" (Byatt 1998, 13). However, there are no lack of heavyweight critics/writers, such as Frank Kermode, Hermione Lee, A. S. Byatt, Penelope Lively, Philip Hensher and Julian Barnes. Hermione Lee published the biography of *Penelope Fitzgerald: A Life* in 2013. Another two monographs on Fitzgerald are Peter Wolfe's *Understanding Penelope Fitzgerald* (2004) and Lu Li'an's *Direction of Literary Study from Studying the Fiction and Literary Career of Penelope Fitzgerald* (2005).

Her nine novels cannot match the productivity of Charles Dickens', but there are other eminent writers such as Jane Austen who did not publish so many works either. *The Blue Flower*, *Offshore*, and *The Bookshop* have been the most read, analyzed and reviewed of

Fitzgerald's works. Frank Kermode has stated that *The Bookshop* is more sophisticated than the Booker winner *Offshore* (Kermode 1979, 13).

The Bookshop, which was first published in 1978, is Penelope Fitzgerald's second novel① and her first "straight" novel. This is "a story steeped in sadness" (Knight 2012, 70), which wavers between "the exterminator and the exterminated" (Fitzgerald 2006, 37). It is also a story of "a fighter" which evokes the themes and images of survival, loneliness and courage (Cunningham 1978, 1333). Formerly, I have published an essay on an intertextual analysis of *The Bookshop* and *The Old Man and the Sea*. A detailed structural analysis of *The Bookshop* seems to display a similar but less familiar heroic narrative to that of *The Old Man and the Sea*. One of the arguments is based on the actant function of Christine Gipping; namely, what Christine Gipping is to Florence Green, Manolin is to the old man, Santiago. In the present essay the child character Christine Gipping's structural function will be explored in relation to the unity of the narrative as a whole. I will argue that Christine Gipping is not only a foil character but also symbolizes a different aspect of the major character. If Florence represents "sense", then Christine Gipping can be seen as Florence's "sensibility". The two aspects are complementary and actually merge as one at the climax of the story.

Character-Matter

Before analyzing the minor character Christine Gipping, a brief explanation of literary theory on character analysis might help justify

---

① Penelope Fitzgerald's first novel, *The Golden Child* (1977), is a mystery.

and validate this study. It is interesting to observe how "character" has been defined from polar opposite perspectives. It can be argued that they are "persons represented in a dramatic or narrative work, who are interpreted by the reader as possessing particular moral, intellectual, and emotional qualities" (Abrams and Harpham 2008, 42). On the other hand, scholars steeped in Aristotelian philosophy, formalism and structuralism① hold that characters are secondary derivative products of the plot, the agents of certain actions and the actants rather than personnages. Though some narratologists have tried to reconcile the two seemingly contradictory aspects of character, few have been successful. Uri Margolin, for example, defined character "in the widest sense" and "in the narrower sense" with the former designating "any entity, individual or collective—normally human or human-like—introduced in a work of narrative fiction" and the latter restricted to "participants in the narrative domain, the narrative agents" (Margolin 2007, 66). Fotis Jannidis defines character as "a text-or media-based figure in a storyworld, usually human or humanlike" (Jannidis 2009, 14). Except for the cyclical way of explanation, this definition seems inclusive. Other critics consider character as the priority of all the elements in a narrative.

"Character" occupies a privileged position in the novel or

---

① It can be long list of names, beginning with Aristotle, followed by Vladimir Propp, B. Tomashevsky, Greimas, Todorov and Roland Barthes, with the last two comparatively more open towards the notion of character. Todorov agrees on the Proppian attitude toward character but he also initiated two categories of narratives, that is, plot-centered and character-centered. Barthes underwent a shift from the functional view of character to a somewhat psychological view. His use of words like "trait" and "personality" in S/Z indicates the change.

the play: without "character," passive or active, no text. He is the major agent of the work, at the center of a stage that is commanded by his presence, his story, his interest. Upon his "life" depends the life of the text—so they say. (Cixous and Cohen 2009, 386)

Between both extremes, I particularly value Chatman's understanding of character. In *Story and Discourse*, he provided a convincing analysis of the concept of the "story-existent".

Aristotle and the Formalist and some structuralists subordinate character to plot, make it a function of plot, a necessary but derivative consequence of the chronologic of story. One could equally argue that character is supreme and plot derivative, to justify the modernist narrative in which "nothing happens," that is, the events themselves do not form an independent source of interest, for example, a puzzle or the like. But to me the question of "priority" or "dominance" is not meaningful. Stories only exist where both events and existents occur. There cannot be events without existents. And though it is true that a text can have existents without events (a portrait, a descriptive essay), no one would think of calling it a narrative. (Chatman 1990, 113)

Chatman's flexibility allows us to elaborate to the greatest possible extent upon the function and significance of character within the unity of a narrative. Major characters have naturally been given much attention, while minor characters are in danger of being underrated. Based on Chatman's theoretical eclecticism, this essay aims to argue for the psychological and apsychological significance of the minor character Christine Gipping, in Penelope Fitzgerald's *The Bookshop*.

The Structural Significance of Christine Gipping

"I believe that all novels begin with an old lady in the corner opposite. I believe that all novels, that is to say, deal with character, and that it is to express character—not to preach doctrines, sing songs, or celebrate the glories of the British Empire … " (Woolf 1988, 31)

Penelope Fitzgerald focused on *The Bookshop* with a middle-aged woman. Writers and readers are in agreement on how to present and recognize a work's protagonist. Fitzgerald spends little time in introducing the protagonist and her bewilderment at the beginning of *The Bookshop*.

In 1959 Florence Green occasionally passed a night when she was not absolutely sure whether she had slept or not. This was because of her worries as to whether to purchase a small property, the Old House, with its own warehouse on the foreshore, and to open the only bookshop in Hardborough. (Fitzgerald 2006, 1)

The two opening sentences establish the time (1959), the place (Hardborough) and the major character (Florence Green) of the story. Most importantly, we are immediately thrown into her indecisiveness regarding whether to open or not to open the town's only bookshop. After reading the two sentences, we know the dilemma of our protagonist and we can further probe into the question of why opening a bookshop should involve worries, especially if it is the only bookshop in the area. One might assume that it would be profitable. The following sentences in the opening paragraph hint the cause:

> The uncertainty probably kept her awake. She had once seen a heron flying across the estuary and trying, while it was on the wing, to swallow an eel which it had caught. The eel, in turn, was struggling to escape from the gullet of the heron and appeared a quarter, a half, or occasionally three-quarters of the way out. The indecision expressed by both creatures was pitiable. They had taken on too much. (Fitzgerald 2006, 1)

The latter half of the opening paragraph is like a fable. We see, through Florence's vision, two creatures engaged in a struggle. The heron is trying to swallow its catch, and the eel is trying to escape being swallowed. "The opening perfectly sets up the novel's story of struggle, worry and failure" (Lee 2013, 133). This scene also creates the atmosphere for a linear narrative, a story of "survival of the fittest". If the heron and the eel in the animal world "had taken on too much", who are their counterparts in the human world? We are naturally led to anticipate the existence of an antagonist and we know through this metaphoric situation that the antagonist must be quite menacing, and that is why Florence hesitates. The tension is embodied in this metaphoric scene. What if Florence were the eel? If Florence had a reliable helper, then even if she were the eel, there might still be some chance of survival. After all, the human world is far more complicated than that of animals, and there is a helper evident in the person of the minor character, ten-year-old Christine Gipping.

Christine is not a continuous presence in the novel. We do not meet her until the third chapter, a clue that she is a minor character in the narrative. The scene takes place in the following manner. During a solitary outing, Florence by chance encounters two young sisters, the younger child weeping forlornly. Feeling empathy for the child, Florence attempts to comfort her, offering her a clean handkerchief. Christine, the older sister, intervenes firmly: "That's all right, Miss. I'm Christine Gipping, I'll take her. We've got Kleenex at ours—they're more hygienic." (Fitzgerald 2006, 33) She rejects Florence's offer, without expressing any gratitude, but also observantly. The child's naïve hurtfulness is revealed through her claim of Kleenex being more hygienic than Florence's fresh handkerchief.

It is not until the fifth chapter that Christine Gipping reappears. This time she has set aside her harsh frankness and has "put on her best (cardigan) to make an impression at the first interview" (Fitzgerald 2006, 63). Christine, being only ten years old and the third daughter in the family, Florence intends to hire one of her elder sisters, telling her, "Please don't get the idea that I don't want to consider you for the job. It's just that you don't really look old enough or strong enough." For this, Christine replies "You can't tell from looking. You look old, but you don't look strong. It won't make much difference, as long as you get someone from ours. We're all of us handy. " (Fitzgerald 2006, 62)

Christine's adroit reply and straightforwardness are precocious for a child. She has defended herself convincingly and tried to qualify herself for the job. Even during the interview, Christine takes the initiative from Florence. She answers two more questions calmly and properly and then poses a difficult question for Florence herself:

"… You haven't any children, Mrs. Green?"

"No. I should have liked to."

"Life passed you by in that respect, then." (Fitzgerald 2006, 63)

Reviewer A. S. Byatt asserts that Christine is "like all Fitzgerald's child characters, intelligent and resourceful, aware of the deficiencies of their elders" (Byatt 1998, 14), and according to Peter Wolfe, "this ten-year-old probably heads the list of Fitzgerald's child characters" (Wolfe 2004, 100). This precocious ten-year-old has no intention of hearing any explanations from Florence on the delicate matter of her barrenness but offers to work without expecting any instructions. So she wins herself the job. She also wins the affection of Florence some months later when Mrs. Gamart, who previously has "politely" requested that Florence vacate the premises of the Old House so she can replace it with an arts center, walks into the bookshop after it has already been open for six months.

When Mrs. Gamart enters the bookshop with a smile, Florence regards this act as a peace offering. Florence intends to show her around, but is interrupted and distracted by an unwelcome watercolorist who insists on exhibiting his work and begins to hang up his paintings immediately. Christine has already proven to be Florence's efficient helper in the rental business of the bookshop. The rental library is not open until after school, and Christine runs the book rentals in her childlike but very organized way. However, when Violet Gamart, the natural patroness of this small town, pays her visit, an "accident" occurs during Florence's momentary preoccupation with the watercolorist:

> All this time, beyond the scope of her immediate attention, a murmur of unease, even something like a shout, was rising from the back of the room. … Mrs. Gamart, very red in the face, one hand oddly clasped in the other, and possessed by some strong emotion, passed rapidly through the shop and left without a word. (Fitzgerald 2006, 90)

This is the key incident in the story, yet it takes place off stage. Fitzgerald is subtly and skillfully presenting the narrative's climax. At this crucial moment the omniscient narrator casts a limited narrative gaze. The narrator abandons the omniscient view and borrows Florence's perception instead, in other words the narrator doesn't follow Christine into the library. The conflict between Christine and Gamart is thus an enigma for Florence and the readers.

After comprehending the scuffle, Florence chooses to comfort Christine instead of following Mrs. Gamart apologetically out in order to pacify her. On the surface, it is Christine who has provoked the dispute, but it is Mrs. Gamart who violated procedures first. After all, Mrs. Gamart has always meant to evict Florence from the Old House, from the very beginning. And here, on Florence's and Christine's own territory, Mrs. Gamart is playing her usual power game. Christine's accusation that "Mrs. Gamart wouldn't wait her turn. She picked up other people's books and looked at them and she's muddled my pink tickets!" (Fitzgerald 2006, 91) convincingly reveals Mrs. Gamart's arrogance and self-conceit. Christine, in all innocence, gives her "a good rap over the knuckles" (Fitzgerald 2006, 91). This incident, in the seventh chapter of ten, is the driving force for the progression of the story. Christine's physical blow is a severe humiliation for Mrs. Gamart who consequently determines to take her revenge. Chapters 8 and 9 depict a series of setbacks for the bookshop, directly or indirectly caused by Mrs. Gamart and her accomplices, which effectively disrupt the management of the bookshop. Structurally, Christine serves as the catalyst for the underlying tension and ensuing conflict between the two main characters. It is through Christine that this tension is transformed into direct and physical conflict, moving from invisible to visible. Christine's bravery is revealed in her attempts to do what she thinks is right, even though her adversary is the town's most influential woman.

Christine is not only a foil for the protagonist and against the antagonist, but is also a foil against Milo North, Mrs. Gamart's secret accomplice and one of the most destructive adversaries for Florence. Christine and Milo form a secondary pair of binary opposites. The following circle is a sketch of the character-map in the novel.

The arrows in the circle above indicate the opposing forces, one character to another. Mrs. Gamart uses her influence to try to prevent the opening and running of the bookshop. Milo actually takes the side of

Mrs. Gamart. Christine plays the supporting role for Florence. She strikes Mrs. Gamart when she does not follow proper procedures for lending out books. Christine sees through Milo with her child's intuition, and she openly and fairly condemns Milo of laziness and irresponsibility when she visits the bookshop after her resignation as an assistant, upon her graduation from primary school.

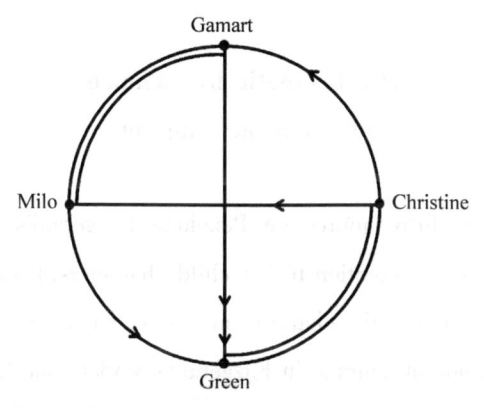

```
                    Gamart
                      |
                      |
          Milo -------+------- Christine
                      |
                      |
                      ↓
                    Green
```

Milo is probably the most despicable and shameless man in all of Fitzgerald's works. The contrast between him and Christine is stark. Christine maintains order where even Florence found it difficult when she first established the lending libraryservice for townspeople. It soon becomes clear that Milo cannot keep either his girlfriend or his job at the BBC. Christine is hard-working and "never has time to sit about" (Fitzgerald 2006, 138) when she is the assistant to Florence. Milo, on the other hand, "immediately shuts up the shop, sits in the comfortable chair and moves forward into the patch of afternoon sunlight" (Fitzgerald, 135) as soon as Florence goes out on other business. Milo applies for the job and receives his salary from Florence; however, he betrays Florence and allows the council people into the shop to inspect the property, without first informing her or asking for Florence's permission. He signs a deposition claiming that the dampness of Florence's building has affected his health, making him unfit for ordinary employment. Milo turns out to be the inverted symbol of honesty and uprightness. He is Mrs. Gamart's hidden accomplice and cat's paw in bringing down Florence.

The Thematic Importance of Christine Gipping

In order to fully appreciate Penelope Fitzgerald's writing, one should pay selective attention to her child characters. If one doesn't, a considerable portion of the charm of her works might be lost. When examining the theme of courage in Fitzgerald's works, one has to include the bravery of her child characters. If not, many brave deeds would go unnoticed. Undoubtedly, " Courage and daring are epic virtues " (Bloom 1995, 334), and the two virtues have been successfully combined and manifested by the child characters of Fitzgerald.

Since the end of the twentieth century, the concept of courageous mentality and behavior has aroused wide academic interest in the field of psychology. Christopher Peterson and Martin E. P. Selingman in their work *Character Strengths and Virtues*: *A Handbook and Classification*, have summarized positive characteristics in the human personality and classified them into six fundamental types: namely, wisdom and knowledge, courage, humanity, justice, temperance and transcendence. Each of these six types can be further classified in more detail. Courage, for example, includes four elements: valor, persistence, integrity and vitality. Wordsworth said, "The child is the father of man. " In matters of valor, children's courage is no less courageous than that of adults.

In *The Bookshop*, Florence Green, the protagonist wants to open a bookshop in Hardborough, while the antagonist, Violet Garmart, tries every means in her power to prevent this. Christine Gipping is not simply a minor character in the narrative but represents another aspect of the protagonist. Two women set the stage for the plot, but without this child Christine, the theme of courage would fade dramatically. On the thematic level, the minor character, Christine Gipping is also indispensable. Both the protagonist and the antagonist need some contrast to be fully individualized, and Christine Gipping brings forth their personalities.

Christine's personality creates the backdrop upon which Florence's courage can manifest itself. Courage does not simply imply facing challenges and risks with confidence. It also means working towards one's dream under pressure. It means accepting a certain amount of predictable failure. In the novel, Florence's courage is represented by her quiet endurance and perseverance when faced with an adverse situation. The narrator once comments that "the difference in age between Christine and Florence seemed less, as though they were no more than two stages of the same woman's life" (Fitzgerald 2006, 78). Christine can be thought of as the younger counterpart of Florence. Florence's courage is the unyielding bravery of adulthood. Christine's youthful courage is connected with unconditional guarding of fairness and order. "You wanted me to do it orderly! I gave her a good rap over the knuckles. " (Fitzgerald 2006, 91) In the eyes of this 10-year-old, Mrs. Gamart is a customer no different from the others, all of whom are expected to abide by the proper procedures of the lending library; therefore, she has no right to interfere with what the others have arranged. Christine's "good rap" is simultaneously physical and metaphoric. It is a direct challenge to Mrs. Gamart's self-appointed authority. If Florence represents Fitzgerald's "heroism of quiet endurance" (Lewis 2000, 31), then Christine is the vibrant voice of order and disinterested judgment of right and wrong.

Their courage is two forms of fortitude in two of life's stages. The young Christine also adds some color to the grey background of Florence's loneliness and sentimentality, as a childless widow in unfavorable economic circumstances. Christine plays the role of Florence's companion, helper and daughter, in the emotional and spiritual sense. This child character is likely to outlive Mrs. Gamart and Florence. In this sense, Christine is likely the ultimate protagonist. Through Christine, Florence's kindness, resilience and quiet courage as well as Mrs. Gamart's self-conceit are manifested. Fitzgerald posits Christine as the bridge to a deeper understanding of the theme of courage. One should not define Florence's survival of hardship as proof of Fitzgerald's feminism, because Fitzgerald depicts Mrs. Gamart, a woman, as the opposing force of another woman, Florence. Without being sardonic she depicts the ups and downs of life in Florence Green's bookshop in the hardbitten town of Hardborough. Virtues or vices in Fitzgerald's novels are both effectively portrayed but not explained away.

The omniscient narrator in this novel allows psychological access only to Florence's thoughts, but not to Christine's. This is another way in which we identify Christine's subordinate position to the protagonist in the narrative, but in spite of her minor status, Christine Gipping is not a flat character. She is not constructed around a single idea or quality. She is sharp and uses her intuition to assess people and things around her. She understands what her elder sister is doing with her boyfriend. She knows how to classify books. She is strong.

She sets her own standards and observes them strictly. She uses the analogy of people turning Deben's fish without buying and begrudges people who turn and read books with no intention of purchasing, even though her employer points out that this is common in bookstores. Christine is always candid. She tells Florence frankly that she cannot go beyond grammar school. She correctly predicts her dim future. She ends up in a technical school and calmly accepts her fate. She doesn't disguise her disgust towards the watercolorist and says she'd rather marry a toad than live with him. Yet she is somewhat unpredictable. We see the early signs of a femme fatale in this ten-year-old girl. She is "typical of Fitzgerald's children—precocious, unnervingly detached, literal, untroubled by adult suffering, and shamelessly deceptive" (Flower and Henchey 2008, 11).

Conclusion

With Florence Green as the protagonist and Violet Gamart the antagonist, *The Bookshop* manifests courage as one of its themes, through Florence's quiet struggle against Mrs. Gamart's powerful influence. The minor character, Christine Gipping, however, is not incidental to the narrative. She is the catalyst and "sharpens" the major characters. As a foil for Florence Green, and against Violet Gamart and minor character Milo North, she heightens the theme and enriches the novel's plot. Fitzgerald's works are deceptively short and light because she has the "gift for pinpointing or encapsulating character or situation in a few apt and incisive phrases" (Gitzen 1997, 9). Though a minor character, Christine Gipping contributes vitally to the contrapuntal weaving of major characters, events, and ideas that shape *The Bookshop* into the masterpiece it is.

二 Environmental Information in Modern Fiction and Ecocriticism[*]

J. Zhang, L. R. Liu[①], X. C. Shi[②], H. Wang[③] and G. Huang[④]

Abstract: Environmental writing and ecocritical inquiry have been practiced more vigorously in recent years than before, with increasing sophistication and substantial progress. In this study, the discourses of environment in modern fiction are examined from an ecocritical perspective. The literary representations of environment in modern fiction reveal new insights into environmental issues and provide new perspectives and viable documentary information for the scientific study of the environment. Trying to conceptualize some of the environmental phenomena, this study concludes that zoomorphism and anti-anthropo-

---

[*] Ju Zhang et al., "Environmental Information in Modern Fiction and Ecocriticism", *Journal of Environmental Informatics*, Vol. 30, No. 1, Oct. 2017, pp. 41-52. (注：本文收入本书时，已获其他四位作者授权。)

[①] Institute for Energy, Environment and Sustainable Communities, University of Regina, Regina, SK S4S 0A2, Canada.

[②] Department of Foreign Languages, China Women's University, Beijing 100101, China.

[③] Department of Water Resources, China Institute of Water Resources and Hydropower Research, Beijing, 100044, China.

[④] Institute for Energy, Environment and Sustainability Research, UR-BNU, 3737 Wascana Parkway, Regina, SK S4S 0A2, Canada.

附 录

centrism can well balance ecocentric concerns, reflecting and enhancing the close ties and interdependence between human society and the natural world. Environmental apocalypticism is another notable concept conveyed in modern fiction, indicating great crises of the worsening environment. More importantly, environmental apocalypticism serves as an alarming reminder that the remarkable complexity of problematic environmental issues humans encounter are both urgent and devastating. With analyses of literature's engagement with the natural environment, the interdisciplinary vision highlights the interconnections between man and nature, expands research space for both disciplines and provides more efficient means of solving the environmental problems.

Key Words: environmental information, ecocriticism, zoomorphism, anti-anthropocentrism, environmental apocalypticism, Penelope Fitzgerald

Introduction

Our living environment and the quality of life are being threatened by the ecological changes due to greenhouse effect and the side-effects of industrialization. It is the irrevocable duty of literary study to exert some influence on the implementation of policies for sustainability and balanced ecological circle. The call for a union between the scientific and literary communities is urgent. Rachel Carson's *Silent Spring* is a good example of a combined work of novelistic skills and scientific argument. Joseph W. Meeker (Meeker, 1997) strongly argues in *The Comedy of Survival* for the inseparability of literature from nature, saying "If the creation of literature is an important characteristic of the human species, it should be examined carefully and honestly to discover its influence upon human behavior and the natural environment to determine what role, if any, it plays in the welfare and survival of mankind and what insight it offers into human relationships with other species and with the world around us." Ecocriticism, as a means of literary criticism answers the call timely with the "fundamental premise that human culture is connected to the physical world, affecting it and affected by it" (Glotfelty, 1996). Ecocriticism takes the interconnections between nature and culture as its subject. The combination of ecological thinking and criticism on literary works distinct from other methodology of literary criticism in that this study rouses and stresses the equality of natural and social worlds, convincingly displays and encourages the need for the conservation of nature.

Modern literary works contain plenty of eco-environmental information and the exploration of such information is very important since analyzing and interpreting the information under certain specific historical backgrounds provide new angles from which we see how social science presents and represents the environmental issues and how writers and readers of different times are reflecting on environment-related problems. Both the works themselves and the research on the works are irreplaceable by conventional scientific research works.

The significance of the above-mentioned two aspects has been recognized and there are already some related researches. Before the 1960s, the natural environment usually serves as an insignificant part of "setting" in literary writing and criticism. Aldous Huxley suggests in *Literature and Science* that if the proper study of mankind is Man, then the next most proper study is Nature, and the relationships between the

附 录

two (Huxley, 1963). The concerns of ecology are matters of great significance. Since then "environment" becomes a keyword which many influential literary and critical works explore. From the 1990s on ecocritical study has witnessed a blooming development. Now, environmental study is a legitimate field of inquiry for literary scholarship, playing a key role in a broader conception of the study of literature and the environment.

A simple fact that "Nature" is interdisciplinary convincingly calls for an interdisciplinary study between literature and the environment. Being a credible area of study nowadays, ecocriticism, a term of interdisciplinarity, is defined by Cheryll Glotfelty, the first Professor of Literature and the Environment in the United States of America, as "the study of the relationship between literature and the physical environment" (Glotfelty, 1996). It tries to bridge the gulf between environment study and the study of literature. It encourages and enhances the sense of interrelationships to include nonhuman as well as human contexts. "Ecological thinking about literature requires us to take the nonhuman world as seriously as previous modes of criticism have taken the realm of society and culture" (Love, 1999).

Primary and influential practitioners of ecocriticism are Joseph W. Meeker, Glen A. Love, Lawerence Buell, Jonathan Bate, Greg Garrard, the Canadian scholar Kevin Hutchings, Ursula K. Heise, Dana Philips and Stephanie LeMenager, to name but a few. Widely-acknowledged special issues have been dedicated to the interdisciplinary study of literary and environmental concerns. Two of the earliest are the 1991 MLA special session organized by Harold Fromm, themed "Ecocriticism: The Greening of Literary Studies" and the 1992 American

Literature Association conference chaired by Glen Love on "American Nature Writing: New Contexts, New Approaches". The third is the summer issue of 1999 by quarterly *New Literary His-tory: A Journal of Theory and Interpretation*, themed "eco-criticism"; another is the Fall issue of 2005 by *Interdisciplinary Literary Studies: A Journal of Criticism and Theory*, themed "New Connections in Ecocriticism"; the fifth is the 2011 issue of *Pacific Coast Philology*, themed "Literature, Culture and the Environment"; and the sixth is 2013 issue of *Comparative Literature Studies*, themed "Sustaining Ecocriticism: Comparative Perspectives." These academic focuses demonstrate that eco-criticism is flourishing as a widely accepted field of interdisciplinary study, transforming from an emergent and peripheral field to a highly recognized research area. The interdisciplinary approach has proved to be successful and fruitful by environmentalists and ecocritics who have established a trend and laid a firm foundation for ecocriticism through influential monographs (most of which are included in the "References"). The Association for the Study of Literature and Environment (ASLE) was founded in 1992.

Lawrence Buell, one of the most influential ecocritics asserts that ecocritical practice has already undergone two waves of movements, with the first wave prevailing through the 1990s and privileging rural and wild spaces over urban ones and the second wave more inclusive, regarding metropolitan landscape and the built environment as equally fruitful ground for ecocritical work (Buell, 2011).

The environmental descriptions dominate aspects of some contemporary fiction, as the setting of the stories as well as bearing significant thematic meaning. Among the contemporary literary works, Penelope

附 录

Fitzgerald's fiction deserves special attention for its unique environmental writing. Being awarded two lifetime-achievement prizes, the Heywood Hill Literary Prize (1996) and the Golden PEN Award (1999), Penelope Fitzgerald is ranked 23rd among the 50 most distinguished post-war novelists in England by *The Times* in 2008. Fitzgerald writes most of her works in the 1980s, focusing more on the urban landscape, which brings much space to both natural and social dimensions of environmental study and critical practice. However, her works have not been studied extensively. Few critics have given the requisite ecocritical attention to her writing of the industrial transformation of the city environment, which, most largely focuses on the urban environment instead of the uninhabited natural world as some other writers do. The real life of Penelope Fitzgerald in London, is inextricably connected with the then heavily-polluted Thames River, that of the fragile, sensitive relationship between city dwellers and the surroundings. Although there are previous discussions and special sessions on the exploration of literature and environment, no exploration of eco-environmental information within Penelope Fitzgerald's works has been undertaken. At the same time, little effort has been made in exploring eco-environmental information under the corresponding historical background in order to compensate and support the related scientific research.

Therefore, the objective of this study is to explore the significant implications of the environment discourses as well as of the people and animals who inhabit the environment within Penelope Fitzgerlad's works. Though environmental description does not dominate Fitzgerald's fiction, it provokes numerous ecological discussions and provides sufficient and convincing thoughts that can be conceptualized. The conceptualization will be based on a detailed discussion applying ecocriticism as a foundation for analysis. Three issues will be addressed, including (ⅰ) how humans reflect ecological relationships with nature through zoomorphism, (ⅱ) how anti-anthoropcentrism is expressed in Penelope Fitzgerald's works, and (ⅲ) how environmental apocalypticism is hinted in some modern literary works and the relationship between this vision and risk management. By conceptualizing the eco-environmental implications this study reiterates the idea that nature and human survivals are interdependent and that literary works can function as invaluable documentaries that records the status-quo of the environment and people's changing attitude and consciousness towards the protection of the environment. This study will provide another angle from which scientific studies can benefit, contributing more effectively to the environment amelioration from a reinvention of vision and values.

Background Information and Environmental Dimensions in Penelope Fitzgerald's Fiction

Penelope Fitzgerald's most well-known and commented works are *Offshore* and *The Bookshop*. Set in London in the 1960s, *Offshore* is semi-autobiographical, as shown in Figure 1. The protagonist Nenna James' life on boat on the Thames in Battersea is based on Fitzgerald's own two-year barge life in that area. Being left behind with two daughters when the husband Edward James accepts a job overseas, Nenna manages to find a dwelling place in a houseboat (Grace) on the Thames. There she and her two daughters are in the liminality of belonging neither to the land nor the sea. To make the situation worse,

附 录

Nenna has no job, little income and an absentee husband who refuses to join them after he comes back to London from Panama. Nenna and her daughters are beside a polluted river and in poor sanitary conditions, poor lighting and heating systems. They go through most of the hardships of those who are caught in between. The Booker short-listed *The Bookshop* centers around another unfortunate middle-aged woman, Florence Green, who makes up her mind to run a bookshop in the small coastal town of Hardborough, Suffolk. Florence has some struggles but she finally succeeds in opening the bookshop and keeps it for a year, yet the influential and ambitious Mrs. Gar-mart tries all her means to turn the location of the bookshop, the Old House into an arts center. In the end, Mrs. Garmart wins the invisible war and Florence is evicted. If one thinks that the two well-received works only excel in narrating the fate of wretched women, it will be somehow narrow-minded. Apart from revealing the social environment of the 1960s England, the two works depict in detail the respective natural environment, whose significance shall not be overlooked.

Penelope Fitzgerald has convincingly manifested an environmental consciousness in her writing. Few readers will failto notice the deplorable condition of the Thames in the 1960s from her Booker winner *Offshore*:

(a) *The whole morning's mail soaked away in the great river's load of rubbish* (8).

(b) *200 yards upriver and close to the rubbish disposal wharfs and the brewery, there was a great gulf fixed···. rat-ridden and neglected, it was a wharf still* (19).

(c) Round about Grace herself, the great river deposited little but mounds of plastic containers (75).

(d) There, even the handlebars of a sunken bicycle can be viewed (78).

These descriptions of the Thames and its banks, dotted with a variety of refuse, seemingly objective and factual, imply unmistakably how human act, in the era of modernization and consumerist culture, has polluted the environment. Exploring the ecological implications of this piece of writing, we find a sophisticated concern about the metropolitan environment. The excerpt above reveals how issues such as waste disposal are worsening and influencing people's lives. The following example reveals, from another perspective, how post-industrialization have led to the environmental crisis.

(e) By now the flood was making fast. The mist had cleared, and to the northeast the Lots Road Power Station had discharged from its four majestic chimneys long plumes of white pearly smoke which slowly drooped and turned to dun. The lights dazzled, but on the broad face of the water there were innumerable V-shaped eddies, showing the exact position of whatever the river had not been able to hide (24).

In this part of narration, the vision of the metropolitan environment is expanded from the river itself to the air and the surroundings. What is extrusive is the Lots Road Power Station, its four majestic chimneys and the smoke! Meaning "impressive because of size or beauty", "majestic" is a positive word, indicating one's approval or admiration, but here it is used ironically. The narrator's disapproval is in proportion to the size of the chimneys and the heavy pollution they bring to the air. The color of the smoke changes from "white" to "dun", which reveals that the seemingly harmless smoke contains the substance that has been proved dangerous to man's and other living species' respiratory system.

Zoomorphism and Sustainability

Offshore and *The Bookshop* not only incorporate environmental concern with the narration of the story but also convey ecocritical viewpoint from an enlightening perspective. In the very opening paragraph of *The Bookshop*, zoomorphism is represented in a tactful way:

(f) ··· *a heron flying across theestuary and trying, while it was on the wing, to swallow an eel which it had caught. The eel, in turn, was struggling to escape from the gullet of the heron and appeared a quarter, a half, or occasionally three-quarters of the way out. The indecision expressed by both creatures was pitiable. They had taken on too much* (1).

This scene has double significance. On one hand, it functions to emphasize Florence Green's dilemma in that she is like the creatures who are engaged in a life struggle. To open or not to open a bookshop in East Suffolk is an important yet hard decision that she has to wisely make. Unlike the physical fight of the two animals, what she experiences is a psychological hesitation and assessment of her situation. The heron is trying to swallow its catch, and the eel is trying to escape being swallowed. "The opening perfectly sets up the novel's story of struggle, worry and failure" (Lee, 2013). On the other hand, this scene also creates the atmosphere for a linear narrative, a story of "survival of the fittest". If the heron and the eel in the animal world "had taken on too much", they symbolize counterparts in the human world, the exterminator and the exterminatee. This metaphoric situation immediately brings forth two sides in a critical situation of life and death. Florence Green's indecisiveness is justified in this difficulty. The tension is strong. Chances of survival for the eel seem slight, which, to a large extent, presages Green's failure after all her painstaking efforts since the human world is far more complicated than that of animals'. In East Suffolk in *The Bookshop*, coastal erosion has buried some local churches. "Survival in East Suffolk requires a sense of humor as well as toughness to withstand such a hard, fighting environment" (Wolfe, 2004). The harsh natural environment in *The Bookshop* corresponds to the cold and oppressive social environment. The disfavoured has little opportunity to seek solace in such natural and social environments. This thematic idea is achieved and understood through zoomorphism of turning abstract indecision in Florence Green's mind into a concrete struggle between two animals. From the above analyses, it is safe to summarize that zoomorphism is the action or tendency of representing human behaviour or thoughts in terms of the behaviour of animals. Lawrence Buell points out in "Ecocriticism: Some Emerging Trends" that "Ecocriticism, for its part, has from its inception shown keen interest in the (re) conception of humans as animals …" (Buell, 2011). Another equally convincing example of zoomorphism comes from one of Penelope Fitzgerald's short stories, "The Red-Haired Girl", in which three drowned men are mercilessly compared to fish in a market. "Once they brought in three drowned bodies, two men and a boy, a whole boat's crew, and laid them out on the tables in the fish market, and you could see blood and water running out of their mouths …" (Fitzgerald, 2001). Under the calm and understated narration is the cruellest reminder that humans, after all, are a part of Nature, not superior to any other species.

Opposite to zoomorphism, which is the metaphorical treatment of humans as animals or other creatures, anthropomorphism is the metaphorical treatment of non-humans as humans. Nature's therapeutic value for men's physical and mental health is the representation of anthropomorphism. Very few people would fail to acknowledge romanticists' love of nature for inspiration and consoling power. The concept of "nature" as "Mother Nature" is widely accepted. Simmons and Scigaj justifiably comment that Buell has the talent for making us realize that in most environmental texts the landscape is an active ethical element in thematic development (Simmons and Scigaj, 1996). This point is supported by the above analyses and discussions. This tells that as long as the environment is cast upon by human eyes, it revives more than it naturally represents. And when human thoughts or actions are reflected on in the behaviours of animals, they actually obtain a more objective standing point and more often than not, the view instantly becomes panoramic instead of being one-sided. If environmental technologies are innovated in this way, then sustainability can be more easily approached. Also, the negative impact of human behaviour will be reduced if we always have the sense of how animal world operates in tackling certain difficulties (Huang and Loucks, 2000; Li et al., 2009; Nie et al., 2016; Zeng et al., 2016). The animal world has been voluntarily and constantly practicing the four Rs: reduce, reuse, recycle and rehabilitate (Edwards, 2005). It is not risky to say that on the premise of zoomorphism develops biomimetics, the study on the imitation of elements, models and systems of nature for the purpose of handling complicated human problems. The above-mentioned literary works and the analysis of its examples direct to a route through which some environmental problems will be shed upon by new light if some of the issues are pondered from the perspective of the animal world.

Environmental Apocalypticism and Risk Management

Environmental apocalypticism directs to the ultimate perish that covers the entire ecosphere. This chapter hopes to accomplish the role of literary criticism to reinstate its "lost social role" by addressing thehighest degree of threat posed by the worsening environment. We have long been embracing and celebrating works that eulogize men's power. Combating and conquering the natural world is a recognizable and noticeable characteristic in Daniel Defoe's *Robinson Crusoe* and Jack London's works. Nonetheless, since the twentieth century, writers turn to begin to admit the failures of certain human attempts. We come to realize the necessity of reconciling with the living environment and the necessity of sustainability.

Environmental apocalypticism is actually a warning of ecocatastrophe. Rousing widespread public worries, environ-mental apocalypticism is assumed to induce fatalism, referring to the ecological blight on human's future environment. To put aside the 2004 devastating tsunami

附 录

in Southeast Asia and the 2005 Katrina in New Orleans, the threatening power of the Thames River in the 1960s is calmly stated in Fitzgerald's *Offshore*:

(g) ··· *one could die within sight of the Embankment* (31).
(h) *The whole dingy was jammed and sucked in under the stem, then rolled over, held fast by her steel mast which would not snap. The men were pitched overboard and they too were swallowed up beneath the heavy iron bottoms of the lighters* (33).

It seems that these men's carelessness results in the accident but beneath that is the ignorance of the crew who took the flows and tides of the river for granted, which eventually leads to the tragedy. Had they been more cautious, they would not have lost their lives where land is already within reach. In Fitzgerald's works, the natural world attains a devouring power, revealing the tension between individual self-interest and the needs of nature, reminding us that the non-human world is far beyond our control because we, more often than not, are incapable of predicting with accuracy the effects of our actions upon nature. The future of human beings is doomed if we do not stop being ignorant of nature's power and principles.

Offshore presents another example of man's ignorance and nature's damaging power in the ending part where a storm on the River Thames takes away two men's lives. Claiming that "the apocalyptic flood of the ending doesn't hold everything together", Frank Kermode hints that Penelope Fitzgerald fails to provide the story with closure, which is usually required by conventional plot structures, either in the forms of solution or a happy/unhappy ending (Kermode, 1979). However, viewing from another perspective, this ending corresponds to the environmental crisis as reflected in this work, highlighting the geographical and temporal scale, complexity and uncertainty of environment crisis instead of simply warning the readers of the urgency of environmental protection. It also dramatizes the hopelessness of humans before nature and is vivid in the foregrounding of environmental unpredictability, one of whose features is degeneracy as shown in the following example:

(ⅰ) *Stripey was in a perpetual process of readjustment, not only to tides and seasons, but to the rats she encountered on the wharf. Up to a certain size, that is to say the size attained by the rats at a few weeks old, she caught and ate them, and, with a sure instinct for authority, brought in their tails to lay them at the feet of Martha. Any rats in excess of this size chased Stripey* (29).

This seemingly funny scene in *Offshore* may be overlooked easily, but giving it a second thought we can see that the image of the terrified cat intimidated by rats who are much larger in size than it convincingly speaks of environmental degradation, where even the food chain has been reversed. The notion of imminent ecocatastrophe is clearly conveyed. There are reports on transformation and deviation of certain species due to environment change and deterioration and the above is the factual description of how certain species are reversing the traditional roles.

Environmental apocalypticism is put forward further in the red-haired girl's retrospective fear.

附 录

(j) *Once they brought in three drowned bodies, two men and a boy, a whole boat's crew, and laid them out on the tables in the fish market, and you could see blood and water running out of their mouths* (47).

Humans' powerlessness is degraded into desperation. A whole boat's crew, young and old, had the doomed fate and was now brought back like dead fish. The message conveyed here is that human beings, at best, are also a part of nature, with little difference from other creatures in the natural environment. The implicit chain action is alarming: men net fish, while nature can net men. This is a presentation of a dystopian future for men if not harmonized with the environment. As if inspired by the tragic accident, the girl continued philosophically:

(k) *You can spend your whole life here, wash, pray, do your work, and all the time you might just as well not have been born* (47).

Annihilation permeates in the girl's pessimistic yet prophesying futuristic scene of humankind: if the end of the earth came, we might just as well not have been born. Another subtle yet equally significant detailed illustration of hinted apocalypticism is at the beginning of *The Bookshop*, where the southeast Hardborough town is briefly sketched and one fact is understated but yet still quite alarming and thought-provoking. The fact about that town is that around every 50 years it loses a way of communication with the outer world. While humans are striving to explore the outer space, the connections that we have formerly and should have firmly built are cut off. This isolating town here somehow symbolizes our planet's long-term bleak prospect.

Closely related to the concept of environmental apocalypticism is anthropocentrism. If Man's vision is always human-centered, then the doomed future is soon to come. Herman Melville's *Moby Dick* impresses readers with explorations of cetology and the natural sciences, foiling Ahabian anthropocentrism and foreshadowing Ahab's ultimate failure of his revenge on nature. Nowadays problems of pollution and global climate change threaten loss of plant and animal species, which justifies writers and critics' worries. In *White Noise*, the 1985 National Book Award Winner, Jack Gladney and his family are trapped in the poisonous fallout from a chemical spill. Eventually Jack flees the "airborne toxic event" as understated in the officialese. Individuals can somehow figure out a way to escape from poisoned or dangerous areas but human beings as a whole would have difficulty fleeing from the planet if environmental catastrophe happens.

Environmental apocalypticism results from pollution, deforestation, overpopulation, global climate change and mass extinction of species, which are also the major concerns in environmental risk management (Huang, 1998; Li et al., 2008; Khan and Valeo, 2016; Martín-Fernández et al., 2016; Woo et al., 2016). According to ISO, risk management is the identification, assessment, and prioritization or risks, followed by coordinated and economical application of resources to minimize, monitor, and control the probability and impact of unfortunate events (Huang et al., 2006; Hubbard et al., 2009; An et al., 2016; Fan et al., 2016). In the above examples, literary works are reminding us of the limits of the eco-system and pointing to this great danger. This is a special kind of risk identification that helps readers to know various environmental risks. In addition, literature speaks loudly of the significance and urgency of the sustainability of the eco-system through the lively description of disasters. Soon we will be facing the question of whether we and the next (next-next) generation would survive or inhabit the earth and maintain a decent life. To understand the consequences of environmental disasters is very important in assessing the risk. The above-mentioned literature works are instrumental in building people's cognitions of environmental risk, which will further support the risk management.

Anti-anthropocentrism and Eco-Environmental Optimization

Anti-anthropocentrism concerns the environmental-ethics and is linked to human relations with animals and how human represents animals. The cultural root of man's alienation from nature and the essence of ecological crisis are attributed to the implemented conception of anthropocentrism, explicitly indicating human dominance of the nonhuman world. Anti-anthropocentrism debunks anthropocentric view and holds an egalitarian position of both culture and nature, correcting the conception of human superiority over nature.

Penelope Fitzgerald's representation of animals in a man-centered society is appalling. In *The Early Beginning of Spring*, the bear-cub pet is first made drunk and then killed in an arson attack (Fitzgerald, 1998). On the surface level, a bear-cub is a vulnerable target of kids' practical jokes; while on the deep level, it is a representation of human's mistreatment of animals and our arbitrary power against the species of the natural world. Adults are absent when the cub is made drunk, but it is an adult who sets the cub on fire to extinguish its "madness" after getting drunk. But children are not purely innocent either. In William Golding's *Lord of the Flies*, a group of children survive the harshness of the island, bringing great harm both literally and metaphorically to their surroundings. Children's cruelty and brutality is objectively described in this Nobel Prize winning work.

A further good example of anti-anthropocentrism is found in Fitzgerald's *Offshore*:

(1) *If the tide was low, the two of them watched the gleams on the foreshore, at half time they heard the water chuckling, waiting to lift the boats, at flood tide they saw the river as a powerful god, bearded with the white foam of detergents, calling home the twenty-seven lost rivers of London, sighing as the night declined* (52).

As a two-year dweller on the River Thames, Penelope Fitzgerald fully recognizes the power of and the interconnectedness between the Thames and its branches and the Thames and its dependent human beings. "The white foam of detergents" tactfully and clearly reveals the man-made heavy burden and pollution to the river. Here, the crude way of the 1960s waste disposal is repeatedly reproved.

Contrary to most feminized natural objects, the river here is man-like ("bearded") and is as powerful as a god. The superiority of the river to human beings is hinted. This masculinised image is rich in its connotations. Most writers have the tendency to feminize nature and they hold the view that the hurt on nature by human beings can be effectively cured because of nature's woman-like nurturing and self-repair capability. The river's healing power is later realized when Nenna was rejected and deeply hurt by her husband. Rushing out of her husband's place in a rage and regret, she left her purse behind, lost one of her shoes and her way, but she soon realized that "once she had got to the river she would be on the way home." She did. The hurt from the man was effectively healed by the river. River stands for "home", comforting and consoling, like a mother's hug. Penelope Fitzgerald's androgynous attitude towards the River Thames expresses an inclusive and comprehensive way of treating nature.

Special attention should be drawn to while analyzing the quoted part because the perceptions of the River Thames here is from the two girls'. While most of the adult dwellers at the river are thinking of moving to the land in one way or another and most of them do in the end, the two girls are the ones that are sincerely at ease with the river and enjoy the offshore life and thus they can make the best of its tides. It is from the two girls' innocent eyes that the Thames River seems angry of being polluted and is trying to get rid of the white foam of detergents. "Calling home the twenty-seven lost rivers of London" hints the interconnectedness and the giant power of the river system and ecology, foreshadowing the harm at the end of the novel. The figure of speech here also contains Penelope Fitzgerald's androgynous mentality for breaching the gap of instinctively comparing nature to something feminine. Injustice against women and the environment, the oppression and domination of nature is diluted and Fitzgerald is considering the issue from a higher level. In some writers' works, nature's power is supposed to be either overcome or exploited in accordance with the view of most of the scientists so that human beings can boast a secure living environment. In the above-quoted description by Fitzgerald, the Thames River is powerful, sacred and fatherlike with a sense of security.

What good will man be entitled to if man harmonizes with environment? Before answering this question, it is important to relinquish the self-centeredness in the question itself. Environmental study used to be man-centered. It is a fact that both science and social science seldom truly consider nature as an equal being. With human beings in the center, the rest of the animated and inanimate in the universe constitute "environment" or "surroundings" around. But actually since Saussure, it has been convincingly argued that the center is necessarily relational and that the identity and status of the center is not permanent or always stable. The dichotomy between the center and the periphery is changeable and reversible. Sometimes the center can even be overthrown. Like in a social community where one centered sovereign can be overthrown by a peripheral force and form new center, the natural sphere can also form a new center.

Aligned with this philosophy is the argument on the interdisciplinary studies of the key teminologies "ecocriticism" and "environmentalism". The focus of the argument is on the prefixes "eco-" and "environ-". Cheryll Glotfelty's preference of "eco-" to "environ-" is illustrated as follows: "in its connotations, environ- is anthropocentric and dualistic, implying that we humans are at the center, surrounded by everything that is not us, the environment. Eco-, in contrast, implies interdependent communities, integrated systems, and strong connections among constituent parts" (Glotfelty, 1996). Robert Wess is on the side of Glotfelty's and he reminds that if humans see themselves as surrounded by an environment that is "apart from" them, then they obviously fail to realize the fact that they are at the same time the environment for nonhuman organisms. "Living things respond to what environs them, but in their responses they environ other things. 'Environ-' encourages the distinction between nature and culture …; 'eco-' encourages seeing both nature and culture as interconnected parts contained by the Earth and its ecology" (Wess, 2005). Nonetheless, "ecocrticism" is not unproblematic. Different voice is heard from Stephanie Sarver, who argues that the term "ecocriticism" is vague and perhaps misleading for if the term is directed to literary analysis of the relationship between humans and nature, it can be better labeled an environmental approach to literature or simply environmentalism. In Sarver's view, the term "ecocriticism" is more jargon-like than a descriptive term for it describes neither a philosophy nor an activity. She assumes that if she utters the word to a group of ecologists, they will be confused with what she is alluding to, and if she calls herself an environmentalist who studies literature then both academic and non-academic audiences generally will understand what values inform her work. Another misleading aspect is that "ecocriticism" sounds like suggesting a new kind of critical theory while it is actually more a focus on environment than a theory. Ecocritics can apply theories of feminism, Marxism and psycho- analysis to do literary studies and reflect "not the science of ecology, but a broad-based environmentalist sensibility" (Sarver, 1994).

Not coincidentally, a group of Chinese scholars have unconsciously stepped into this argument. A comprehensive research institute, Research Center for Eco-Environmental Sciences, Chinese Academy of Sciences (RCEES) has been established since 1986. From the naming of the institute comes the term "eco-envrionmental", which is a combination of "ecology" and "environment" but it can also serve as the solution to the "ecocriticism" and "environmentalism" dispute in that "eco-environment" can be regarded as a reconciliation between "eco-" (nature-oriented) and "environ-" (culture-oriented). As for the applications of the two terms in this study, accepted fixed expressions or allocations have been applied in order not to cause any possible confusion.

Anti-anthropocentrism may sometimes go to the other extreme of being misanthropic. The following are two examples of misanthropy. Edward Abbey once asserts that he would rather kill a man than a snake, while Garret Hardin also claims that wilderness settings should be valued above individual human lives (Callicott, 1992). Anti-anthropocentrism does not mean anti-human. There is neither a preference for man nor a preference for nature. It points to a harmonized stance of treating man and nature equally. Ecocentrism, regarding the environment as just a setting for human events, is similar to anthropocentrism, both directing towards a certain hierarchy that privileges the human over the nonhuman.

Realizing "anthropocentrism" provides us with a comprehension of the deep root of the environmental problems. What we often confidently discuss "modifying the environment" implies man-centered logic aswell, treating the natural world as if it existed only for human use. Humans, at most, are humble members of a larger community of living beings, not superior to any of the other creatures, embodying no

附 录

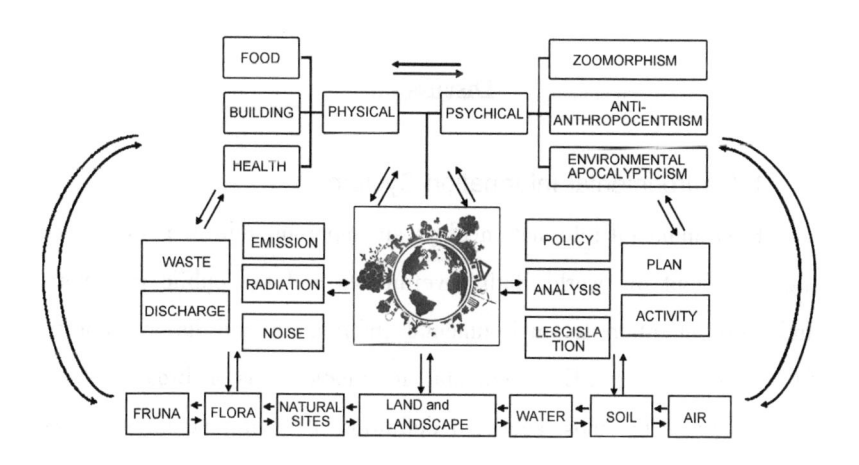

Figure 2. Environmental Information Systems.

right in destroying the biodiversity for their own good. Human benefit should never be the sole reason of a green environment, nor should it be the yardstick against which the necessity of environmental protection is put in force. The eco-environmental optimization should be a global optimization (Li et al., 2008; Lv et al., 2010; Chen et al., 2016). The development objective of all jurisdictions should not be partial optimization for human benefit or partial optimization for environment (Qin et al., 2007; Cai et al., 2009; Li and Huang, 2009; Li et al., 2010). To maintain the harmony of the large community of humans and non-humans, it is important to stick to the concept of anti-anthropocentrism, to unsettle anthropocentric norms. To harmonize with the natural world, we should get rid of the anthroponormative thinking. Human world and natural world are not binaries. They are an organic whole, highly interdependent and actively interact with each other.

Discussion

1. Environmental Information System

Environmental information plays an important role in policy-making throughout the world. Both governments and the public pay more and more attention to environmental information and its availability (Günther, 1997). Environmental information has a broad definition. Till now, the most accepted definition of environmental information is from the Freedom of Access to Information on the Environment Regulations of 2005 (Department of Information, 2005). According to the definition in LN 116 OF 2005, the environmental information contains information in written, visual, aural, electronic or any other material forms. Specifically, the information is mainly in six areas, including the state of the elements of the environment, factors, measures, reports, analyses, and the state of human health and safety (Department of Information, 2005).

Through the foregoing sections, it is essential to fully understand the interactions between human and nature. Along with the advancement of the society, human activities have a growing influence on the environment. Meanwhile, the environment has great impacts on humans both physically and psychically. People's spirit and consciousness will affect and guide their actual behaviours. Taking all of these into consideration, environmental information becomes a comprehensive system, which includes various components and complicated interactions among them.

In order to better reflect the systematicness and complexity, the environmental information system has been developed accordingly, as shown in Figure 2. In this system, the state of the elements of the environment (e. g. water, air and soil) and their interactions are considered as the basic layer. There are two different categories of human activities in the second layer. The activities that destroying environment are classified into the negative activities, such as emission, waste, noise and so on. On the contrary, the activities that protect or repair environment are classified into the positive activities, including environmental analysis, policy and so on. The top layer in the system is the physical and psychical state of humans. The physical state of humans includes health, food and so on, which has been quite thoroughly discussed in the previous studies. The psychical state of humans refers to the effects of the environment on human's spirit and consciousness, which is mostly neglected in the previous studies.

Data and information availability is another challenge faced by all. Firstly, most of the previous studies focused on the objective environmental information and ignored the subjective consciousness and its feedback to the objective facts. One important reason is that it is extremely difficult to obtain and analyse subjective consciousness information through traditional environmental engineering research. In addition, the objective environmental information is also hard to be found before environmental monitoring equipment is invented and applied.

Ecocriticism is the bridge and ties between engineering study and social sciences. It can also provide much more detailed objective environmental information of different periods. To illustrate the necessity and feasibility of the environmental information in modern fiction, we searched the scientific environmental information related to the literary works in this study, as shown in Table 1.

Limited statistic data and papers have been found by setting the key words as the historical background of the case studies (eg. 1950 - 1960). From the Office of National Statistic and UK government website, public can obtain the environmental informationabout birth, mortality, food, and radiological impact of the Sellafield marine discharges.

Table 1. **Environmental Information of UK During** 1950 - 1960

Number	Title	Source
1	Live Births by Age of Mother, Great Britain, 1950 to 2015	(Office of National Statistics, 2017)
2	Numbers of UK Women Born in 1950's, 1940's and 1930's	(Office of National Statistics, 2016a)
3	Age specific mortality rates where the underlying cause of death was asthma, England and Wales, 1960, 1966 and 2014	(Office of National Statistics, 2016b)
4	The Past, Current and Future Radiological Impact of the Sellafield Marine Discharges on the People Living in the Coastal Communities Surrounding the Irish Sea	(Environmental Agecny, 2001)
5	JSA claimants by sex, month and year of birth between 1950 and 1965 in GB: May 2000 to May 2012	(Department for Work and Pensions, 2014)
6	Historic National Food Survey reports from 1940 to 1984	(Department for Environment, Food & Rural Affairs, 2016)
7	Visibility trends in the UK 1950 - 1997	(Doyle and Dorling, 2002)
8	The world food problem: 1950 - 1980	(Grigg, 1985)
9	The growth of energy consumption and prices in the USA, FRG, France and the UK 1950 - 1980	(Doblin, 1982)

附 录

续表

Number	Title	Source
10	UK natural gas system integration in the making, 1960 – 2010: Complexity, transitional uncertainties and uncertain transitions	(Arapostathis et al., 2014)
11	Building resilience to overheating into 1960's UK hospital buildings within the constraint of the national carbon reduction target: Adaptive strategies	(Short et al., 2012)
12	UK and western European late-age mortality: trends in cause-specific death rates, 1960 – 1990	(Warnes, 1999)
13	The disappearance of leaf litter and its contribution to production in the River Thames	(Mathews and Kowalczewski, 1969)
14	Flood risk management in the Thames Estuary looking ahead 100 years	(Lavery and Donovan, 2005)
15	The growth and mortality of four species of fish in the River Thames at Reading.	(Williams, 1967)
16	The Thames Embankment and the disciplining of nature in modernity.	(Oliver, 2000)
17	The field of psychiatric contention in the UK, 1960 – 2000	(Crossley, 2006)

The scientific papers that contain the environmental information of UK are also rarely founded. From Table 1, we can see that most of the studies are focused on food, health, energy and other objective elements. Specially, there are some studies about River Thames, which is one of the most important environmental elements in *Offshore*. The studies mainly focused on flood, waste, fishes, and constructions. The scientific environmental information of UK during 1950 to 1960 is limited in both species and amount.

Table 2 shows the environmental information type that contained by scientific studies and modern fictions in this study. The state of the elements of the environment, that is, water, energy, animal, air, and soil, are involved in both scientific study and ecocriticism. It is worthwhile to mention that the information about the element of energy in the scientific study apparently exceed other elements'. In this study, a large quantity of the environmental information regarding the element of water, which including river, sea, water quality, water utilization, tide, and food, comes from the ecocriticism due to the seaside and riverside backgrounds. In terms of negative human activities, the elements of emission, waste, and radiation are studied in the science environmental engineering study while only the first two elements are discussed in ecocriticism. The biggest difference between the scientific study and ecocriticism is their different focuses on either physical or psychical state of humans. More specifically, the scientific study focuses on, for example, the birth, health, food, and building from the physical state, especially on the health study. A specific study on the health, birth, job, food, building, safety, and transportation from the physical state is conducted on a basis of the selected cases. It is seen from the Table that no psychical state of human is explored in the scientific study but certain crucial environmental ideologies are actually incorporated in modern fictions, which can greatly contribute to the study of the environment. Overall, it is concluded that an interdisciplinary study of science and literature is complementary and capable of covering all environmental information.

附 录

Table 2. **Comparison of Environmental Information from Different Sources**

Environmental information			Ecocritial information		Scientific information	
Elements of the environment	Water	√	(a) (b) (e) (l)	*	(13) (14)	
	Energy	√	(e)	*	(9) (10)	
	Animal	√	(f) (i)	*	(15)	
	Air	√	(e)			
	Soil	√	(d)			
Negative human activities	Emission	√	(e)	*	(7)	
	Waste	√	(b) (c) (d)	*	(13)	
	Radiation			*	(4)	
Positive human activities	Analysis					
	Policy					
	Legislation				(3) (4)	
Physical state	Health			*	(11) (12)	
	Birth			*	(1) (2)	
	Job			*	(5)	
	Food			*	(6) (8)	
	Building	√	(a) (e)	*	(11) (16)	
	Safety	√	(g) (h) (j) (l)	*	(7)	
	Transportation	√	(h) (j)			
Psychical state	Zoomorphism	√	(f) (j)			
	Anti-anthropo-centrism	√	(l)			
	Environmental apocalypiticism	√	(g) (h) (i) (j) (k)			

Note: "√" and " * " denote "focus of attention".

2. Future Work

In Penelope Fitzgerald's works, the narratives of the natural environment have been used as a descriptive tool for readers to envisage a different concept of environmental consciousness, rich in its connotations. Through Fitzgerald's stories of nature reacting to ignorance and intrusion, as well as the human's response to the damage modernization brings, we come to realize the urgent need for environmental protection and eco- logical balance. "Human progress has created ecological regression and where the quest for advancement is won at the cost of nature, no advantages can be gained for anyone involved. We should be clear that the protection of nature should start with a renewed relationship with it, a tie that should exemplify unfailing knowledge and respect for nature" (Hope Subanpan-Yu, 2009). Hutchings also affirms that Human welfare and prosperity depend to a great extent upon nature's well-being and our ability to formulate ecologically sustainable practices (Hutchings, 2005). Thus, if the creation of literature is an important characteristic of the human species, it should be examined carefully and honestly to discover its influence upon human behavior and the natural environment-to determine what role, if any, it plays in the welfare and survival of mankind and what insight it offers into human relationships with other species and with the world around us. Is it an activity which adapts us better to the world or one which estranges us from it? From the unforgiving perspective of evolution and natural selection, does literature contribute more to our survival than it does to our extinction (Meeker, 1978)?

  This study has limitations that should be addressed in future research. A wider range of the 1960s and modern writing can be included to make the interdisciplinary study of literature and environment more firmly-founded. Also, the methodology of the study is highly social sciences-oriented. With the active participation of science cooperators, the outlook is positive. As Stebbins appeals that science requires the dispassionate evidence of controlled experimentation (Stebbins, 1993), next steps should incorporate and investigate some data in the field of ecocriticism. Understanding the generality and obtaining the objectivity is important to success in the interdisciplinary re- search efforts.

As mentioned earlier, the efficacy of data-driven modelling may be dependent on the amount and quality of data available. The available dataset has a resolution of 96 samples per day (corresponding to sampling every 15 minutes) for most years. As an additional test to compare the two data-driven models, the resolution of the input dataset was reduced from 96 samples, first to 24 samples per day (sampling every hour), and then to 6 samples per day (sampling every 4 hours). Then, the entire analysis (*i. e.* calibrating and validating the nine recursive models, M01-M09) was repeated using the lower resolution datasets, at each of the four lags. In other words, for the initial case, mean daily DO was calculated using 96 samples for each day, which reduced to using 24 samples for the second case, and only 6 samples in the last case. This was done to compare the change in performance of both methods as the available data was reduced. Results from this component of the research can assist in determining an optimal data sampling scheme.

Conclusions

How do literary works narrate and depict environments? What significance it bears? In this study, the concept of ecocriticism has been applied to the discourses of environment in fictions, particularly in Penelope Fitzgerald's works. Ecocriticism expands the scope of the science environmental study because it examines and tries to understand human experience in its literary representations, not just in real life. Besides, some literary works or cultural documents can function as invaluable historical documents to follow and compare the changes of the environment.

Environmental awareness and zoomorphism have been examined through detailed examples in *Offshore*, *The Bookshop* and *The Red-Haired Girl*. This has been followed by studies of environmental apocalypticism based on certain alarming scenes as represented in Fitzgerald's works. Moreover, anti-anthropocentrism has been analyzed and emphasized according to the dissolution of dichotomy between man and nature. The core of Penelope Fitzgerald's environmental thoughts is public health environmentalism, which, according to Lawrence Buell, "whose geographic gaze was directed more at landscapes of urban and industrial transformation" (Buell, 2011).

Based on this research effort, discourses of the environment in some modern fiction have been conceptualized. With the conceptual overview, environmental problems and prospects are more closely and clearly examined. The perspective of this research sharpens the science environmentalists' views and awareness in the light of social sciences views on the environment, improving both sides' cultural sensitivity. The inclusion of environmental ethics is of great importance to the science environmentalist in that when they consider environmental issues they should treat human benefit and non-human world, both sides equal. The emphasis on interdisciplinary perspective when discussing environmental issues prepares scholars in an expanding field with a broader outlook.

Compared with the science environment engineering, approaching the issues of the environment from the literary perspective is subjective and sometimes emotional. The subjectivity, however, increases the sense of responsibility and makes good on our moral intuitions. And the combining of the two visions can more efficiently convert our concerns into effective action. The environmental study from ecocriticism provides the sciences with a shift from scientific pragmatism to moral idealism.

Buell posits at the outset of his study, *The Environment Imagination: Thoreau, Nature Writing, and the Formation of American Culture*, four criteria for works labeled "environmentally oriented": (1) "the nonhuman environment is present not merely as a framing device but as a presence that begins to suggest that human history is implicated in natural history"; (2) "the human interest is not understood to be the only legitimate interest"; (3) "human accountability to the environment is part of the text's ethical orientation"; and (4) "some sense of the environment as a process rather than as a constant or a given is at least implicit in the text" (Buell, 1995). This study is advanced through an ecocritical perspective of modern fiction, especially which of Penelope Fitzgerald's works. It aims to rouse the social conscience that flows in her works. To some researchers, Fitzgerald's writing of the urban environment may seem impressionistic and suggestive, but it can serve as the foundation for environmentalists' capacity to reveal and to explore. The function and significance of this criticism lies in the social construction of the environmental perception. A positive outcome of ecocriticism is that it offers an insight and suggests an open and promising future for interdisciplinary research that can help us understand the world better, rouse our environmental ethics and think our way toward solutions to environmental problems, from a different and effective perspective.

Acknowledgements. The authors are grateful to the anonymous reviewers for their insightful comments and suggestions which contributed much to improving the manuscript. Thanks also go to the editors for all their effort in constructively feeding back on early versions of this article.

参考文献

一　中文文献

（一）

陈永国：《理论的逃逸》，北京大学出版社2008年版。

蒋勋：《孤独六讲》，广西师范大学出版社2009年版。

卢丽安：《文本之外：由佩内洛普·菲茨杰拉德的小说及文学生涯看文学研究》（英文），复旦大学出版社2005年版。

申丹、王丽亚：《西方叙事学：经典与后经典》，北京大学出版社2010年版。

申丹：《叙述学与小说文体学研究（第三版）》，北京大学出版社2004年版。

申丹：《叙事、文体与潜文本——重读英美经典短篇小说》，北京大学出版社2009年版。

张昌华：《曾经风雅：文化名人的背影》，广西师范大学出版社2007年版。

张隆溪：《道与逻各斯：东西方文学阐释学》，冯川译，江苏教育出版社2006年版。

张寅德编选：《叙述学研究》，中国社会科学出版社1989年版。

［奥］弗洛伊德：《爱情心理学》，林克明译，作家出版社1986

年版。

[德] 埃里希·奥尔巴赫：《摹仿论——西方文学中所描绘的现实》，吴麟绶、周新建、高艳婷译，百花文艺出版社2002年版。

[德] 尼采：《查拉图斯特拉如是说（详注本）》，钱春绮译，生活·读书·新知三联书店2007年版。

[法] 罗杰·加洛蒂：《论无边的现实主义》，吴岳添译，上海文艺出版社1986年版。

[古希腊] 亚里士多德：《尼各马可伦理学》，王旭凤、陈晓旭译，中国社会科学出版社2007年版。

[捷] 米兰·昆德拉：《小说的艺术》，唐晓渡译，作家出版社1992年版。

[美] 弗洛姆：《爱的艺术》，赵正国译，国际文化出版公司2004年版。

[美] 古斯塔夫·缪勒：《文学的哲学》，孙宜学、郭洪涛译，广西师范大学出版社2001年版。

[美] 哈罗德·布鲁姆：《西方正典：伟大作家和不朽作品》，江宁康译，译林出版社2011年版。

[美] P. 蒂利希：《存在的勇气》，成穷、王作虹译，贵州人民出版社1998年版。

[美] 乔纳森·卡勒：《结构主义诗学》，盛宁译，中国社会科学出版社1991年版。

[美] 韦恩·布斯：《小说修辞学》，华明、胡晓苏、周宪译，北京联合出版公司2017年版。

[美] 约瑟夫·弗兰克等：《现代小说中的空间形式》，秦林芳编译，北京大学出版社1991年版。

[瑞士] 卡尔·古斯塔夫·荣格：《原型与集体无意识》，徐德林译，国际文化出版公司2011年版。

参考文献

[英]阿伦·布洛克：《西方人文主义传统》，董乐山译，生活·读书·新知三联书店1997年版。

[英]蓓纳萝·费滋吉罗：《书店》，陈苍多译，新雨出版社2001年版。

[英]蓓纳萝·费兹吉罗：《忧伤蓝花》，陈苍多译，新雨出版社2002年版。

[英]马克·柯里：《后现代叙事理论》，宁一中译，北京大学出版社2003年版。

[英]佩内洛普·菲兹杰拉德：《蓝花》，鲁刚译，新星出版社2010年版。

[英]佩内洛普·菲茨杰拉德：《蓝花》，熊亭玉译，中信出版集团2019年版。

[英]佩内洛普·菲茨杰拉德：《离岸》，张菊译，中信出版集团2020年版。

[英]佩内洛普·菲兹杰拉德：《离岸》，周昊俊译，新星出版社2009年版。

[英]佩内洛普·菲兹杰拉德：《书店》，尹晓冬译，新星出版社2006年版。

[英]佩内洛普·菲茨杰拉德：《书店》，张菊译，中信出版集团2019年版。

[英]佩内洛普·菲茨杰拉德：《天使之门》，熊亭玉译，中信出版集团2021年版。

[英]佩内洛普·菲兹杰拉德：《天使之门》，周昊俊译，新星出版社2009年版。

[英]佩内洛普·菲茨杰拉德：《无辜》，周萌译，中信出版集团2020年版。

[英]佩内洛普·菲茨杰拉德：《早春》，黄建树译，中信出版集

团 2021 年版。

[英] 佩内洛普·菲兹杰拉德：《早春》，周伟红译，新星出版社 2010 年版。

[英] T. A. 凯纳：《符号的故事》，朴锋春、颜剑丽译，中国青年出版社 2010 年版。

[英] 特里·伊格尔顿：《甜蜜的暴力——悲剧的观念》，方杰、方宸译，南京大学出版社 2007 年版。

（二）

黄念然：《当代西方文论中的互文性理论》，《外国文学研究》1999 年第 1 期。

李道全：《女性的空间诉求：评佩内洛普·菲茨杰拉德的〈书店〉》，《外国文学动态》2009 年第 1 期。

李菊花：《佩·菲茨杰拉德早期文学思想中的共同体意识》，《外国文学》2017 年第 3 期。

刘聪颖、邹泓：《国外爱情观研究综述》，《国外社会科学》2009 年第 6 期。

卢丽安：《幽微之处自有灵光　邂逅佩内洛普·菲茨杰拉德》，《上海文化》2021 年第 1 期。

申丹：《深层对表层的颠覆和反讽对象的置换——曼斯菲尔德〈启示〉之重新阐释》，《外国文学评论》2005 年第 3 期。

申丹：《隐含作者、叙事结构与潜藏文本——解读肖邦〈黛西蕾的婴孩〉的深层意义》《北京大学学报》（哲学社会科学版）2005 年第 5 期。

申丹：《何为"不可靠叙述"？》，《外国文学评论》2006 年第 4 期。

申丹：《"整体细读"与经典短篇重释》，《四川外语学院学报》2008 年第 1 期。

申丹:《文学与日常中的规约性认知与个体认知》,《外国语文》2012年第1期。

田晓明:《孤独：人类自我意识的暗点——孤独意识的哲学理解及其成因、功能分析》,《江海学刊》2005年第4期。

吴庆军:《英国现代主义小说的空间解读》,《外国文学》2010年第5期。

肖明翰:《〈失乐园〉中的自由意志与人的堕落和再生》,《外国文学评论》1999年第1期。

殷企平:《谈"互文性"》,《外国文学评论》1991年第2期。

张海霞:《日落山水静——记英国老妪作家佩·菲茨杰拉德》,《外国文学动态》2006年第4期。

张怀承:《爱情的伦理思考》,《湖南师范大学社会科学学报》1995年第6期。

张璟慧:《情爱与禁锢——以〈荆棘鸟〉为例》,《外国文学》2011年第3期。

二 英文文献

Adlington Hugh, *Penelope Fitzgerald*, Liverpool: Liverpool University Press, 2018.

Alex Woloch, *The One vs. the Many: Minor Characters and the Space of the Protagonist in the Novel*, Princeton: Princeton University Press, 2003.

Ansgar Nünning, "Reconceptualizing Unreliable Narration: Synthesizing Cognitive and Rhetorical Approaches", *A Companion to Narrative Theory*, eds. James Phelan and Peter J. Rabinowitz, Oxford: Blackwell, 2005.

Ansgar Nünning, "Reliability", *Routledge Encyclopedia of Narrative*

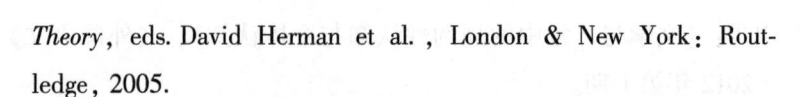

Theory, eds. David Herman et al., London & New York: Routledge, 2005.

Ansgar Nünning, "Unreliable, Compared to What? Towards a Cognitive Theory of Unreliable Narration: Prolegomena and Hypotheses", *Transcending Boundaries: Narratology in Context*, Eds. Walter Grunzweig and Andreas Solbach, Tubingen: Gunther Narr Verlag, 1999.

A. S. Byatt, "Preface by A. S. Byatt", *So I Have Thought of You. The Letters of Penelope Fitzgerald* by Penelope Fitzgerald, ed. Terence Dooley, Boston: Houghton Mifflin, 2009.

Brian Richardson, *Unnatural Voices*, Columbus: Ohio State University Press, 2006.

Bruce Jackson, *The Story Is True: The Art and Meaning of Telling Stories*, Philadelphia: Temple University Press, 2007.

Catherine Wells Cole, "Penelope Fitzgerald", *British Novels Since 1960*, ed. Jay L. Halio, Detroit: Gale Research, 1983.

Christopher J. Knight, *Penelope Fitzgerald and the Consolation of Fiction*, New York: Taylor & Francis, 2016.

Christopher Peterson, Martin E. P. Seligman, *Character Strengths and Virtues: A Handbook and Classification*, New York: Oxford University Press, 2004.

F. K. Stanzel, *A Theory of Narrative*, Trans. Charlotte Goedsche, Cambridge: Cambridge University Press, 1984.

Fotis Jannidis, "Character", *Handbook of Narratology*, eds. Peter Hühn et al, Berlin: Walter de Gruyter GmbH&Co. KG, 2009.

Frank Kermode, "Literary Fiction and Reality", *Essentials of the Theory of Fiction*, eds. Michael J. Hoffman and Patrick D. Murphy, Dur-

参考文献

ham: Duke University Press, 1988.

Frank Kermode, *The Sense of an Ending: Studies in the Theory of Fiction* (2nd edition), New York: Oxford University Press, 2000.

Geoffrey N. Leech, Michael H. Short, *Style in Fiction*, Beijing: Foreign Language Teaching and Research Press, 2001.

Gerda Charles, "Penelope Fitzgerald: Overview", *Contemporary Novelists* (6th edition), ed. Susan Windisch Brown, New York: St. James Press, 1996.

Gilles Deleuze, Felix Guattari, *Anti-Oedipus: Capitalism and Schizophrenia*, trans. R. Hurley et al, New York: Viking Press, 1977.

Graham Allen, *Intertextuality*, London: Routledge, 2000.

Gérard Gentte, *Narrative Discourse*, trans. Jane E. Lewin, Ithaca: Cornell University Press, 1980.

Harold Bloom, *The Western Canon*, New York: Riverhead Books, 1995.

Henry James, *The Art of the Novel*, New York: Scribner, 1962.

Hermione Lee, "Introduction", *The Afterlife: Essays and Criticism* by Penelope Fitzgerald, ed. Terence Dooley, New York: Counterpoint, 2003.

Hermione Lee, *Penelope Fitzgerald: A Life*, London: Chatto & Windus, 2013.

I. A. Richards, *Practical Criticism*, London: Kegan, Paul & Co., 1929.

Ira Bruce Nadel, *Biography: Fiction, Fact and Form*, London: Macmillan Press Ltd., 1984.

James Phelan, *Living to Tell About It: A Rhetoric and Ethics of Character Narration*, Ithaca: Cornell University Press, 2005.

Jane Austen, *Pride and Prejudice*, New York: Bantam Classics, 1981.

Jean-Marie Schaeffer, "Fictional vs. Factual Narration", *Handbook of Narratology*, eds. Peter Hühn et al., Berlin: Walter de Gruyter GmbH&Co., 2009.

Jean Sudrann, " 'Magic or Miracles': The Fallen World of Penelope Fitzgerald's Novels", *Contemporary British Women Writers: Texts and Strategies*, ed. Robert E. Hosmer Jr., London: Macmillan, 1993.

Johann Wolfgang Von Goethe, *Theory of Colours*, trans. Charles Lock Eastlake, New York: Dover Publications Inc., 2006.

John Bayley, "Introduction", *Offshore, Human Voices, The Beginning of Spring* by Penelope Fitzgerald, New York: Everyman-Knopf, 2003.

Jonathan Culler, *Structuralist Poetics*, London: Routledge, 1975.

Joseph Frank, *The Widening Gyre: Crisis Mastery in Modern Literature*, New Brunswick: Rutgers University Press, 1963.

José Ortega y Gasset, *On Love: Aspects of a Single Theme*, trans. Toby Talbot, New York: Meridian Books, 1961.

Karl Vaihinger, "The Philosophy of 'As If' ", *A System of the Theoretical, Practical and Religious Fictions of Mankind*, trans. Charles Kay Ogden, London: Routledge, 1984.

Katherine Mansfield, *Journal of Katherine Mansfield*, ed. J. Middleton Murry, London: Persephone Books Ltd., 2006.

Lisa Zunshine, *Why We Read Fiction: Theory of Mind and the Novel*, Columbus: Ohio State University Press, 2006.

Malcolm Bradbury, *The Modern British Novel 1878 – 2001*, Beijing:

参考文献

Foreign Language Teaching and Research Press, 2004.

Marie-Laure Ryan, "Space", *Handbook of Narratology*, eds. Peter Hühn et al. , Berlin: Walter de Gruyter GmbH&Co. , 2009.

Mark Currie, *Postmodern Narrative Theory*, New York: St. Martin, 1998.

M. H. Abrams, Geoffrey Galt Harpham, eds. , *A Glossary of Literary Terms* (9th edition), Boston: Wadsworth Publishing, 2008.

Mieke Bal, *Narratology: Introduction to the Theory of Narrative*, trans. C. van Boheemen, Toronto: University of Toronto Press, 1985.

M. M. Bakhtin, *The Dialogic Imagination: Four Essays*, ed. Michael Holquist, trans. Caryl Emerson and M. Holquist, Austin: University of Texas Press, 1981.

Northrop Frye, *The Anatomy of Critics: Four Essays*, New Jersey: Princeton University Press, 1957.

Paul De Man, *Allegories of Reading: Figural Language in Rousseau, Nietzsche, Rilke and Proust*, New Haven: Yale University Press, 1979.

Penelope Fitzgerald, *Charlotte Mew and Her Friends*, London: Flamingo, 2002.

Penelope Fitzgerald, *Innocence*, London: Harper Perennial, 2004.

Penelope Fitzgerald, *Offshore, Human Voices, The Beginning of Spring*, New York: Alfred A. Knopf, 2003.

Penelope Fitzgerald, *Offshore*, London: Fourth Estate, 2009.

Penelope Fitzgerald, *So I Have Thought of You: The Letters of Penelope Fitzgerald*, ed. Terence Dooley, London: Fourth Estate, 2009.

Penelope Fitzgerald, *The Afterlife: Essays and Criticism*, ed. Terence

Dooley, New York: Counterpoint, 2003.

Penelope Fitzgerald, *The Beginning of Spring*, New York: Houghton Mifflin, 1998.

Penelope Fitzgerald, *The Blue Flower*, New York: Houghton Mifflin, 1997.

Penelope Fitzgerald, *The Bookshop*, London: Harper Perennial, 2006.

Penelope Fitzgerald, *The Gate of Angels*, London: Harper Perennial, 2004.

Penelope Fitzgerald, *The Golden Child*, London: Harper Perennial, 2004.

Penelope Fitzgerald, *The Knox Brothers*, London: Flamingo, 2002.

Penelope Fitzgerald, *The Means of Escape*, London: Flamingo, 2001.

Percy Lubbock, *The Craft of Fiction*, London: Jonathan Cape, 1921.

Peter Wolfe, *Understanding Penelope Fitzgerald*, Columbia: University of South Carolina Press, 2004.

Philip Harlan Christensen, "Penelope Fitzgerald", *British Novelists Since 1960: Second Series*, ed. Merritt Moseley, Detroit: Gale Research, 1998.

René Wellek, Austin Warren, *Theory of Literature*, New York: Harcourt, Brace & World, 1956.

Robert Louis Stevenson, *The Strange Case of Dr. Jekyll and Mr. Hyde*, Peterborough: Broadview Press, 2005.

Seymour Chatman, *Story and Discourse: Narrative Structure in Fiction and Film*, Ithaca: Cornell University Press, 1990.

Shlomith Rimmon-Kenan, *Narrative Fiction: Contemporary Poetics* (2nd edition), London: Routledge, 2002.

Sidney Lee, *Principles of Biography*, Cambridge: Cambridge University Press, 1911.

S. L. Goldberg, *Agents and Lives: Moral Thinking in Literature*, Cambridge: Cambridge University Press, 1993.

Susan Sniader Lanser, *Fictions of Authority: Women Writers and Narrative Voice*, Ithaca: Cornell University Press, 1992.

Susan Stanford Friedman, "Spatial Poetics and Arundhati Roy's *The God of Small Things*", *A Companion to Narrative Theory*, eds. James Phelan and Peter J. Rabinowitz, Oxford: Blackwell, 2005.

Sylvia Berkman, *Katherine Mansfield: A Critical Study*, New Haven: Yale University Press, 1951.

Terence Dooley, "Introduction", *So I Have Thought of You. The Letters of Penelope Fitzgerald* by Penelope Fitzgerald, ed. Terence Dooley, Boston: Houghton Mifflin, 2009.

Terence Hawkes, *Metaphor*, London: Methuen, 1972.

Terry Eagleton, *After Theory*, New York: Basic Books, 2004.

Theodor Adorno, *Negative Dialectics*, trans. E. Ashton, London: Routledge and Kegan Paul, 1973.

Thomas Hardy, *Tess of the D' Urbervilles: A Pure Woman*, London: Macmillan Co. Ltd. , 1957.

Uri Margolin, "Character", *The Cambridge Campion to Narrative*, ed. David Herman, Cambridge: Cambridge University Press, 2007.

Virginia Woolf, "Mr. Bennett and Mrs. Brown", *Essentials of the Theory of Fiction*, eds. Michael J. Hoffman, Patrick D. Murphy, Durham: Duke University Press, 1988.

Vladimir Propp, *The Morphology of the Folktale*, Austin: University of Texas Press, 1968.

Wayne C. Booth, *The Rhetoric of Fiction*, Chicago: University of Chicago Press, 1961.

Wendy Lesser, "Penelope", *On Modern British Fiction*, ed. Zachary Leader, Oxford: Oxford University Press, 2002.

William Butler Yeats, *Yeats's Poetry, Drama, and Prose*, ed. James Pethica, New York: W. W. Norton & Company, Inc. , 2000.

William F. Edmiston, *Hindsight and Insight*, Pennsylvania: The Pennsylvania State University Press, 1991.

William Golding, *Lord of the Flies*, London: Penguin, 1987.

William H Gass, "The Concept of Character in Fiction", *Essentials of the Theory of Fiction*, eds. Michael J. Hoffman, Patrick D. Murphy, Durham: Duke University Press, 1988.

William Wordsworth, *William Wordsworth Favorite Poems*, ed. Stanley Appelbaum, Toronto: General Publishing Company, Ltd. , 1992.

W. M. Du, *An Insight of Chung-yung*, Beijing: People's Press, 2008.

Alan Hollinghurst, "The Victory of Penelope Fitzgeral", *New York Review of Books*, Vol. 61, December 4, 2014.

A. S. Byatt, "A Delicate Form of Genius", *The Threepenny Review*, No. 73, Spring 1998.

A. S. Byatt, "The Isle Full of Noises", *Times Literary Supplement*, No. 4043, September 26, 1980; Reprinted in *Contemporary Literary Criticism*, Vol. 19, ed. Sharon R. Gunton, Detroit: Gale, 1981.

Bruce Bawer, "A Still, Small Voice: The Novels of Penelope Fitzgerald", *New Criterion*, Vol. 10, No. 7, 1992; Reprinted in *Contemporary Literary Criticism*, Vol. 143, ed. Jeffrey W. Hunter, Detroit: Gale, 2001.

Bruce Fleming, "Skirting the Precipice: Truth and Audience in Literature", *The Antioch Review*, Vol. 56, No. 3, Summer 1998.

Carol Rumens, "Assaults on the Rational", *New Statesman & Society*, Aug. 24, 1990.

Catherine Wells Cole, "Penelope Fitzgerald", *British Novels Since 1960*, ed. Jay L. Halio, Detroit: Gale Research, 1983.

Christopher J. Knight, " 'Between the Hither and Farther Shore' : Penelope Fitzgerald's *Offshore*", *Logos: A Journal of Catholic Thought and Culture*, Vol. 17, No. 1, Winter 2014.

Christopher J. Knight, "Concerning the Unpredictable: Penelope Fitzgerald's 'The Gate of Angels' and the Challenges to Modern Religious Belief", *Religion & Literature*, 2013.

Christopher J. Knight, "Penelope Fitzgerald's *At Freddie's*, or 'All My Pretty Ones' ", *Critique: Studies in Contemporary Fiction*, Vol. 57, No. 2, 2016.

Christopher J. Knight, "Penelope Fitzgerald's Beginnings: *The Golden Child* and Fitzgerald's Anxious Relation to Detective Fiction", *The Cambridge Quarterly*, Vol. 41, No. 3, 2012.

Christopher J. Knight, "Penelope Fitzgerald's Human Voices: Voice, Truth and Human Fortitude", *Textual Practice*, Vol. 31, No. 1, 2017.

Christopher J. Knight, "The Second Saddest Story: Despair, Belief, and Moral Perseverance in Penelope Fitzgerald's *The Bookshop*", *Journal of Narrative Theory*, Vol. 42, No. 1, Winter 2012.

Cleanth Brooks, " 'Absalom, Absalom' : The Definition of Innocence", *The Sewanee Review*, Vol. 59, No. 4, Autumn 1951.

Dagmar Herzog, "Love in the Time of Tuberculosis", *The Women's Review of Books*, Vol. 15, No. 1, 1997.

Dan Shen, " 'Overall-Extended Close Reading' and Subtexts of Short Stories", *English Studies*, Vol. 91, No. 2, 2010.

Dan Shen, "Subverting Surface and Doubling Irony: Mansfield's 'Revelations' and Others", *English Studies*, Vol. 87, No. 2, 2006.

David Mogen, "Agonies of Innocence: The Governess and Maggie Verver", *American Literary Realism*, *1870 – 1910*, Vol. 9, No. 3, Summer 1976.

Dean Flower, "A Completely Determined Human Being", *The Hudson Review*, Vol. 57, 2005.

Dean Flower, Linda Henchey, "Penelope Fitzgerald's Unknown Fiction", *The Hudson Review*, Vol. 61, 2008.

Dean Flower, "Ghosts, Shadow Patterns and the Fiction of Penelope Fitzgerald", *The Hudson Review*, Vol. 54, 2001.

Dean Flower, "Looking Backward", *The Hudson Review*, Vol. 51, 1998.

Dinitia Smith, "Penelope Fitzgerald, Novelist, Is Dead at 83", *New York Times*, May 3, 2000.

Edmund Gordon, "The Quiet Genius of Penelope Fitzgerald", *The Guardian*, May 19, 2008.

Edward T. Wheeler, "A Listener's Guide", *Commonweal*, Vol. 126, No. 15, 1999.

Edward T. Wheeler, "The Last Victorian", *Commonweal*, Vol. 131, No. 13, 2004.

Frank Kermode, "Booker Books", *London Review of Books*, Vol. 1, No. 3, Nov. 22, 1979.

Frank Kermode, "Dark Fates", *London Review of Books*, Vol. 17, No. 19, Oct. 5, 1995; Reprinted in *Contemporary Literary Criticism*,

参考文献

Vol. 143, ed. Jeffrey W. Hunter, Detroit: Gale, 2001.

Gabriele Annan, "Death and the Maiden", *Times Literary Supplement*, No. 4824, September 15, 1995; Reprinted in *Contemporary Literary Criticism*, Vol. 143, ed. Jeffrey W. Hunter, Detroit: Gale, 2001.

Gérard Gentte, "Fictional Narrative, Factual Narrative", *Poetics Today*, Vol. 11, No. 4, 1990.

Harriet Harvey-Wood, "Penelope Fitzgerald", *The Guardian*, May 3, 2000.

Hermione Lee, "From the Margins: Hermione Lee on Penelope Fitzgerald", *The Guardian*, Apr. 3, 2010.

Hélène Cixous, Keith Cohen, "The Character of 'Character'", *New Literary History*, Vol. 5, No. 2, Winter 1974.

Jan Morris, "Worldly Innocence: Jan Morris Celebrates the Life and Work of Penelope Fitzgerald, Whose First Book has just Been Reissued", *New Statesman*, Vol. 131, No. 4572, Jan. 28, 2002.

Jenny Diski, "Elements of an English Upbringing", *The American Scholar*, Vol. 69, No. 4, Autumn 2000.

Joan Acocella, "Assassination on a Small Scale", *New Yorker*, February 7, 2000.

John Glendening, "Science, Secularism, and Chance in Penelope Fitzgerald's *The Gate of Angels*", *Journal of Language, Literature and Culture*, Vol. 63, No. 1, 2016.

John Mellors, "Anon Events", *The Listener*, Vol. 98, No. 2528, Sep. 29, 1977; Reprinted in *Contemporary Literary Criticism*, Vol. 61, ed. Roger Matuz, Detroit: Gale, 1990.

Jonathan Raban, "The Fact Artist", *The New Republic*, Vol. 221, No. 5, 1999.

Joseph Frank, "Spatial Form in Modern Literature", *The Sewanee Review*, Vol. 53, No. 3, 1945.

Joseph M. Jr. Duffy, "Emma: The Awakening from Innocence", *English Literary History*, Vol. 21, No. 1, March 1954.

Judith Rosen, "Final Books from a Bookseller Favorite", *Publishers Weekly*, Sep. 4, 2000.

Julian Barnes, "How did She Do It?", *The Guardian*, Saturday, July 26, 2008.

Julian Gitzen, "Elements of Compression in the Novels of Penelope Fitzgerald", *Essays in Arts and Sciences*, Vol. 26, October 1997; Reprinted in *Contemporary Literary Criticism*, Vol. 143, ed. Jeffrey W. Hunter, Detroit: Gale, 2001.

Karl Vaihinger, "The Philosophy of 'As If'", *A System of the Theoretical, Practical and Religious Fictions of Mankind*, trans. Charles Kay Ogden, London: Routledge, 1984.

Kenneth Bernard, "Arthur Mervyn: The Ordeal of Innocence", *Texas Studies in Literature and Language*, Vol. 6, No. 4, Winter 1965.

Lawrence E. Bowling, "Faulkner and the Theme of Innocence", *The Kenyon Review*, Vol. 20, No. 3, Summer 1958.

Mairi MacInnes, "Private Means", *Sewanee Review*, Vol. 118, No. 1, 2010.

Mallay Charters, "Penelope Fitzgerald: A Voice amidst the Blitz", *Publishers Weekly*, Vol. 246, No. 20, May 17, 1999; Reprinted in *Contemporary Literary Criticism*, Vol. 143, ed. Jeffrey W. Hunter, Detroit: Gale, 2001.

Michael Ratcliffe, "Seen and Unseen", *Observer*, September 17, 1995.

Michele Slung, "The Patience of Penelope", *Victoria*, Vol. 16, No. 3, 2002.

Nicholas A. Basbanes, "The Traditionalist and the Revolutionary", *Biblio*, Sept. 1998.

Penelope Lively, "Backwards & Forwards", *Encounter*, Vol. LVIII, No. 6 & Vol. LIX, No. 1, June-July, 1982; Reprinted in *Contemporary Literary Criticism*, Vol. 51, eds. Daniel G. Marowski & Roger Matuz, Detroit: Gale, 1989.

Peter J. Rabinowitz, "Truth in Fiction: A Reexamination of Audiences", *Critical Inquiry*, Vol. 4, 1976.

Philip Hensher, "A Talent for the Unexpected", *The Spectator*, Oct. 25, 2003.

Philip Hensher, "The Sweet Smell of Success", *Spectator*, April 11, 1998; Reprinted in *Contemporary Literary Criticism*, Vol. 143, ed. Jeffrey W. Hunter, Detroit: Gale, 2001.

Philip Rogers, "Mr. Pickwick's Innocence", *Nineteenth-Century Fiction*, Vol. 27, No. 1, June 1972.

Richard Eder, "Penelope Fitzgerald, Her Family's Eyes and Heart", *The New York Times*, August 31, 2000.

Richard Eder, "Rough-Hewn Lives: Penelope Fitzgerald's Final Collection of Stories", *The New York Times*, November 26, 2000.

Richard Eder, "Two Bicycles, One Spirit", *Los Angeles Times Book Review*, Jan. 12, 1992.

Richard Holmes, "Paradise in a Dream", *New York Review of Books*, Vol. 44, No. 12, July 17, 1997; Reprinted in *Contemporary Literary Criticism*, Vol. 143, ed. Jeffrey W. Hunter, Detroit: Gale, 2001.

Robert N Hudspeth, "The Definition of Innocence: James's *The Am-*

bassadors", *Texas Studies in Literature and Language*, Vol. 6, No. 3, Autumn 1964.

Stanley Fish, "Literature in the Reader: Affective Stylistics", *New Literary History*, Vol. 2, No. 1, Autumn 1970.

Stephanie Harzewski, "New Voice, Old Body: The Case of Penelope Fitzgerald", *Contemporary Women's Writing*, Vol. 1 – 2, 2007.

Susannah Clapp, "Suburbanity", *New Statesman*, Vol. 94, No. 2429, Oct. 7, 1977.

Terence Dooley, "Introduction", *So I Have Thought of You. The Letters of Penelope Fitzgerald* by Penelope Fitzgerald, ed. Terence Dooley, Boston: Houghton Mifflin, 2009.

Tess Lewis, "Between Head and Heart: Penelope Fitzgerald's Novels", *The New Criterion*, Vol. 18, No. 7, March 2000.

Tess Lewis, "Gravity and Grace: The Letters of Penelope Fitzgerald", *The Hudson Review*, Spring 2009.

Thomas LeClair, "The Unreliability of Innocence: John Hawkes' 'Second Self'", *Journal of Narrative Technique*, Vol. 3, No. 1, January 1973.

Tim B. Heaton, "Factors Contributing to Increasing Marital Stability in the United States", *Journal of Family Issues*, Vol. 23, No. 3, 2002.

Valentine Cunningham, "Among the Proles and the Posh", *The New York Times*, Sep. 7, 1997.

Valentine Cunningham, "Suffocating Suffolk", *Times Literary Supplement*, Nov. 17, 1978; Reprinted in *Contemporary Literary Criticism*, Vol. 19, ed. Sharon R. Gunton, Detroit: Gale, 1981.

Victoria Glendinning, "Between Land and Water", *Times Literary Supplement*, No. 4001, November 23, 1979; Reprinted in *Contem-*

参考文献

porary Literary Criticism, Vol. 19, ed. Sharon R. Gunton, Detroit: Gale, 1981.

William H. Pritchard, "Tradition and Some Individual Talents", *The Hudson Review*, Vol. 45, No. 3, Autumn 1992; Reprinted in *Contemporary Literary Criticism*, Vol. 143, ed. Jeffrey W. Hunter, Detroit: Gale, 2001.

W. J. T. Mitchell, "Spatial Form in Literature: Toward a General Theory", *Critical Inquiry*, Vol. 6, No. 3, Spring 1980.

后　记

　　本书撰写过程既艰辛亦幸运。艰辛的主要原因在于自己才力有限，思考深度及维度捉襟见肘。幸运则在于：这并不是我一个人单枪匹马的工作。

　　我有一个很好的研究对象，那便是佩内洛普·菲茨杰拉德及其文本。所以，我要感谢佩内洛普·菲茨杰拉德，因为有她的创作，才有本书。其作品价值，在某种意义上决定了本书的价值。菲氏作品可读耐读。读她的书是一种幸福，每一遍都能有新发现、新领悟；每一个字，每一个词，每一句话，都不多余且经得住推敲；每一个细节都选取、安插得恰到好处。如果说阅读莎士比亚的作品仿佛品一瓶极端刺激味蕾，调动浑身每一个细胞，让人欲罢不能的陈酿；那么，阅读菲茨杰拉德的作品，就像在品一杯精致的香茗，同样能触及身体每一个细胞，让人安静，令人沉醉。成为菲氏作品研究者更是幸运——她是一座"金矿"，能为文学研究及批评提供无尽素材。写作中碰到"冷板凳"，写作不畅之时（"不畅"分为两种情况，第一种情况是只有一个中心词、一个大方向，但不知道从何处落笔，分几个部分或层次进行论述；第二种情况是有了具体想法，甚至也有了具体层次，但仍然犹豫应该从文本哪些方面进行分析），我往往会重新回到文本——小说文本和文学理论文本，尤

后记

其是小说文本，是我更为倚重的。我把要讨论的小说文本捧在手里，对那些和论文相关的部分读得更认真、更仔细，并做上记号。有时，记号会做很多。这时又面临一个筛选的问题。我常常惊讶于菲氏选择素材的能力，她可以见微知著、以小见大。她的创作手法及选材角度给了我启发，我领悟到在论文中也不可能把文本中所有相关论据全用上。比如《早春》中多莉的睿智以及其直面父母婚姻危机的勇气，我找到了不下 10 处例证，但最终只选了一处，把那一处分析好、分析透，就有足够说服力了。论据太多，会有重复累赘之感，也许还会让读者失去阅读兴趣。

研究过程中，通过细读菲氏文本，我对于自我、自我与他人关系，纯真、爱情、孤独、勇气等人性价值，人类行为价值及人的生存状态，有了更深刻、更清楚、更全面的认识。套用时下流行语，在反复阅读、分析菲氏文本的过程中，我获得了很多"正能量"。在当今的社会风气下，这些正能量为我保持积极乐观、光明向上、开朗包容的生活状态和精神状态保驾护航。阅读菲氏文本，思考和本书相关的问题，这个过程，就是正能量的吸收过程。因此，研究菲茨杰拉德，不仅有学术上的收获，更有心灵的沉淀，亦有创作的启发——我常常被她的内敛、沉着、冷静、厚重、睿智、幽默……打动。

本书底稿是我博士学习期间的最大收获。我有一位令人羡慕的博士生导师——宁一中教授。宁老师学识渊博，治学严谨，温良敦厚。本书选题、研究框架甚至到某些字句的斟酌、取舍，宁老师都提出了很多启发性的意见，给予了细心指导。我本愚钝，老师谆谆教诲，开导指点，多方给予支持、鼓励，帮我度过一个一个难关，此恩我将铭感终生。师母段江丽教授品貌端方、学识丰富、知性优雅，学术造诣也很深厚，是红学专家。

从我博士求学开始，到博士毕业至今，段老师一直关心着我、鼓励着我。每次我们一众同门去宁老师、段老师家欢聚，眼里见到的笑意、热情和温暖，嘴里喝到的美酒、吃到的美食，是北语读博生涯中令人愉悦和难忘的部分。在此，对段老师致以深深谢意！

感谢特伦斯·杜利先生（Mr. Terence Dooley）。文本理解问题，与本书研究相关的一些问题，都从杜利先生那儿得到了解答。杜利先生是菲氏的大女婿，是菲氏生前指定的文学遗产执行人。杜利先生自己也是个诗人、学者、译者，著述和译著甚丰。菲氏身后出版的短篇小说集、书信集、评论文集等，均由杜利先生负责搜集、整理、汇编。在翻译《书店》第十章时，句子"He was in the first show, of course, but not in the Suffolks, he was in the RFC, I believe—he wanted to fly"让我困惑很久。已有两个中译本的处理方式基本一致。陈苍多译本译为"当然，他曾参加第一次赛马展，但不是苏福克赛马展。我想他曾在英国航空队待过——他想要飞行"；尹晓冬译本译为"他曾经参加第一次赛马展，不过不是萨福克赛马展，他曾经加入皇家陆军航空队，我相信——他想要飞行"。但我认为"the first show"理解为"赛马展"有些奇怪、有点牵强，并且与上下文很不搭。经认真思考并分析上下文的逻辑关系，尤其是考虑到该句所指人物的生平和年龄，我认为该句实意为布朗迪希先生参加了第一次世界大战。我不敢肯定自己的理解和推理，写邮件向杜利先生求证，得到了他的肯定。次日，杜利先生又发来一封邮件，言及他特意看了那句话的西班牙语译文（杜利先生精通西班牙语，已将好几部西班牙语诗歌集译成英语并已出版），西语译为"布朗迪希先生上过前线"。杜利先生认为那么译也不算错，但我的理解"他参加了第一次世界大战，但不在萨福克

后 记

步兵团。他是皇家飞行队的，他想开飞机"更为确切。这个肯定对我的翻译是莫大的鼓励，也让我对文本的理解更多了自信（当然，我那么译虽然足够准确，但原文把"一战"称为"the first show"——"首秀"——的调侃意味还是失去了）。后来，杜利先生又跟我聊起其他作家，问我是否喜欢艾丽丝·门罗的作品，我做了肯定回答。早在 2013 年给学生上《英语短篇小说赏析》课时，我便选了门罗的短篇《办公室》与学生一起研读讨论。翻译《离岸》时，也请教了杜利先生一些细节问题，我还跟先生分享了我第 N 次阅读《离岸》结尾章节，才读出意思的一个"顿悟"。我告诉杜利先生，那本小说我直到读了差不多十遍，才意会到那个地方究竟是发生了什么。先生致以会心微笑。

每逢中西重大节日，杜利先生和我都会互致节日问候。杜利先生也会分享他的天伦之乐：第一个孙辈出生了，第二个孙辈出生了……大外孙女过生日了，邮件里附了一张他和大外孙女一起读书的照片，我真实地看到了老人家的静好岁月和时光。我也会在逢年过节时通过邮件照片向杜利先生晒我的烘焙美食。新冠疫情严重的时候，还跟杜利先生分享了我那十分有效的鸡汤疗法（真正的 chicken broth，非心灵鸡汤）。

当我怀着惴惴不安的心情问杜利先生能否为我的书稿作序时，杜利先生毫不犹豫就答应了，并且很快就写好了。从 2018 年认识杜利先生至今，领承他那么多无私帮助，热心鼓励；为拙著写序，多少鼓励和溢美之词。感激之意实需真诚表达出来，于是，我写邮件对杜利先生说因相隔万里，我既不能请吃一顿便饭，亦无法递送一束鲜花略表感谢。杜利先生立刻回信表示不用客气，并说："The intro. is my thanks to you for all you do for Penelope"（"谨以此序感谢你为佩内洛普所做的一切"）。读此，我几欲泪目。

感谢里贾纳大学 Prof. Gordon Huang（黄国和教授）及夫人柯春玲老师。在里贾纳大学做博士后期间，黄老师高屋建瓴的治学思想、认真严谨的治学态度、勤奋踏实的治学作风，给我留下深刻印象，并激励我不断前进。黄老师观察力敏锐，思想深刻且富有原创性。他无私地将他治学的核心理念分享给了我："这个世界上好的东西、好的思路有千千万万，但你只能走一条路：那就是适合你、适合你的背景与知识、具有你自己特点的路。不要贪大求全，不求面面俱到。只要有自己的东西、自己的特点，能兑现自己的努力所得来的新思想，就可以！不要贪大求全，而要更注重创新，注重兑现自己的长项。创新比求全求完美更重要。即使是千疮百孔的创新也比老调重弹的完美好！"一直惊叹于黄老师取得的非凡成就：加拿大工程院院士、加拿大麦克马斯特大学博士学位及荣誉博士等。从黄老师的上述言论，能感受到他作为一个学者的要求和执着。柯春玲老师秀外慧中，贤良淑德。每年圣诞和元旦及春节的大餐及通宵达旦的聚会，是我们海外学子年度的期盼，那个时候，我们能吃到柯老师精心准备、巧手烹制的美食——胜过里贾纳任何一家中餐馆的美味。

感谢陈永国教授、周小仪教授、马海良教授、毛思慧教授、王雅华教授和付勇教授。他们在我博士论文开题和答辩时提出的宝贵意见和建议，促我思考，给我启发，使本书的底稿写作少走许多弯路。读博期间旁听了北大申丹教授和刘峰教授的文体学和文学理论课，受益匪浅。感谢博士毕业论文匿名评审的老师，他们的意见和建议对本书稿的修改很有帮助。在此，对上述各位老师致以最诚挚的谢意。

感谢里贾纳的留学生朋友：刘力溶、余晖、魏佳、李忠、吴

后记

姗姗、陈嘉佩、陈秀娟、鲁晨、翟媛媛、宋唐女、索梅琴、黄恺、忻夏莹、王凤、赵姗、郝荣杰、周长玉。感谢里贾纳的本地朋友：钱重行、Ms. Carol Fowler, Ms. Wallis Zbitnew, Ms. Hertha Pfeifer, Mr. Rae George Reid, Mr. Raymond Chan, Mr. Waldemar Frisen, Mr. Bruno Nerenberg & Mrs. Marcia Nerenberg 夫妇。感谢他们在我和女儿多次访问里贾纳期间给予的照顾和支持，他们使我们在里贾纳的每一天安全、开心、充实、丰富。

感谢北京语言大学的博士同门：罗怀宇、关重、刘丹、杨海鸥、罗朝晖、刘艳、韩小梅、蒋翃遐、郭国旗、刘锋、丁珏、赵喜梅、梁玉龙、乔娟、陈红、徐艳、吴毅和卢伟；感谢和我同级翻译方向的博士同学修文乔。同窗之谊，今生难忘。韩小梅师姐，在我博士论文开题报告撰写过程中，提出了很多宝贵建议；蒋翃遐师姐，在多伦多大学访学期间，帮我查阅很多重要文献；罗怀宇师弟，在澳大利亚读博期间，也帮我查阅了很多文献资料。本书底稿写作过程中，和赵喜梅的互勉互励给了我不少力量和安慰。感谢安帅博士，我微信索求他在中国社会科学出版社出版的专著《德里罗四部小说中的体育叙事研究》，他以最快的速度寄赠，让我的书稿从质量和格式方面，都有了高标准的参照和学习对象。

感谢好友洪慧丽和柳建玲，她们的支持、鼓励和友谊是我一路走来不可或缺的力量。

感谢中华女子学院的前同事兼朋友史晓春老师和姚亚楠老师。

感谢长江大学的前同事兼朋友曹其军老师和蔡圣勤老师。曹老师在我论文选题时提供了宝贵建议，在我百般寻觅《无辜》不得之时，将他自己在国外购买的这本小说慷慨相赠。

感谢北京化工大学的领导和同事们！感谢北京化工大学英语

系的学子。北化师生,务实、勤奋、聪颖。与优秀的人为伍,多么幸运!

本书第一章第一节部分内容已在《北京第二外国语学院学报》发表;第一章第二节部分内容已在《英美文学研究论丛》发表;第二章第二节部分内容已在《外国语言文学》发表;第三章第二节部分内容已在《外国文学动态研究》发表;第四章第二节部分内容已在《外国语文》发表。在日本和加拿大学术期刊发表的两篇英文论文,也作为"附录"收录于本书。感谢曾经匿名审稿的专家和同行,感谢认真提出修改意见的专家和编辑。

感谢《译林》许冬平主编,感谢《书店》中译本责任编辑邱宇同,感谢《离岸》中译本责任编辑郭歌。

感谢《英语世界》编辑赵岭。她与我因佩内洛普·菲茨杰拉德相识于2012年。当时,我向《英语世界》投稿了菲氏短篇小说《裁员》(*The Axe*)的中译文。赵岭编辑读完译文后,认真、细致给出了译文改进意见。一来一往,来来往往,赵岭编辑和我,就翻译而至生活的方方面面。我们由编译的工作关系,发展为互相关心的好友。

感谢中国社会科学出版社的王琪编辑,没有她的耐心、细心、友善和帮助,便没有此书。

感谢我的家人,家是心中永远不灭的那盏明灯,丈夫和女儿是我此生最结实的依靠和情感寄托。有他俩,世界于我便是可爱的。感谢我的父亲。感谢我众多的 in-laws,他们仿如我的兄弟姐妹。感谢我亲爱的婆婆和她的黄氏亲族,特别感谢黄埔舅舅和杨永芳舅妈,他俩是我们这些在北京的晚辈的守护者!

关于本书成败,我心中有两个标准。第一个标准来自专家学者、同门同行及读者对本书的评判(书中纰漏瑕疵在所难免,请

后 记

读者、方家批评指正)。第二个标准,如果读完本书,接着有强烈的阅读菲氏作品的冲动,那将令我欣喜。我把这种要阅读原著的冲动看得比对本书的肯定评价还要高,因为在我看来,评论最大的价值在于引起更多人的阅读兴趣和思考。

为感谢,为希冀,爱为记。

张 菊

2024 年 8 月